The sky is very high there and branches

one between, ~~the stars shake~~ from under which

beyond a thit, you step out to see too many

stars. The moon gone down, the breeze not risen

you urinate up looking at the uncross-like

of Southern Cross and thus each morning in the

profundity of (initial) urination reflect upon the

publicity of constellations, and not awake you

listen to the night move highly past you.

Then walk to where Pap sits before the fire,

pipe comforted, his vultures perched, loving the

time before daylight and the windless burning of

dead branches he says, "How are you, governor?"

"No worse than you."

Ernest M. Hemingway.

ERNEST HEMINGWAY

海明威文集

危险的夏天

〔美〕海明威 著 主万 译

The Dangerous Summer

上海译文出版社

海明威跟多明吉和他的朋友艾娃·嘉德纳在一起，1954 年。

安东尼奥·奥多涅斯做“过胸闪避”招式，毕尔巴鄂，1952年。

安东尼奥·奥多涅斯在做完系列“维罗妮卡”招式后将牛杀死，塞维利亚，1959年。

路易斯·米格尔·多明吉做一个“纳图拉尔”招式，巴荣纳，1959 年。

多明吉将短标枪刺入牛背，巴伦西亚，1959 年。

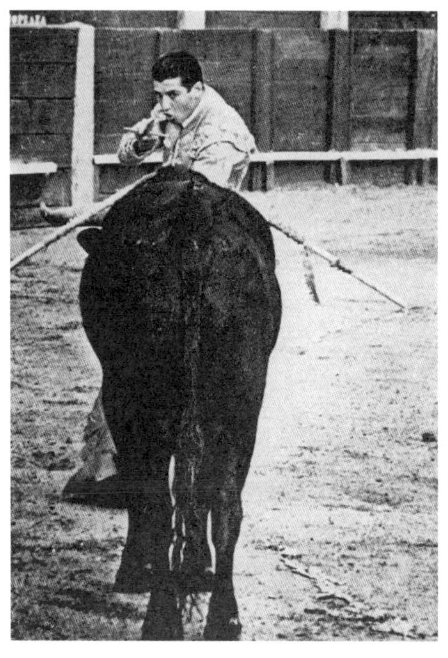

奥多涅斯逗引牛准备杀死它。

奥多涅斯单腿下跪，右手持穆莱塔做闪避招式。

多明吉做两个海明威不喜欢的“花招”：吻公牛和与牛打电话。

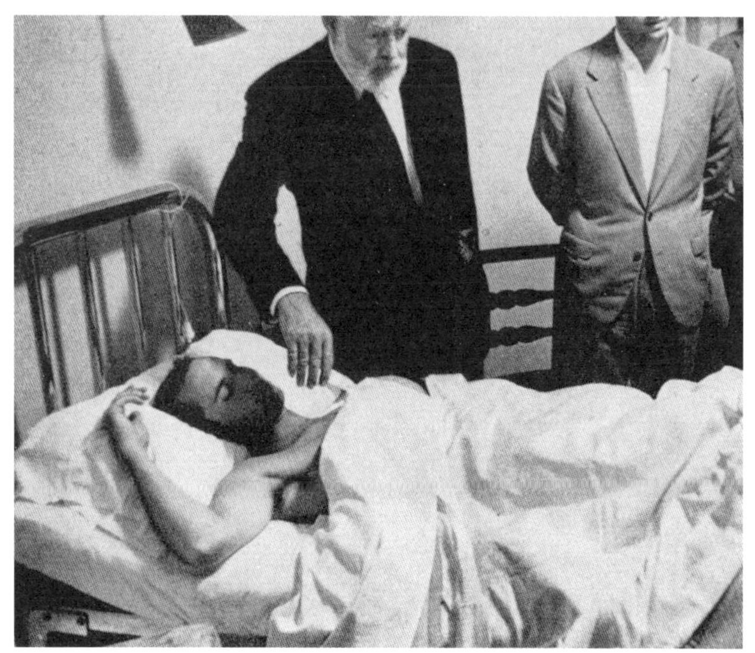

海明威在受伤的多明吉病榻旁。

海明威与奥多涅斯在斗牛场边交谈，巴荣纳，1959年。

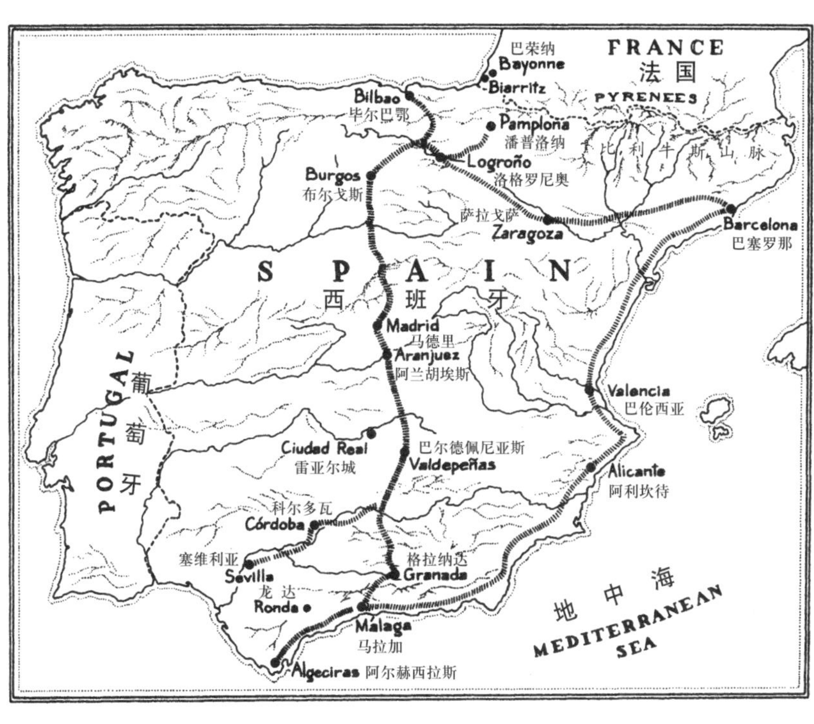

巴荣纳
Bayonne
FRANCE
法国
Biarritz
PYRENEES
Bilbao
毕尔巴鄂
Pamplona
潘普洛纳
比利牛斯山脉
Logroño
洛格罗尼奥
Burgos
布尔戈斯
萨拉戈萨
Zaragoza
Barcelona
巴塞罗那
SPAIN
西班牙
Madrid
马德里
Aranjuez
阿兰胡埃斯
PORTUGAL
葡萄牙
Valencia
巴伦西亚
Ciudad Real
雷亚尔城
巴尔德佩尼亚斯
Valdepeñas
Alicante
阿利坎特
科尔多瓦
Córdoba
塞维利亚
Sevilla
格拉纳达
Granada
龙达
Ronda
地中海
MEDITERRANEAN SEA
Málaga
马拉加
Algeciras 阿尔赫西拉斯

目录

引　言

詹姆斯·艾·米切纳

这是一位精力充沛的六十岁男子写的一部有关生死的书。这位男子有理由担心自己即将去世。这也是他重返年轻时代那些英勇日子的一篇热情洋溢的叙述。那时候，他曾经在西班牙各斗牛场里体验生活。

一九五二年夏天，《生活》杂志东京办事处派了一名信使带着一个令人陶醉的信息到朝鲜前线去。零星的战斗正在山区进行着。信使在山区潜行了一程子后，终于在一个前哨阵地找到了我。当时我正跟着一小队海军陆战队待在那儿。

“《生活》杂志正忙于一项大计划，”他用搞阴谋的那种低声对我说。“我们这就要用整整一期来刊载一篇稿子。是什么使这一尝试如此大胆呢，它是小说。”

“是谁写的？”

“欧内斯特·海明威。”

这个姓名在那个洞穴般的掩体里如此有力、如此形象化地爆炸开来，以致我顿时给吸引住了。我一向钦佩海明威，认为他是我们最优秀的作家，而且肯定是解放了英语语句及简明扼要的词汇的人。在我到世界各地漫游时，我经常遇见一些外国作家。他们总特意走过来向我保证说，尽管他们自认为和海明威一样出色，他们却不想模仿他。他们有自己的写作风格，对它很满意。我开始感到纳闷，他们为什么从来不说，“我可不想写得像福克纳……”——或是菲茨杰拉德、沃尔夫、萨特或加缪[①]。他们不想要模仿的是海明威。这使我疑心，这正是他们这伙人在做的事。

如果在我遇见《生活》杂志那个信使的前一天你问我，我会说，“我非常钦佩海明威。他给了我们大家一种新的挑战。但是，当然啰，我并不要像他那样写作。”

那个信使继续说道：“《生活》杂志既然在这个实验上花了这么多精力，就经不起再冒险了。”

“在海明威身上吗？你们怎么会受到损失呢？”

“您显然没有留神注意着记分牌。评论家们扼杀了他最近拿出来的那部作品。”

“《过河入林》吗？那部书不太受人欢迎。不过你总不能谴责一位艺术家，就因为一部……”

“问题并不在这儿。他们不仅猛烈抨击那部小说——这是可悲的——而且对他的合理性，他进一步发表任何作品的权利，表示怀疑。”

“这我不能相信。”

“您难道没有读到那篇恶毒地讽刺他和他小说的文章吗？这伤害了他。”

“我待在这儿，所以没有看到。不过除非一个人本来很好……除非读者对他的作品非常熟悉，能领会那些玩笑，要不然你就无法

---

① 福克纳(William Faulkner，1897—1962)：美国小说家，美国“南方文学”流派的代表人物；菲茨杰拉德(Francis Scott Fitzgerald，1896—1940)：美国本世纪二十年代文艺复兴代表作家；沃尔夫(Thomas C. Wolfe，1900—1938)：美国小说家；萨特(Jean-Paul Sartre，1905—1980)：法国作家，存在主义代表人物；加缪(Albert Camus，1913—1960)：法国小说家、戏剧家。

嘲笑一个人。你总不会浪费时间去嘲弄一个无关紧要的人。”

“那可不是嘲弄。那是突然去刺颈静脉。”

“海明威大概叫他们全都见鬼去。”

“也许，不过他深深地受到了伤害。《生活》杂志很痛苦地认识到，那些攻击对他接下去发表的不论什么作品都投下了阴影。”那个人停住，细细察看我们掩体前面的战场，然后说到了关键问题上：“我们已经把大量的东西——金钱、声誉——全投在这个一次性的问题上了。”

“干吗来找我呢？”

“我们想以可能的最好的形式发表这篇故事。”

“我能做点儿什么呢？我又不认识海明威。”

“您尊敬他吗？”

“他是我崇拜的偶像之一。”

“这正是编辑们所希望的。”他注视着我，过了一会儿说道：“他们想请您看一下校样……自行作出决定……并没有来自我们方面的任何压力。如果您看了后喜欢，给我们一份声明，我们可以在全国范围内用来宣传。”

“起什么作用呢？”

“好消灭逗留在人们心里、使人忘不了那些恶毒书评的想法。在人们的头脑里去打消认为这位老人的写作生涯可能已经完结了的种种疑虑。”

“告诉我实话。你们有没有请过比我更为知名的其他作家呢？他们有没有拒绝？”

“我实在不知道。我只知道编辑们认为，您对待战争和人类作用的态度使您很合适。还有，他们认为读者会听的。”

“这件事海明威知道吗？”

“要是他知道我们认为需要人帮助，他会感到受了伤害。等他看到副本后，他就会知道了。”

这项决定很容易，不需要多加思索。我肯定地告诉那位信使，我愿意读一读这份文稿，希望它很不错。而且如果它确实不错，我会毫不踌躇地大胆这么说。因为一个像我当时那样，刚步入写作生涯的作家，难得有机会称颂一位大师。

“务必保护好这个，”信使说。“这是纽约以外唯一的一份稿子。倘使您决定发表一篇文章，请尽快交给我们。”他把那包相当容易受损的稿件放到我手里，点点头，又告诫我不要把它随便放在别人可能会发现的地方，然后便离开，赶去搭乘飞往东京的飞机了。

接下去的时间是神秘迷人的。在南朝鲜山区边远的地方，海军陆战队一所小屋光线暗淡的房犄角里，我拆开了那包文稿，开始阅读老渔翁和大鱼搏斗的那篇灵感四溢的写作。老渔翁拼命把那几条决心想要夺走他的大鱼的鲨鱼撵走。从海明威开场的那一番话，通过那几个平静的高潮，到风琴乐声般的结局，我给吸引住了，可是外面的军用烟火使我眼花缭乱，所以读完以后，我没敢立刻写我的报告。

我知道海明威是一位巫师，在书里采纳了巴尔扎克所有高超的技巧，福楼拜、托尔斯泰和狄更斯觉得有用的各种艺术手法，因此他的作品往往似乎比实际好。我爱读他的作品，不过在《过河入林》中，他表明了他也会陈腐、平庸。倘若他再那样，那么我可不想使自己陷入困境。

但是在我独个儿坐在那个墙犄角那儿，校样给推得离开我很远，仿佛我希望摆脱掉它们的魔法时，有一点变得异常清楚，我正面对着一部杰作。没有别的词可以用来形容它。《老人与海》是有天赋的作家往往能够创作出的一个那种光辉灿烂的奇迹。（我后来才知道，海明威是在八星期内一气呵成的，而且没有怎样修改。）在我沉思着它的完美的形式与风格时，我发觉自己拿它跟我十分尊重的其他那些宝石般的中篇小说进行比较：伊迪丝·沃顿的《伊坦·弗洛美》、约瑟夫·康拉德的《青春》、亨利·詹姆斯的《阿斯彭文稿》和福克纳的《熊》[①]。

等我把海明威的故事在它的同类中安放好适当的位置后，我把校样藏到铺盖卷下面，走到外面朝鲜的黑夜中去，心里因为跟伟大作品的紧密接触而激动不已。在我小心翼翼地走过那片崎岖的山地时，我拿定主意，不管比我精明的评论家对海明威先前的失误说过些什么，我总得炫耀一下我的意见：《老人与海》是一部杰作，让谨慎小心见鬼去吧!

说来使我很窘，关于自己实际所做的报导，我没有留下什么记录。我的评价在全国各地刊登在整版的广告上。我大概说了，像我这样的作家多么高兴，因为那位第一流的作家重新取得了那个称号。凡是读了我的评价的人都不会怀疑，这是一部值得立刻一读的书。

《生活》杂志好歹热忱地采用了我那篇文章，付了稿酬给我，不过我所不知道的是，在他们驻东京的记者把那份绝密的校样——纽约以外唯一的一份——交给我时，《生活》杂志正在美国和欧洲各地另行分发了六百份给制造民意的人，每一份都是绝密的、独一无二的。当刊载海明威中篇小说的那一期《生活》杂志于一九五二年

---

① 伊迪丝·沃顿（Edith Wharton，1862—1937）：美国女作家；约瑟夫·康拉德（Joseph Conrad，1857—1924）：英国小说家；亨利·詹姆斯（Henry James，1843—1916）：美国小说家、评论家，晚年入英国籍。《伊坦·弗洛美》、《青春》、《阿斯彭文稿》和《熊》都是他们各自有代表性的著名中篇小说。

九月的第一周出版时，《老人与海》已经在国际上成了轰动一时的作品。以前从来没有这样精心安排过的一次最精明的促销行动，结果使那一期的杂志立刻销售了五百三十一万八千六百五十份，那部书的销售量迅速向上升起，成为畅销书中的第一部，还获得了诺贝尔文学奖奖金。

海明威以一个令人惊异的第九回合一击[①]赢回了冠军称号。

这次大胆的出版冒险所取得的成功，还有一个令人意外的后果。《生活》杂志对它的“妙计”十分得意，因此编辑们决定第二次再试试运气。当他们寻找一个可以写另一篇紧凑的、一次可以刊登完的作品时，他们想起了当他们的海明威需要一篇促进文章时不顾一切承担起风险的那人。

另一位使者，这一次是从纽约来的，带着许多出版社高级职员的标志，好像是在东京找到我，提出一个令人动心的提议：“《老人》使我们取得了如此没有先例的成功，因此我们想再回到源头上去。我们认为这一次撰稿的人应该是您。”

“世上并没有许多海明威。”

“您可以按您自己的标准写。您理解战斗中的军人。您内心里有什么现成的故事吗？”

我一向总设法直率地回答这种问题。我爱好写作。我爱好文字和人的情感纠缠在一起时的那种旋转运动。当然，我有许多计划，大部分经过仔细察看后都毫无价值，不过有两三个却似乎具有真正的持久力。

“我在朝鲜上空做过一些作战飞行……”

---

① 指棒球中最后一局的一击。这里借指海明威的《老人与海》。

“在您这岁数吗？”

“还在地面上做过不少巡逻工作。我见过某些重大的概况。”

“如同什么？”

“如同一个民主国家没有宣战就进行战争，这是很危险的。如同把青年人送去打仗，老年人待在国内，挣上一大笔钱，用不着缴纳大笔战争税款，或是蒙受什么损失，这在道义上是错误的。武断地征召一些人去作战，又允许另一些同样合格的人自由自在的待在国内，这尤其是错误的。”

“您的故事要鼓吹这种议论吗？”

“我并不鼓吹什么。”

“写出来。我想我们可能有点儿值得一读的东西。”

我被一股罕有的热忱驱使着，又被步欧内斯特·海明威后尘的前景激动着，把所有其他的工作全都放开。一九五三年七月六日，《生活》杂志刊登了它的第二篇一期载完的中篇小说《德高梨的桥》。这是在《老人与海》取得巨大成功不到一年以后。和先前一样，编辑们请了另一位作家来鉴定他们刊载的作品的合理性，以保护他们自己。这一次他们挑选了赫尔曼·沃克[①]来说些赞扬的话，虽然我记不起我为海明威写了些什么，我却记得很清楚沃克为我说了些什么。“他的两眼看到了荣耀。”这一次，这句话成了推销的套语，不过我有一位朋友为《纽约先驱论坛报》写了一篇书评，措辞较为谨慎：

> 这是，一篇预告性的宣传文章这么说，“特意为《生活》杂志写的第一部重要小说。”我们还不能肯定他们的意思是不是

① 赫尔曼·沃克(Herman Wouk，1915—)：美国小说家。

说，他们**约定了**米切纳先生写一部重要小说，米切纳先生照办了，还是这部小说完成以后，恰巧竟然是一部重要小说。而且，我们甚至也不能肯定它是否**是**一部重要小说……

虽然我的作品的销售远不能和海明威的销售量相比，不过第二次尝试却相当有收益，这促使编辑们去寻找第三个和第四个后继人，认为这可以成为每年搞一次的常规。我相信他们计划使这一套书持续下去：由我赞扬海明威的作品，然后写出我自己的作品，再由沃克赞扬我的，然后写出他的，然后由称赞沃克的人写成第四篇。啊呀，沃克在他希望参赛的作品里并没有什么意义深远的内容，因此《生活》杂志想到和海明威名声几乎相仿的一位英国作家，但是他的中篇小说灾难性地失败了，于是第四期放弃了刊载。《生活》杂志的一次登完一部中篇小说的创新计划，用享有声誉的海明威造成了轰动。那项计划对一个像我这样的人，则是相当可以接受的，而且倘若作品不是在灵感的支配下，简洁、紧凑，那么就会是一场大失败。这种试验终止了。

我只会见过海明威一次。冬季的一天傍晚在纽约，我的老朋友，《纽约邮报》的专栏作家，一度曾经是海明威的知心朋友和旅伴的伦纳德·莱昂斯打电话给我："老爹①从古巴回来啦。我们跟娘儿们一块儿待在这儿。你也过来吧。"

等我到了那家有名的小餐馆时，我发现肖尔坐在他最喜欢坐的角落里，"分发"一些侮辱话，"想想看，一个我这种本质的人，整天跟着这一伙不相干的小作家浪费时间。"海明威、莱昂

① 海明威的密友们对他的亲昵的尊称

斯和我没听清楚姓名的两个事务员，正在就一些战争故事进行交易。虽然伦纳德曾经使我相信，老爹想会会不顾一切承担起风险为《老人与海》辩护的那人，海明威却没有提到那件事。真个的，他当时那么不自然和粗鲁，甚至拒绝承认我也加入了那一群人。

两次交谈使他温和下来点儿。有一次，他提到我的家乡城市时，说："我从来不想被人称作'那位有天赋的费城作家。'我想要去面对第一流的人物，福楼拜、巴罗哈-内西[①]。"当我说我有一次曾经向巴罗哈去致意时，他吃了一惊。巴罗哈是我非常敬重的一位务实的小说家。在巴罗哈去世前不久，海明威曾经对那位风趣的老人说："你该获得诺贝尔文学奖奖金，而不是我。"我们于是亲切地谈到那位文笔犀利的西班牙人。

使海明威更感到惊奇的是这件事：我有一次曾经跟着一个墨西哥斗牛士班子一块儿旅行。等他知道我也熟悉那些墨西哥大人物后，他感到十分高兴：叼着雪茄烟的胡安·西尔维蒂，在梅里达[②]一条小船失事中溺毙的大无畏的路易斯·弗雷格，在斗牛场上送了命的卡尼塞里托·德梅希科，那个没有下巴、身上又从来不曾被牛戳伤过要害的绝佳的阿米利塔，那个衣着华丽的洛伦索·加尔萨以及那个迷人的西尔维里奥·佩雷斯[③]。

我们就这些斗牛士谈了不少时间，海明威谴责大部分墨西哥人，说他们属于第二类；这时候，我恰巧提到了那个西班牙人卡甘乔。海明威曾经为这个衣着艳丽的吉卜赛人公开表示胆怯而敬重他。这引起

① 福楼拜(Gustave Flaubert，1821—1880)：法国作家；巴罗哈-内西(Pío Baroja y Nessi，1872—1956)：西班牙小说家

② 梅里达(Mérida)：墨西哥尤卡坦州的首府。

③ 这些都是墨西哥的著名斗牛士。

了我作为一名大学生在西班牙度假时见到的一场有关斗牛的讨论。当他知道我在巴伦西亚[①]第一次看斗牛时——有多明戈·奥尔特加、马西亚尔·拉兰达和埃尔·埃斯图迪安特——就被顽强不屈、壮健结实的斗牛士奥尔特加迷住后，他对娘儿们说道："凡是选择多明戈做他崇拜的英雄的人，一定很懂行。"我还告诉他："我最后一次到马德里去参加圣伊西德罗节日时，奥尔特加已经是总裁判的顾问了。我尾随着他，他想起了我，邀请我到palco[②]去会会他。"

海明威赞同地点点头，不过他无法促使自己为我对《老人与海》所说的话向我表示谢意，我也不希望提起那个话题来。不久以后，在一九六一年七月，我听说他六十一岁就去世了。

海明威写的最后一部相当重要的长篇作品，是《生活》杂志请他写的另一篇著述。你可以想象那份杂志的机敏的编辑们在一九五九年的一次决策会议上提出："倘使我们能邀请海明威使他写斗牛的书切合目前的情况，那会不会非常了不起呢？"在场的人想起《老人与海》使《生活》杂志取得的巨大成功，听到这个提议一定跳了起来。等这个提议交给海明威时，他一定也很喜欢。

一九三〇年，他曾经在《幸福》杂志上发表过一篇论斗牛的相当长的、有见识的文章，认为斗牛是一种娱乐和一种行业。这在两年以后引出了那篇附有插图、引人注目的文章《死在午后》。就评论家来说，那篇文章是一场灾难。他们无法理解，一位具有他那种才华的作家为什么要浪费时间在这种晦涩难解的

① 巴伦西亚(Valencia)：西班牙东部的海港城市。
② 西班牙文，意思是："包厢"。

材料上。它很快就成为一部斗牛迷们狂热崇拜的书。

我们这些喜欢斗牛的人承认，那是对西班牙语不是母语的人当中没有几个能够理解的一种艺术形式的一篇忠实可爱、固执己见的叙述。我们称赞他的胆量，竟然敢把这篇文章交给一个漠不关心的公众；我们知道这篇叙述注定要经历一个长期不为人知的过程。那就一部书而言是很糟糕的。

接下去的好几十年，看到那部书慢慢受到人们尊重，由斯克里布纳[①]销售了好几十万部，还重印了好多次。随着斗牛变得很受人欢迎，又有好几部有价值的电影为它赢得了新的拥护者后，《死在午后》成了一部《圣经》般的作品。一场斗牛也没有看过的图书馆里的斗牛迷们，热烈地辩论着贝尔蒙特、何塞利托和尼尼奥 · 德拉帕尔马[②]各人的成就。当我在墨西哥跟着斗牛士旅行时，我随身就带着这本书。

一九五九年，海明威回到西班牙去。在那个漫长、可爱的夏天，他已经患上了最终会毁了他的那种疾病——疑心有人暗中监视着他的偏执狂，怀疑他的最信赖的朋友，疑心自己生存下去的能力。这时，这个坚强的人，十足是他自己创造的一个传奇人物，回到了他青年时代的那些充满活力的场面中去。他运气非常好，到达西班牙时，正好有两个非常英俊和很有魅力的年轻斗牛士，是姻兄弟，准备进行一场旷日持久的对抗赛。这将把他们和他们各自的支持者引到西班牙大多数著名的斗牛场里。

---

① 美国大出版公司。

② 贝尔蒙特(Juan Belmonte Garcia，1892—1962)：西班牙斗牛士，在斗牛表演中曾创造出一种新风格，后来自杀。何塞利托(Joselito，1895—1920)：西班牙斗牛士何赛 · 戈麦斯(José Gómez)的艺名，他是贝尔蒙特的竞争对手，在演出中被牛戳死。尼尼奥 · 德拉帕尔马(Ninño de la Palma)：即卡耶塔诺 · 奥多涅斯。

这两个斗牛士是三十三岁的路易斯·米格尔·多明吉和二十七岁的安东尼奥·奥多涅斯。多明吉通常是艺术气质比较强的，而奥多涅斯则是卡耶塔诺·奥多涅斯（他斗牛时用的名字是尼尼奥·德拉帕尔马）的才气横溢的儿子。海明威在《死在午后》中曾经赞扬过尼诺·德拉帕尔马。这姻兄弟俩在技术和勇气方面不相上下，肯定会表现得令人叹为观止的。结果证明那是一个爽朗愉快的夏天，一个十分危险的夏天。海明威采用了这个概念作为他的三部系列作品的书题：《危险的夏天》。

关于他写出来的手稿，某些事实是意味深长的。《生活》杂志委托他写一篇一万字的简明清新的文章，谈谈回到西班牙去的感受，但是他被夏季的生动情景迷住了——不少夏季的情景他都安排在一个坚实的基础上——他没有力量止住那些汹涌澎湃的词句。初稿写到了十二万字。《生活》杂志的摘录所根据的，以及本书从中编写出来的那部润色过的手稿，也达到了大约七万字。目前这个版本（大约有四万五千字）试图向读者真诚地介绍这部宏伟作品中最精彩的部分。

我对海明威多写出那么多字——只需要写一万字的时候，竟然写了十二万字——并不能加以批评，因为我自己也时常这么做。我一贯总交给杂志和报纸他们要我写的字数的三四倍，前面总有一篇说明；等我把这几页交给斯克里布纳时，这篇说明也将附在一起：

> 请你们编辑这篇过于冗长的稿件，使之适合于可用的篇幅。你们是受人尊重的编辑；删节是你们的工作。

就连写一部小说，我也坚持比实际需要的多写一些，然后再削减到基本结构。新近有一种出版物要我就紧迫的话题整整写上六页的时候，我告诫他们说，“在六页中，我甚至连打个招呼也来不及。不过我请你们删节。”

我倒希望能够听到《生活》杂志的编辑部看到他们要求写一万字，结果引出了多少万字后，说了些什么。有一回，一位朋友把批在我投递给另一份杂志的一部稿子边上的一段评语的影印件送来给我：“有人该告诉这个狗娘养的，他是在给一份杂志写文章，不是在给一部百科全书写。”

《生活》杂志所做的是，请海明威的好友和旅伴A·E·霍奇纳编辑这部稿件。他删节得很厉害。原来，这部稿件是打算作为一篇一次刊载完毕的怀旧随笔的，结果却成为一篇叙述两个斗牛士之间四处流动进行对抗赛的三部长篇报导。我获得许可，读了《生活》杂志这一系列中海明威原稿的第二部；我可以肯定地说，没有一份杂志能把全文刊载出来。而且也没有一个图书出版商会想要这么做，因为它是冗长的，部分离题的，还充满了斗牛的细枝末节。我很怀疑是否会有理由把全文发表出来。我深信，就连一个崇拜作者的读者，从本书目前的这一版本中，也不会丧失多少。我尤其认为，霍奇纳和《生活》杂志的编辑们在把海明威倾泻出来的原稿压缩到可以发表的形式，是做了一件出色的工作。我相信斯克里布纳的编辑们把精华在这本书里呈现出来，做了一件更为出色的工作。

我在《生活》杂志那一系列文章用商定的题目《危险的夏天》发表后不久，正在西班牙注视着斗牛的情况，因此可以评定一下国际上的斗牛观众，一群迷信、猜忌的人，对这篇文章的欢迎程度。男男女女同样都采取了坚定的立场；他们一致的意见似乎是：唐欧内斯托[1]回来了，这很好。他热情地报导了斗牛赛季的情况。他过于偏袒他心爱的小伙子了。他该靠墙站着，为他说的关于马诺莱特[2]的话被枪毙。

斗牛迷们一般同意，近代史中最了不起的两个斗牛士是，二十年代那个畸形的小矮子胡安·贝尔蒙特和四十年代那个身材修长、可悲的稻草人马诺莱特。有些人还把早夭的墨西哥人卡洛斯·阿鲁萨[3]也加在内。法国的少女和观光者们认为，新近的杰出人物埃尔·科尔多贝斯也值得列入，虽然纯粹派艺术家轻蔑地把他排除在外，因为他过于装模作样了。

就一个像海明威这样局外的美国人而言，不论他为这门艺术效力了多久，要闯进西班牙去贬低马诺莱特，就像一个西班牙人闯进奥古斯塔[4]，说博比·琼斯[5]不知道如何打高尔夫球那样。我听到有些极端苛刻的指控，包括恫吓，说要在餐前小吃的酒吧间里狠狠揍海明威一顿，倘若他敢露面的话，但是随着时间的消逝，这项惩罚变得不那么严厉了。后来，就连坚决支持马诺莱特的人也承认，有一位像海明威这样曾经获得过诺贝尔文学奖奖金的人，认真对待他们着迷的事，而且是在一份如《生活》杂志这样销路很广的刊物

---

① 西班牙文 Don Ernesto 的音译，即“欧内斯托先生”意。“唐”是西班牙人用在人名前的尊称。

② 马诺莱特(Manolete, 1917—1947)：西班牙著名斗牛士曼努埃尔·罗德里格斯(Manuel Rodriguez)的艺名，他非常受观众欢迎，创造出了一种阴沉、庄重的演出风格，于一九四七年在西班牙利纳雷斯演出时，死于斗牛场内。

③ 卡洛斯·阿鲁萨(Carlos Arruza, 1920—1966)：墨西哥斗牛士，马诺莱特的竞争对手，死于一场意外撞车事故。

④ 奥古斯塔(Augusta)：美国缅因州首府。

⑤ 博比·琼斯(Robert Tyne Jones, 1902—1971)：美国业余高尔夫球运动员，曾多次获美国业余高尔夫球锦标赛及公开赛冠军，昵称“博比”·琼斯(Bobby Jones)。

上，那可是一件值得向往的事。唐欧内斯托于是再一次被奉为艺术的保护神。

我想较为严重的指控是说，海明威在报导那姻兄弟俩之间的对抗赛时，滥用了作家的身份，过分偏袒他们中的一个，即他非常熟悉、显然崇拜的奥多涅斯。从他所使用的一个公正的报导人不会使用的词句中一再暴露出他有所偏袒——他袒护的人的那种令人畏惧的表演，也证明这种偏袒是有理由的——“我并不知道路易斯·米格尔·（多明吉）在瓦伦西亚第一次对抗赛前的那一晚做了什么事或是觉睡得如何。人家告诉我他很晚都没有睡，不过他们总在某些事情发生后说许多话。有一件事我知道，他在为这次对抗赛烦心，而我们却并没有。”（仿宋体是我用的。）

在这些文章发表后很久，海明威承认，他对待多明吉不太公正，并且多少表示了歉意，但是伤害已经造成了。本书成为对多明吉的一篇无法辩解的攻击。在长时间的对抗赛中，他并不像海明威所说的那样低人一等。

那些文章还没有发行多久，我们就听到传闻说，《生活》杂志认为他们刊载这篇文章是一场灾难。读者们对离开本题的长篇叙说全感到很不耐烦，这是就连霍奇诺细心的编辑工作也无法消除的。使《死在午后》受到欢迎的那种新鲜感，被一种陈词滥调所取代，这使读者抱怨说：“这一切我们早先全读过了。”结果，我们深信不疑地听到这种错误的传说，说《生活》杂志竟然半途就终止了这一系列连载，因为读者的接受十分消极。我们还听到一些其他的报导（后来发现是正确的），说海明威本人对整个事情感到十分厌恶，因为他过晚才认识到，首先，自己又折转回去是犯了一个错误，其次是，他写得如此冗长。《生活》杂志的代表们承认，他们对事情的结果并不十分高兴。原文并没有以书籍的形式出现。据信，等这问题没有人惋惜地过去以后，海明威倒是很高兴。佛手酒吧里的一个斗牛迷说："这一次是死在九月了。"

我本人当时和现在的看法都是，海明威试图这样重返他的青年时期是不明智的；他还想把过多的分量悬挂在一系列斗牛这么一根纤细的、深奥的线上，不过他写了一部展示出美国文学中一位主要人物的不少风格的手稿。这是一份值得保有的记录。

对于爱好斗牛文学的人而言，海明威在第十一章中对一九五九年八月十四日在马拉加[①]举行的具有历史意义的那场斗牛的叙述，是曾经形诸笔墨的一篇最富有形象、最精确的斗牛概述。它是一篇杰作。那天下午，那姻弟兄俩跟一批优良的多梅克公牛搏斗；那次斗牛的名声还在四处回响，因为那两个人割下了十只牛耳，四条牛尾和两只牛蹄。在那种斗牛场里，以前从来没有过那样一场表演。

海明威本可以在那个高音中就结束他的文稿，但是因为他是一位艺术家，既爱好戏剧效果，又爱好斗牛场上的错综曲折，所以以一场质量截然不同的斗牛结束了他的一系列文章。同时，他也以那种英雄悲剧的笔调结束了他对那两个人所要说的话。他曾经像一个命运左右的小男孩那样，跟踪着那两个人的足迹。

那些占绝大多数的很有理智的人会表示反对，认为海明威竟会浪费这么多注意力在一件像斗牛这么残忍的事情上，一个主要出版商竟会重新发表他的文章或者我竟会为这部作品辩护。对于他们，我只能说，许多美国人、英国人和欧洲人一般都觉得斗牛里有点儿什么值得注意的地方。我们的一位主要艺术家在他的青年和晚年都

① 马拉加(Málaga)：西班牙南部地中海上港口城市。

乐意去阐明它，这一点是值得注意的。我始终没有因为步他的后尘而感到羞愧。

斗牛远远没有美国的拳击运动野蛮；人员的死亡远远没有拳击运动那么频繁，近年来的比例大约是拳击场上死六十个，斗牛场上死一个。没有几个美国人知道，我们中学和大学里橄榄球运动造成青年人的死亡，其人数比斗牛所造成的高得惊人，并且还使许多其他的人成为截瘫病人。

当然，斗牛有残忍的成分，但是外科手术、田猎和所得税也有。《危险的夏天》是西班牙一个斗牛赛季中发生的那些残忍、精彩、引起人兴趣的事情的一篇记载。

背　景

既然《危险的夏天》集中描写了斗牛和斗牛场及看台上的参预人，那么，使读者理解，或许甚至设法欣赏，支配着这种艺术形式，这种精心设计的死亡之舞的那些不可思议的仪式，是很有必要的。某些说明将会有所帮助。

Temporada，斗牛赛季。粗略地说来，是从三月后半个月一直延续到十月初。这个词包括在西班牙所有斗牛场上的全部斗牛表演，不过举例而言，在墨西哥和秘鲁，也有 temporada（它们跨越不同的月份）。本书涉及一九五九年西班牙的那个令人激动的斗牛赛季。

Corrida，按字面意义解释，是指斗牛的过程，尤其是指整整一个下午的斗牛，通常总有三个剑杀手，每一个要杀死两头牛。

Plaza de toros，斗牛场。在西班牙，大多数市镇都有一片场地，可以充当斗牛场。它往往就只是一片广场，四周用一些手推车围了起来。马德里的斗牛场是世界上首屈一指的。斗牛士中谁先谁后则要看谁在什么时候第一个作为正式斗牛士在马德里参加斗牛。塞维利亚①的宏伟的广场是最壮丽的，它属于第二流。墨西哥城的是最大的，龙达②的是最古老和壮丽的，不过很小，毕尔巴鄂③的是斗牛迷们最为粗暴的地方，牛也是最大的。

Mano a mano，对抗赛。指两个已被公认的剑杀手之间的对抗赛，每一个都享有很大的名气，他独自据有斗牛场，每一个都杀死三头牛。竞争可能是很激烈的，尤其倘若这两个人之间抱有恶感的话。

Cartel，按字面讲是指海报，不过引申出去是指在斗牛界的名气。例如说："我在巴塞罗那④名气很大，"就和从前美国杂耍演员夸口说："奥马哈⑤人很喜欢我，"十分相似。本书的两位主人公具有强大的、同等的名气。

Aficionado，狂热的爱好者。特别是指热爱斗牛的人。海明威在西班牙受到尊敬，被视为一位地道的和很有学识的aficionado。

La prensa，新闻界。西班牙的斗牛新闻界是世界上无可比拟的最最腐败的。它非常活跃，丰富多彩，很善于奉承吹捧，而且出卖自己，替任何一位剑杀手写好评。剑杀手只要出三美元就可以获得。完全可能你在星期日去看一次斗牛，剑杀手桑切斯的表演如此糟糕，以致不得不召来警察保护他，但是到星期

---

① 塞维利亚(Sevilla)：西班牙西南部城市。
② 龙达(Ronda)：西班牙镇市，在直布罗陀以北四十余英里。
③ 毕尔巴鄂(Bilbao)：西班牙北部比斯开湾上的港口城市。
④ 巴塞罗那(Barcelona)：西班牙东北部地中海岸港口城市。
⑤ 奥马哈(Omaha)：美国内布拉斯加州东部城市。

一你会读到，“虽然抽签抽中了几头恶劣的牛，桑切斯却创造了奇迹，听到了请愿和乐曲，由崇拜他的斗牛迷们扛在肩上离开了斗牛场。”

牛

Ganadería，养牛场，是从 ganado（牛群）一字派生出来的。每一座养牛场都有其名称，享有自己的声誉，培养出多少具有一贯特征的公牛来。那个可怕的米乌拉斯是很有名气的嗜杀成性的牛。孔查-谢拉几十年来一直培养出第一流的斗牛用公牛。巴勃罗·罗梅罗的牛据说“大得和三辆卡车一块儿驶行一样”。在本书中，海明威表扬了帕尔阿牛，不过他也喜欢科巴莱达的。在我听说到后者时，它们被人很轻蔑地称作“那些小炸面圈”，因为它们的腿出名的软弱，就连极为有限的着力也会因撑不住而跌倒。

Divisa，辨别特色的方法。每一个养牛场有它自己的特殊颜色，斗牛迷们立即就可以辨认出来。从某一养牛场弄来的一头牛即将入场时，总在颈背部挂有一个小钩子，钩着一小条布，显示出它的 divisa，这样它吼叫着进场时，就显露出了它的颜色。

Tienta，检验。养牛场场主面临着一个两难的困境。他想要检验一下他的小牛，看看它们会不会很勇敢，但是他绝不可以用一块布这么做，因为牛学起来很快，而且会记住。等牛发现在那块引诱它的布后面并没有人时，它从此就不会在意那块布，而直接朝人冲去了。就连最熟练的剑杀手面对这样一个狡猾的对手，也只能支持上大约两分钟。因此，养牛场场主常在一个晴朗的日子，让一些人握着长矛骑在马上，看看他的牛是否会接受惩罚，但是衡量这件事的一个更好的办法就是，察看一下母牛的勇气，因为据信，一头牛是从它母亲的身上获得勇气的。对一个地道的斗牛迷而言，斗牛中没有一个方面比应邀到一个著名的养牛场去参加一次检验更令人振奋的了，因为那时候，他看到母牛由真正的剑杀手用真正的红披风去检验。通常总摆开一场盛宴；在下午的时光逐渐消逝时，看台上的看客也应邀下来，对一些较小的母牛试试运气。负责检验的剑杀手往往邀请一位妩媚的年轻姑娘握着那件宽大披风的一头，他握着另一头，站在相当距离外。运气好的话，那头不知所措的母牛会从他们之间冲了过去。海明威应邀参加过许多次检验，斗过许多头母牛，那可不是一件好笑的事，因为母牛几乎会和公牛一样危险。

Encierro，从 cerrar（关闭）引申而来。把六头公牛从养牛场送往它们将在那儿搏斗的斗牛场的行动。从前，赶着牛奔过街道是使人惊恐的；现在则是用运货汽车运送。

Sorteo，抽签。把六头公牛相当正式地分派给即将和它们搏斗的那些剑杀手的工作。这项工作总在决斗的当天正午由剑杀手的助手们进行。那些助手先抽签，然后回到雇主等候着他们的地方去，一成不变地保证说："老板，我们给您抽着两头最好的牛。它们冲刺起来，就像在铁轨上那样，冲过来，奔过去。"

穿　戴

对一个斗牛迷而言，应邀在当天下午四时左右去参加为这次斗牛举行的庄严穿戴仪式，几乎是一种令人喘不过气来的荣誉。剑杀手首先穿上最紧身的白内裤，内裤分外清洁，因为万一剑杀手肚子或是小腹部四周被戳伤了，那么被戳进伤口去的布必须是消毒防腐的，随后他穿上传统的制服，制服上的特征始于十七世纪。谈话全都停止了。祈求好运的仪式全部严加遵守。

Traje de luces，光彩灿灿的斗牛服，这么叫着，是由于上面装饰有闪闪烁烁的闪光装饰片。斗牛士规定必须穿的制服是一套用缎子和丝绸制成的沉重、华美、昂贵的服装。一个短标枪手只有一套穿得很旧的。一个正式剑杀手总有许多套，每一套颜色不同，供不同的场合穿。在搏斗中，牛的血、马的血、剑杀手本人的血都会沾污那身昂贵的服装，因此每次斗完牛后，剑杀手的仆人总用牙刷把那身衣服刷洗干净。

Capilla，小教堂。所有的斗牛场都有一座小教堂，供斗牛以前去祈祷。我知道的所有剑杀手全使用它，或是使用他自己私人的旅行小教堂。不论一个剑杀手变得多么无动于衷，他总知道，穿上光彩灿灿的斗牛服的两个最了不起的斗牛士就是被他们的牛戳死的。还有二十多个不太知名的也死了；我本人就知道有三个死了，还有另外两个成了终身残废。就连最勇敢的人也祈祷，因为死去的通常总是像他们那样的人。

在斗牛场内

Patio de Caballos，马苑。斗牛士在斗牛开始前大约半小时，全聚集在这儿。他们跟钦佩他们的人谈心，遇到有年轻、艳丽的女人来向他们致意时，他们自己也说上一些钦佩的话。我一向很喜欢这个紧张、激动的时刻，几乎不下于斗牛本身。

Cuadrilla，斗牛队。协助一个剑杀手的全体斗牛人员：他的三名短标枪手和拿披风的人，以及他的两名长矛手。这些人穿着全套制服，在他步入场地时，庄严地列成单行，跟随在他的身后。

Torero，斗牛士。这是对斗牛场内所有参预斗牛的人（不论这个人是一个名气很大的正式剑杀手，还是不过是初学的短标枪手）的体面尊称。“我是一个斗牛士”是一句极为庄严的话。

Matador，源于 matar（杀戮）。这个著名的词在讲英语的社会各阶层中很通用，在相对比较晚的时候才在西班牙使用起来，指领头的斗牛士。我的权威性的西班牙文字典举出它的意义只是杀手。它现行的用法当时还不知道。今天，就连西班牙也接受这个词，它的意义已经固定了。

Novillero，见习斗牛士。渴望成为剑杀手的年轻人总要经受一段严格的学习时期，拿一点儿钱或是不拿钱在乡野地方和危险的老公牛搏斗，希望引起人们的注意。有句常说的话：“我在洛斯里诺内斯斗的那头公牛如此有经验，它教我该站在哪儿。”

Sobresaliente，候补者。这是指公牛或是指人。当六头公牛从养牛场运来，关在围栏里准备举行一场斗牛时，一两头替补的牛，几乎总是来自另一个养牛场的，也给放在那儿待命，以防万一有一头预先安排好的牛受到损伤或是竟然胆子太小。时常，待命替补者会被要求上场。当两名剑杀手进行搏斗时，经营当局必须安排好一个第三名剑杀手，称作待命的替补，万一两个资历较深的人都不能上场的话，就代替他们。这种事偶尔也有发生。但是如果两个资历较深的剑杀手中只有一个负伤而不得不退场时，另一个就必须把余下的牛全都杀了。我有好几次就看到，在一场搏斗初开始时，资历较深的剑杀手被送到医务室去，这就意味着第二名剑杀手不得不和排成一行的六头牛斗。还有一次历史性的时刻，我看到两名资历较深的剑杀手在开斗五分钟内全到医务室去了。那个脸色苍白的待命的替补干得很出色，还听到了音乐。

Rejoneador，使用一柄 rejón（长矛）的骑马斗牛士。这在葡萄牙很流行（那儿从来不把牛杀了），不过在西班牙也算是一种特色，因为在西班牙，rejoneador 骑在马上，应该用长矛奋力一戳把牛刺死。只不过这种情况难得发生。通常，那个人总不得不跳下马，拿起一根普通的穆莱塔[①]和一柄利剑，把牛结果了。纯粹派艺术家们认为，用长矛的动作过分令人厌烦，而用倒钩短标枪——骑士不握住马缰，仅仅用两膝驾御着马——可以紧张刺激，尤其在用一只手把两柄只有八英寸长的短标枪刺进去时。最优秀的 rejoneadors 之一是孔奇塔 · 辛特罗恩，一个曾在西点军校接受过训练的秘鲁军官的女儿。那名军官在西点娶了一个美国妻子。孔奇塔如此艳丽，就连最勇敢的斗牛士跟她在同一场斗牛中登场，都感到光荣。

Banderillero，用倒钩短标枪去刺牛的短标枪手。这个费解的词几乎比任何其他的词都更经常地被人误用。新近在电视里播放的《卡门》中，播音员就曾经喊道："看呀，倒钩短标枪来啦！"它们当然来啦，不过是横放在短标枪手们的前臂上。

Picador，指用长矛刺牛的长矛手。一个受到严严实实保护的骑

---

① 原文为西班牙文 muleta，是一块心形的大红哔叽或法兰绒，折叠起来，双层覆在一根圆锥形木棒上，木棒较细的一头装有一只尖铁顶，较阔的一头形成一个有槽的木柄。尖头从哔叽或法兰绒里伸了出去，哔叽或法兰绒散开的一头用一只指旋螺钉固定在木柄上，这样木棒便撑住了红哔叽或法兰绒的褶层。穆莱塔是斗牛的主要工具之一，用来保护斗牛士，使牛感到疲惫，并调节好牛头和牛腿，以便使斗牛士和牛一起做出一系列多少具有美感的闪避动作来，同时在杀牛时，也对斗牛士有所帮助。参看《引言》第 29 页。

士，手持一柄很尖的长矛，用来刺牛的颈子，使牛低下头，让剑杀手好将它杀死。从前，就在海明威开始去看斗牛以前，一个长矛手在斗牛时可能会使他骑的五六匹毫无保护的马被戳死。这引起了一大阵强烈的抗议，因此西班牙政府下令，用很厚的垫子把马保护起来，这一来斗牛场上马的牺牲变得远没有先前那么频繁了。

斗牛的管理

Presidente，总裁判。民法把斗牛有条不紊地进行下去的责任交到了总裁判的手里。他常常被人称作法官，坐在一个很高的包厢内，俯视着场上发生的一切。他通常得到一个受人尊敬的前剑杀手的协助。此人在斗牛的错综复杂事务上向他提供意见。倘若有什么奖品的话，那就得由总裁判决定剑杀手该得什么奖。

Alguaciles，总裁判的执行官或助手。斗牛开始时，有一两个alguaciles穿着很华丽的古代服装，跨着骏马，领着全体斗牛士进入场地，接着有一个跳下马，充当传达总裁判的命令的人。这一个alguacil遵照总裁判的吩咐监督那些奖品的分割。他多少还可以指示剑杀手们，他们有些什么义务。

Monosabio，精明的猴儿[①]。他并不穿光彩灿灿的斗牛服，听从执行官的吩咐，驱赶长矛手的马儿使它们走近公牛，然后在牛被杀以后负责打扫收拾。在每一个斗牛赛季，总有几次有一个monosabio负伤，偶尔还有一个送了命。

---

① 这是斗牛场上的仆役。

Paseo，剑杀手们带着他们各自的全体斗牛人员在身后列成行，正式入场。他们由骑在马上的执行官在前面开道，并由长矛手殿后。资历深较的剑杀手——根据他的 alternativa（在马德里正式演出）的日期来定——走在左边（按观众所看到的而言），其次的一个资历较深的走在右边，最年轻的一个走在当中。乐队奏起了音乐。

Espontáneo，自发的斗牛士。斗牛的所有动作都是很精确地有一定形式的，只有一个例外。偶尔——比方说，在二十场斗牛的一场里——一个幻想着出了神的小伙子，希望干出一件不朽的事；他会事先不通知就冲进斗牛场，拿着从肚子上解下的一块红布，一直冲到公牛面前，把牛从剑杀手的面前引开，在众斗牛士们捉住他把他带走以前尽可能多地惹得牛朝他冲上几次。偶尔，大约三年中有一次，一个自发的斗牛士会表现得非常出色，以致他会引起一个经纪人的注意。经纪人会签约承担义务，让他参加一次见习斗牛——在见习斗牛士与年纪较小的牛之间进行的一场斗牛。

斗　牛

Capeando，单单用披风去撩拨牛。在总裁判发出信号后，喇叭吹响了，牛栏的门打开，当天下午的第一头牛冲进场来，扬起了一阵尘土。年龄最长的剑杀手用他厚实的红披风去挑逗那头牛。等他施展出了他最大的本领后，第二个和第三个剑杀手也依次试了一下运气。这是人人全都欣赏的一场斗牛中富有诗意、优美动人的部分。有二十多种错综复杂的招式都有名称，不过我将只提三种。

Veronica，从那位圣女的芳名得来。圣女维罗妮卡在基督拖着十字架到各各他去时，曾用汗巾替他拭面。剑杀手握着那件用黄绸衬里、锦缎织出很密花纹的红披风熟练地逗引牛朝那件衣服而不是朝他本人冲来。斗牛士必须站稳脚跟，不可以畏缩地移来移去。他还必须巧妙地挥动披风，把牛朝着人引回来，而不让牛变得无法控制。一系列精致的用披风逗引的动作，可能成为一场艺术性斗牛的顶峰。

Chicuelina，20 世纪二十年代一位斗牛士奇奎洛首创的。海明威认识他，尊重他。剑杀手握着披风伸出胳膊去逗引牛，但是等牛冲过来时，他熟练地把披风一下拖过自己的身体，在牛忿怒地冲过去时，向前移动上一步。那是一种舞蹈式的闪避动作，做得好的时候，十分优美。

Mariposa，蝴蝶。剑杀手把披风挥到身后，让它大张开，这样披风的边沿在他暴露出的身体左右两侧显露出来。他随后撩拨那头牛，先用披风的一部分逗引它，再用另一部分，一面不停地用舞步朝后退去，表现得极为优美和勇敢。

Pic-ing，这是一个那种无法优雅地拼写出来的词，指长矛手的动作。他把沉重的长矛刺进牛脖子上面那一大片肌肉去，以惩罚牛。从前，长矛手骑着马，马时常被牛戳死，每当牛朝着长矛手俯伏在地上的身体猛冲过来时，他就承受着可怕的惩罚。根据现在的保护马的规则，斗牛士仍旧会受到冲击，不过不再冒从前那么大的风险。

Quite，引开。斗牛中最了不起的动作之一。剑杀手仍旧披着厚实的披风，冲到牛的面前（牛这时候正朝着长矛手骑的马冲去），用几下可能是灵活美妙的躲闪及精湛熟练的驾驭手法把牛吸引开。这时候，一种微妙的算计开始起作用了。如果那头牛是剑杀手甲的，而且他还用一系列八九个超级闪避动作（这在十五场斗牛中大概出现一次）去迷惑牛，那么他就不得不作出这一决定：“要是我按照习惯那样，让这头牛再挨长矛刺上两下，那么另外那两个剑杀手就会参加进来，也许表现得比我还出色。所以我马上这就结束掉长矛手的这一招，不给他们这个机会。当然，在接下去的搏斗中，要是牛还没有累垮，我要制服它可能得花上很不少时间，但是到时候，我再应付。”他于是向总裁判表示，他想请长矛手退场，这样在当天的斗牛中挫败了他的两个竞争对手。当然，他们中要是有一个得到一头好牛，他也会对他采取同样的办法。

Remate，终了，结局。我看见过许多次但还是不相信的一种熟练的闪避动作。剑杀手结束了一系列闪避动作后，想让牛站着不动，他则准备自己的下一系列动作。他用手腕的某种转动，使披风的底部不住地旋转，从而来做到这一点，因为那种旋转会使牛完全迷惑住，它可以看见这个人，可是却似乎始终无法逮住他。“这场胡闹真见鬼，”牛似乎这么说。它就一动不动地站在那儿。

Banderillas，用五彩纸装饰的长棒子，一头有很尖的倒钩，刺进公牛肩上的大肌肉里去。到西班牙去的外国观光者通常最喜欢看斗牛中的这一部分；在这一阶段，一个瘦长、文雅的斗牛士凭借一条腿的飞快移动、一只胳膊的控制力，以及敏锐的目光，跑出一条惊人的轨迹，在牛朝他冲来时，拦截住它，然后在牛角上面探身向前，灵巧地把带有倒钩的短标枪插入。有时候，剑杀手把他们自己的短标枪插入。时常，这会引得观众大声喝彩，不过大多剑杀手的助手中有两个能把这个动作做得较为出色；他们成为有名的专家。看他们调弄牛是一种乐趣。

Banderillas de fuego，有爆竹的。从前，如果一头胆怯的牛不肯向前冲，或是没有对这场搏斗变得充分激动起来，那么总裁判就用一面红旗发一个信号，于是执行官就取出有爆竹装在倒钩旁的刺牛棒交给短标枪手。等倒钩短标枪刺中要害后，爆竹就爆炸了，使牛大为吃惊，随即做出了必要的动作。在我最初去看斗牛时，有一次我还不知道这一诀窍，他们在离我坐的地方不远使用了这种倒钩短标枪。那一下使我比牛还要惊骇。一九五〇年以来，爆竹被取缔了。取代它们的是表示耻辱的黑色倒钩短标枪。那些短标枪上的倒钩特别长，就连最冷漠的牛也会激动起来。

斗牛的中心

这时候，所有的人除去剑杀手和他的直接助手，全从场上退出去。马也走了。短标枪手们的优美姿势[①]也给忘了。剑杀手拿着悬挂在一根棒子上的一小块红布（总跟剑一起用右手握着）走上前去。从前，那柄剑是真剑，可是因为它太重，所以现在常常是木制的。斗牛进行着时，红布和剑的运用，以及从一只手换到另一只手去，变得至关重要。

Brindis，祝愿。剑杀手开始采取斗牛中的这一庄严步骤前，先在总裁判的包厢下站定，请求许可把那头牛献给一位著名的斗牛迷或是一位亲密的朋友，往往是一位女士。接下去，他就走近那人。他左手握着穆莱塔和木剑，右手握着 montilla（斗牛士帽子），举起帽子向他所招呼的人致敬，接着兀地一下转过身，把帽子向后由自己肩上抛过去，扔给那位接受的人。那个人在随后几

① 原文为 arabesques，是指芭蕾基本舞姿之一。

个斗牛的精彩回合中就拿着帽子，过后再还回去。祝词是从古罗马比剑武士的那句有名的喊叫直接传下来的："Ave，Caesar，morituri te salutamus."（我们这些即将死去的人向您致敬。）等斗牛结束后，帽子给还回去时，受到如此殊荣的人惯常总把相当于十美元的钱藏在帽子里。

Faena，工作，活儿。在长矛手退场和公牛被杀死之间的那段时间里，剑杀手用穆莱塔所做的一切动作。当然，主要是指用穆莱塔做的一连串连贯的闪避动作，像斗牛刊物上常用的那句话里所说的："他就要凭他的惊人的活儿赢得一只牛耳了，可是由于宰得粗心大意又失去了。"许许多多有名称的闪避动作合起来，构成了一整套权威性的活儿，不过我还是只提出几个来。

Muleta，照字面上讲，是指一种支撑物，在斗牛时，指最后的回合中用来逗惹牛的那块红布。它比披风小得多，轻得多，是剑杀手唯一的护身物，而艺术化地运用它，很大一部分决定了他表演的成功。

Derechazo，挥动右手的动作。一个剑杀手倘若想要有名气，必须在这个动作上胜过别人，不过他这么做了，并得不到多少称赞。这个动作是观众所期待的。剑杀手右手握着木剑和穆莱塔（木剑帮着使红布张开，红布总是放得很低，贴近地面），招呼（挑逗）那头牛，领着它奔过去，接着把穆莱塔较远的那头轻轻地一抖，使牛站定，然后再把牛引回来。当然，时常，公牛没有看到要它站定的动作，跑开去了，但是如果一个剑杀手做出六七次连贯的derechazo，使牛站定，那么观众就会变得热狂起来。

Natural（纳图拉尔），左手握着穆莱塔，不用剑帮忙，因此红布的面积要小得多。使用穆莱塔的那种壮观的闪避动作，赢得战利品的那种动作。它是很宏伟的，因为这时候，剑杀手左手握着那柄单薄的穆莱塔，右手握着剑，两手常常还放在身后。这意味着当牛向前冲时，它首先要冲过剑杀手的全部暴露的身体，才能接触到红布。这时候剑杀手会做一个虚假的动作表示他肚子上被一只牛角戳到了。名气是靠纳图拉尔得来的，而一个 faena 要是没有一系列或是一个纳图拉尔动作，就不会被认为是完整的。一连做五六个纳图拉尔是令人难忘的。

Paso de pecho，过胸招式。任何一系列纳图拉尔动作都必须用这个闪电般的闪避动作来结束。在这个动作中，牛——它先前的几次猛冲都是贴紧地面的——这一次却昂起头咆哮着，离开剑杀手的胸部不过几英寸奔腾而过。有一幅不朽的斗牛照片，显示出那个喜欢卖弄的墨西哥人路易斯·普罗库纳做出他特有的这一闪避动作。他两脚并在一起，仿佛牢牢地粘住了，身体挺得笔直，一团肌肉也不动，在牛轰响着冲过时，他脸上一副扬扬得意的神色，牛角离开普罗库纳的脸只不过几英寸。

Adorno，华丽的装饰，装饰品。当剑杀手很满意地看到牛已经站住不动，被他最后的旋转、闪避动作迷惑住后，他可以做出某些惊人的招式。在做打电话的动作时，他把胳膊肘儿搁在牛的前额上，一手摸着自己的耳朵，朝着空间望去，就像在接电话那样。再不然，他张开嘴，含着牛角咀嚼。或者他站得笔直，背对着那头困惑的牛，屁股就贴着牛角。最受人欢迎的就是这一个花哨的动作：他面对着牛跪下一条腿，鼻子抵着牛的鼻子，仿佛激牛动一动似的。我不喜欢花哨的动作，因为这种动作是在取笑牛，但是往往，这种动作的大胆使我吃惊。人家告诉我，剑杀手可以通过牛肌肉的活动预见到旋转动作的催眠效果何时即将消失，但是这种花哨动作对我仍旧是一个谜。

Rodillas，膝部。有些用披风或穆莱塔做的最令人激动的闪避动作，是由剑杀手跪下一条腿或是两膝跪地做出来的。这种闪避动作可以使音乐演奏起来。

杀 牛

Estoque，细长、锋利的真剑。那头疲惫的牛脑子里迷迷糊糊，因为它朝一个人的猛冲总没有什么结果，那个人似乎总在最后一刹那不见了。牛自己结实的头被长矛、倒钩短标枪，以及穆莱塔的旋转弄得低垂下去，这时候它的体力已经到了剑杀手有机会杀死它的那种情况。剑杀手于是走到斗牛场木板矮围墙面前，把那柄礼仪用的剑递给替他持剑的助手，接过一柄仔细磨尖了的、头向下弯的宰牛剑，朝牛走去，左手还低低地握着穆莱塔。先前，他用那柄礼仪用的剑，曾经展示过他的穆莱塔。接下去要做的事，并不是许多人都能做的。海明威管它叫作“真实的时刻”，一个人的逃避不了的个性发挥作用向世人显露出他实际上代表什么的那一致命的时刻。想一想剑杀手在那一时刻必须做的那许许多多复杂的、需要高超技能的事情吧。他必须用左手把穆莱塔低低地握着，心里一定得肯定牛的眼睛还在盯着穆莱塔。他的右手必须握着剑，把它高高举起，十分准确地对准了部位。他还必须用紧张的脚顺着一条仔细算计好的路径向前移动。随后，他约束住浑身上下的各个部位，必须以协调一致的动作大胆地走到牛角旁边，把剑尖正对着右方一剑刺下去，直到手几乎碰到了牛背部隆起的肌肉。干得得当的话，剑顿时就能把牛刺死，不过这种情况在六七十次中才有一次。更有可能的是，剑尖刺中了骨头或是从一个错误的角度刺了进去，再不然就完全没有刺中。那一来，死在午后就会成为一件很棘手的事。棒球运动员总说：“击中本垒的人，开走了那辆卡迪拉克牌轿车。”斗牛士们可以说，牛杀得好的人，开走了一辆好轿车。一场最糟糕的斗牛，可以靠一次了不起的宰杀挽救回来。

Descabello，用一柄有横档的杀牛剑杀一头还站着没有倒下的垂死的牛。横档在剑锋向上四英寸半的地方，是为了防止剑像在一次正常宰杀中那样一直刺下去，不过露出的剑锋极其锐利。剑杀手单用右手可以拿穆莱塔使牛头低垂下，这样，附于脑壳的脊髓部位就暴露出来。用剑迅猛的一刺就割断了脊髓，牛立刻就倒下，仿佛给一柄步枪击穿了心脏那样。但是往往，这一动作剑杀手也得试上三四次，于是廉价座位上的斗牛迷们就喊起来道：“屠夫！屠夫！”

Recibiendo，接受。你可以参加一百场斗牛而始终没有见到一次真正的从正面杀牛，因为这样杀牛异常危险，没有许多剑杀手希望尝试一下。它的完美的形式，我看见过好几次，是由比较后来的剑杀手蒙德诺和埃尔·比铁表演的。他们把这变成了一种职业。剑杀手做了寻常的屠夫所做的一切，不过他并不冲上前去，在半道上迎着公牛，而是像一座塑像那样一动不动地站着，让牛朝他冲来，根据牛向前的冲力，把剑刺中要害。那是一个十分激动人心的业绩；如果干得得当，斗牛迷们就变得狂热起来。海明威是正面杀牛的一个最大的爱好者，因为对他说来，这体现了斗牛最终的奥秘。

Puntillero，短剑手。要杀死一头牛并不容易。偶尔，用剑不可思议地一刺，会使牛在半道上翻倒死去。使用有横档的杀牛剑还通过割断脊髓，造成立即死亡。但是一般的牛并不是死在这两种方法的任何一种上。实际的情况是，剑杀手使牛感到很疲惫，用剑一刺使它奄奄一息，最终倒下死去，不过牛可以活上很长时间才毙命。为了解决这个问题，一名短剑手拿着一柄锋利的短剑随时作好准备。一旦牛扑倒下后，这个人就获准奔进场，把脊髓割断。他这么做就和剑杀手用一柄有横档的杀牛剑所做的一模一样，是用短剑对着脑壳的底部迅猛、敏捷地一刺来办到的。

奖 品

斗牛士们为金钱斗牛，不过他们也为荣誉，为奖品，还为广大公众的喝彩斗，如同下面这些次等重要的词语所表明的。

Pundonor，拘谨慎重。马诺莱特、墨西哥的阿米列塔和我拥护的那人多明戈 · 奥尔特加都在斗牛场中阐明了荣誉，但是偶尔，像圣卢卡尔 · 德巴拉梅达的利梅诺那样一个受了重创、生存下来的人，也向世界表明，真正的 pundoner 该是什么样。利梅诺年复一年自愿和那个杀手米乌拉斯和那个“棚车”巴勃罗 · 罗梅罗斯去斗，而年龄较轻的人却不敢与它们待在同一个斗牛场里。那几个人使斗牛很光荣。海明威向他们致敬，我也是如此。

Música，音乐。奖品中最早颁发、最令人愉快的，出现在一个显著的 faena 的较后阶段，在乐队演奏起来后。也许，不会颁发什么优胜奖，但是第二天的报刊上会说：“在杀第二头牛时，他听到了音乐。”读者于是知道他表演得很出色。

Peticiones，申请。如果一个斗牛士听到了音乐，那么他的追随者在那场斗牛结束后，很可能会向总裁判申请授予一项较贵重的奖品。报上会说，“他听到了申请。”

Pañuelos，手绢。观众通过挥舞白手绢向总裁判申请。如果总裁判迟迟没有作出反应，斗牛场上会变得几乎一片雪白："他看到了手绢形成的一阵暴风雪。"

Vuelta al ruedo，环绕场地庆祝胜利地走上一圈。如果总裁判授予一项主要奖品，剑杀手就绕着场地整整走上一圈——有时候走上两三圈——把奖品高高举起，但是即便没有颁奖，一个擅长公共关系的剑杀手，尤其要是他的班子里有一名机灵的助手的话，总能引得公众提出要他绕场走上一圈的要求。接着，剑杀手装作很谦虚，走到斗牛场中央，向总裁判表示歉意，同时耸耸肩，仿佛是说："可是，先生，他们要求。我要是不照办，可能会有麻烦。"接着，他就走开，他的班子里的成员紧跟在后面，煽动起情绪来。我曾经看见过一个机灵的剑杀手没有被总裁判授予主要奖品，绕场走了整整两圈，每走一步都热情地否认，说他并不真正配得上这种过度的夸赞，但是……

Oreja，耳朵。我无法查明，把剑杀手异常勇敢地杀死的那头牛的耳朵作为奖品授予他，这一风俗始于何时，不过当总裁判把自己的手绢放在楼厅上面很高处他的包厢边沿上，表示执行官可以走到死牛身旁割下一只牛耳交给剑杀手时，那可是一个令人振奋的时刻。剑杀手于是正正当当地绕场走上一圈，观众这时便高声欢呼。偶尔，为了一个异常的回合，和一次了不起的宰杀，也会授予两只牛耳。

Rabo，尾巴。早在三十年代我最初去看斗牛时，据我所知，并没有奖赏过牛尾，但是等我在五十年代又回去看时，偶尔可以看到一条牛尾也给割下——当然是在两只牛耳都颁发出以后——到六十年代和七十年代，我见到过不少次，多半都是没有正当理由的。Pata，牛蹄。近年来，在十分罕见的时刻，当剑杀手把他的技艺表演到最高峰时——用披风做的了不起的 chicuelinas，用穆莱塔做的一连串权威性的 natural，以及第一次就很完美地把牛杀了，也许是一次从正面的刺杀——他很可能获得两只牛耳、一条牛尾和一只牛蹄："Todos de los trofeos." ①

Salir en hombros，给人高举在肩头上通过大门离开斗牛场。偶尔，斗牛迷们对一场斗牛会感到狂喜，在表演结束后冲进场内，把剑杀手扛到肩上，抬着他胜利地走出场去，不是到他住的旅馆去，就是更有可能，到候在场外的轿车上去。

Cornada，牛角戳出的伤口。公牛也可以获得它的战利品。没有几个剑杀手经过整个斗牛赛季而不被牛至少戳伤过一次。有一天，我跟一些剑杀手一起游泳时，被他们身上旧伤疤的数目吓得大吃一惊；在肚子和肠子附近的伤疤中，有些的面积使人感到可怕。从前，这类伤口有些会是致命的，但是随着青霉素的发明，大部分的伤口都可以加以控制。它们成为纪念品，提醒人们，有时候是牛赢得了胜利。

Indultado，宽恕。在极为罕见的时刻（大多数斗牛迷，也包括我，都从没有见过一次），一头牛表现得如此勇敢，以致公众不愿让它被杀掉。往往，剑杀手两眼含着泪水，请求总裁判救下这头了不起的牛。那头牛于是给交到牧场上去。一个有名的事例，引出了一张较为出色的公牛照片：那头科巴莱达公牛西雅隆，一九三六年在巴塞罗那经过一致的申请而获得了 indultado，人们看见它回到家乡的牧场上，平静地吃草，同时牛场主人的八个小孩和他们的朋友手挽着手，形成半个圆圈，在不到五码以外围着它。它直盯着他们，可是并没有动。

---

① 西班牙文，意思是："获得了全部战利品。"

海明威的文章，按着目前这本书的形式，会受到两类特殊人士的重视。尊重海明威的美国文学爱好者（我也是其中之一），会从这篇文章中发现一位伟大的、传奇式人物的杂乱的告别词。我们亲眼看到他在潘普洛纳[①]集市日接纳各种各样年轻、妩媚的女人时，做出对自己夫人做的那种古怪的举止。我们看见他回到龙塞斯瓦列斯[②]附近那片鸟鸣嘤嘤的树林中所抱的渴望心情。我们突然碰上了他自己对《太阳照常升起》的评价："我先前写过一次潘普洛纳的情形，而且是永久性的[③]。"

某些段落里回响着真正的海明威笔触："我们在下一个镇上停下，在大路陡然转弯的地方有一所房子，两只鹳鸟正在房顶上筑巢。巢筑好了一半，雌鸟还没有下蛋；它们正在求爱。雄鸟总用嘴轻啄雌鸟的颈子；雌鸟总以鹳鸟的热忱抬起头来望着雄鸟，然后再望望别处。雄鸟就又轻轻去啄雌鸟。我们停下；玛丽拍了几张照，但是光线并不太好[④]。"

我们从许多方面洞察到了海明威的个性、他的冒险心理、他对死的全神贯注、他对比他差的人的不能容忍，以及碰上一个他认为真正值得尊敬的人时他的慷慨大度。那些年里，他遇见了我的两位年轻的美国朋友，约翰·富尔顿和罗伯特·瓦夫拉。富尔顿是费城的一个小伙子，渴望成为一名斗牛士；瓦夫拉是加利福尼亚州的一个小青年，想要成为一名动物摄影师。他听了他们的生世，冲动地从皮夹里抽出支票簿来，开了一百元，签上名。当他们想要谢谢他时，他所能说的只是"Buena suerte[⑤]"。

---

① 潘普洛纳(Pamplona)：西班牙北部一城市。

② 龙塞斯瓦列斯(Roncesvalles)，西班牙比利牛斯山区的一座村镇。

③ 参看本书第九章第 97 页。

④ 见本书第三章第 28 页。

⑤ 西班牙文，意思是"祝你幸运！"

但是他也会极为放肆无礼。当他遇见我的另一位朋友马特·卡尼时，他惹得那个年轻人同意挥拳打上一架，然后在当真动手对打前又缩了回去。卡尼对斗牛知道的事比海明威多。

这篇文章对涉及他朋友A·E·霍奇纳的一场次要的吵闹而言，是很有启发性的。霍奇纳似乎剽窃了海明威的作品，有些批评家对霍奇纳的那种方式深表不满，指责他是一个空想家。在霍奇纳的书《海明威老爹》出版后，《大西洋》月刊上登出了一篇极其严厉的文章，甚至使我也开始纳闷，霍奇纳到底是否熟悉那位大师。这份手稿，以及跟《生活》杂志文章一起刊登出的那几幅照片，证明霍奇纳不仅跟海明威很熟，而且海明威还信任他，倚靠他。我获得这一澄清，感到很高兴。

我很爱惜那些删去的段落，因为在那些段落里，海明威使我们想起他工作的那种不很浓郁的方式和他拒不使用逗号的习惯："……我还走进新近在该地设陷阱捕获的一头狼的笼子里去，跟它玩耍，这使安东尼奥很高兴。那头狼看来很壮实，坏就坏在它患有狂犬病，所以我猜想它所能做的就是咬你，那么干吗不走进笼去，看看你能否跟它合作呢？那头狼很不错，认识到也有人喜欢狼[①]。"

大部分这种珍贵的片断都保存下来了。它们提供了亲切的一瞥，让人看到这个人和这位作家的真实情况。另一方面，有些纯粹讲述斗牛的段落，都被大幅度删去了，因此热诚的斗牛迷会失去一些他本来会欣赏的细节。《生活》杂志的编辑和负责本书的那些人决定——我认为这么做很正当——从大部分有关斗牛的段落中把多明吉和奥多涅斯以外的其他剑杀手的姓名和工作全都删除掉。但是

① 见本书第一章第13页。

一个像我这样知道这样删除掉的剑杀手和他们的历史的人，为了失去下列这种显示实情的段落而感到惋惜：

> 那天下午的节目单上另外还有两个剑杀手。米格林，当地的一个身材矮小、头发浓密的小伙子，一个大胆的乡下佬，和胡安·加西亚·“蒙德诺”，一个身材修长、严肃、瘦削的小伙子，具有一种镇定安详、纯洁而有节制的作风，斗起牛来，仿佛在梦境中做弥撒那样。他是我去年看到的最优秀的新斗牛士。
>
> 米格林同样是一个喜剧性人物，不过有点儿不讨人喜欢。他以一种牛无法回答的傲慢、轻蔑态度对待牛。他知道的事情相当多，有充足的反应能力，可以把他的低劣趣味和他对于使斗牛值得观看的一切动作显得粗俗丢脸，在斗牛场上就像一种龌龊的果汁。件件事他都做，不过当他闪避开一头牛时，他却在嚼泡泡糖。他是家乡的一个小伙子；他的邻居们很喜欢他那样表演。
>
> 佩培·路易斯的第二头牛很难撩拨，腿也软弱无力。他用披风和穆莱塔做了一些绝佳的、个别的动作，想要从那头牛身上得出点儿什么来，随后他就放弃了希望，离开了。
>
> 当地的小伙子弗朗西斯·安东·“帕科罗”对他斗的第一头牛无可非议地谨慎小心，因为那头牛很危险，两边都有角。初开始，他两脚故意紧张不安地移来移去。接着，他无法控制住两脚了；有一会儿看起来仿佛牛会活着走出场去。

他镇上的人对他全毫不容情，特别是所有那些坐在阳光里的人[①]。他们要是能控制住自己的脚的话，也就会成为斗牛士。……

对最后一头牛（那头牛很不错），一切他都是跪在地上做的，好控制住神经，不让两脚跳开。等他控制住神经后，他站起身，用古老、一流的闪避动作十分漂亮地调弄那头牛。他很优美地着手宰杀，但是却沉重地击中了骨头。这使他心烦意乱，他又跪下两腿，闪避开那头牛。牛在地面上戳到了他，把他高高地扔到空中；他伸开手脚摔了下来，就像一只布娃娃，显然被戳伤了。

他挣脱了想要扶起他来的人，用穆莱塔使牛站正，冲上前去宰杀那头牛。牛经过这一回合，侧身倒下，死了。他们把帕科罗抬进过道[②]，由看台下走到外面医务室去。牛耳和牛尾跟在他身后也送进了手术室。同时，我们也穿过拥挤的过道走出去，走过他们正在宰牛的地方，到拴斗牛士马匹的、铺有鹅卵石的院子去。所有的汽车也全停放在那儿。

这样对往事的回忆我可以读上好几小时，不过我承认，尽管像我这样的斗牛迷由于这次删节失去了一些东西，有代表性的读者却并没有。说真的，这类材料过多——有一整页一整页这类材料删节后留在地板上——会使一般读者如此远离开，以致大多数读者大概都不会读完全书，倘若这部书完完整整刊印出来的话。

热爱斗牛的读者，会想要知道在一九五九年那个危险的夏天，

① 指坐在廉价看台上的观众。
② 原文为 callejón，是西班牙文，指环绕斗牛场的矮围墙和观众席第一排座位之间的过道。

在那个征服者奥多涅斯辉煌灿烂地取得胜利后，他究竟怎么样了。在随后的几年里，我也许看见他表演过二十三四场，结果他一律都是不光彩的。虽然有些人在一九五九年后看见他表演得很出色，可是我看的那几场，他都显得矮胖、回避，似乎被他面对的任何一头真正的牛吓坏了。他逃避进海明威看不起的种种丑恶的诀窍中去，从没使用披风或穆莱塔做过什么精彩的表演，杀牛时也是从一边奔过去，很丢脸地使劲儿一击。

然而，我们拥到斗牛场去看他，徒劳地希望他最终有一天下午会很正当地取得成功。那一下午始终没有到来。相反的，我们看到挫败，听见嘘声和口哨声，在坐垫像雨点般朝下扔向他时，他连忙躲避开，然后在警察准备去搭救他时（万一愤怒的斗牛迷想冲进场去的话），注意看着。海明威侥幸没有看到这种种侮辱现象。他曾经在奥多涅斯无与伦比的时候，跟着这个斗牛士四处旅行，而他写的也就是这个斗牛士那时候的高贵英勇。

詹·艾·米

一九八四年

于得克萨斯州奥斯汀

危险的夏天

第一章

再回到西班牙去是很不寻常的。我始终没有指望获准再回到那个国家去。除了我的祖国外，没有任何其他国家比这一个更叫我热爱了。再说，只要有我在那儿的哪位朋友还被关在监狱里，我也不会重返那儿。但是一九五三年春天，我在古巴跟一些曾经在西班牙内战中站在敌对两方作战的好朋友们谈起我们到非洲去在途中要在西班牙停留一下，他们一致认为我可以光荣地回到西班牙去，只要我不声明撤销我写过的任何文章，并且绝口不谈政治的话。申请签证并没有问题。美国观光者已经不需要签证了[①]。

到一九五三年，我的朋友没有一个还遭到监禁。我拟定计划，先带妻子玛丽到潘普洛纳去度集市日，然后出发到马德里去，看看普拉多博物馆，随后倘若我们还逍遥自在，就到巴伦西亚去，看看在那儿举行的斗牛，然后再上船到非洲去。我知道玛丽决不会遭到什么事，因为她一生中从没有到过西班牙，而且认识的都是一些最最高雅的人士。无疑，万一她碰上什么麻烦，他们会赶忙来搭救她。

我们很快穿过巴黎，驱车迅速经由夏尔特尔[②]、卢瓦尔河流域和波尔多[③]郊外，去到比亚里茨[④]。有好几个人作好准备，在那儿等候着，加入我们一块儿越过国境。我们吃喝全都很好，定了一个时刻在昂代海滨我们住的旅馆里会合，大家一起去到国境上。我们有一位朋友持有一封当时西班牙驻伦敦的大使米格尔·普里莫·德里维拉公爵的信。据信，万一我碰上麻烦，那封信可以创造奇迹。

这使我不很明确地颇为欣慰。

我们抵达昂代时，天气阴沉，正在下雨。那天上午也是阴沉多云，由于云层很厚，又有薄雾，我们无法看到西班牙的大山。我们的朋友并没有在约定的地点露面。我估摸着他们可能还要一小时，随后又给了他们半小时。最终，我们出发到国境上去。

在检查站，天气也很阴沉。我拿着四份护照进去交给警察。那个警官对我的护照细看了半天，没有抬起头来。这种情况在西班牙是习以为常的，不过从来不会是令人放心的。

"你跟那个作家海明威是亲戚？"他问，仍旧没有抬起头来。

"是本家，"我回答。

他看遍了护照的各页，然后又细细看了看我的照片。

"你是海明威吗？"

我把身子稍许立正，说道，"A sus ordenes，"这句西班牙语的意思是：不但听候你的命令，还听候你的差遣。我曾经在许多不同的情况下看到和听见人家说这句话；我希望自己说得很恰当，而且音调也正确。

不管怎样，他站起身来，伸出手，说道，"我读过所有你的书，非常喜欢。我来盖个章，再看看在海关那儿能否给你帮点忙。"

这就是我们如何回到西班牙的；情况看来好得简直不像是真

---

① 因为海明威在《丧钟为谁而鸣》中明确支持西班牙民主政府，反对法西斯势力，佛朗哥政府上台后禁止他入境，所以他对于自己能否获准再回西班牙去一直心存疑惧，想不到1953年即可成行。1959年他再次回到那个国家去看斗牛，随后写出了这部《危险的夏天》。所以，从某种意义上说，这本书是他1932年出版的《死在午后》的续篇。

② 夏尔特尔(Chartres)：法国巴黎西南方的一座城市。

③ 波尔多(Bordeaux)：法国西南部的一处海港城市。

④ 比亚里茨(Biarritz)：法国西南部的一座城市。

的。在比达索瓦河[①]沿河的三处检查站，每次我们给民警拦住，我都料想我们会给扣留下或者给打发回到边境上去。可是每一次，民警仔细而彬彬有礼地检查了我们的护照后，总欣然地一摆手，叫我们往前驶去。我们一行人是一对美国夫妇、一个来自威尼托[②]的欢快的意大利人季安佛朗科·伊凡奇契，以及乌迪内[③]来的一名意大利司机；他准备到潘普洛纳的桑福尔米内斯去。季安佛朗科是先前跟着隆美尔[④]作战的一名骑兵军官，在古巴工作期间曾经是和我们住在一块儿的一位亲密的老朋友。他把那辆汽车开到勒阿弗尔[⑤]去和我们会合。司机阿达莫本来雄心勃勃，想成为一个殡仪和丧葬承办人。按实在说，这一点他做到了。要是你有朝一日在乌迪内逝世，那么他就是承办你丧事的人。谁也不曾问过他，他站在西班牙内战的哪一方作战。为了使我自己在那第一次旅程中心地安宁，我有时希望他是站在双方。等我和他渐渐熟悉起来，觉察到他像达·芬奇[⑥]一样多才多艺后，我相信那是完全有可能的。他可以为了自己的信念站在一方作战，又为了他的国家或者为了乌迪内这座城市站在另一方作战；倘使有一个第三方的话，他总可以为他的上帝，为兰西亚公司或是为殡仪事业作战，因为他对上述三者全都同等深深地专心致志。

要是你想要欢欢喜喜地上路旅行——我就是想这样——那么就

---

① 比达索瓦河(Bidasoa)：西班牙纳瓦拉省的一条河流，是西班牙和法国的分界线。

② 威尼托(Veneto)：意大利东北部的一个区。

③ 乌迪内(Udine)：意大利东北部的一处城市。

④ 隆美尔(Erwin Rommel, 1891—1944)：纳粹德国元帅，因与暗杀希特勒的密谋有联系，被迫服毒自杀。

⑤ 勒阿弗尔(Le Havre)：法国北部塞纳河口的海港。

⑥ 达·芬奇(Leonardo da Vinci, 1452—1519)：意大利文艺复兴时期画家、雕塑家、建筑师和工程师。

跟愉快的意大利人一块儿上路。我们正和两个出色的意大利人在一次非常愉快的、兴趣盎然的兰西亚攀登行动中从苍翠的比达索瓦河谷向上，好些栗树就长在大路旁边。在我们攀缘而上时，那片薄雾渐渐散去，因此我知道过了维拉特隘口，天气就会变得晴朗，我们那时就会蜿蜒着向下，驶进纳瓦拉[①]的高原。

这篇记载原想是要写斗牛的，不过当时我对斗牛并不十分感兴趣，只不过想让玛丽和季安佛朗科见识一下。玛丽在马诺莱特上次到墨西哥演出时，曾经看见过他斗牛。那是一个刮风的日子，他斗了两头最恶劣的牛，可是玛丽喜欢的却是斗牛的全过程。那其实很低劣，我因此知道，如果她连那样一场也喜欢，那么她会喜欢斗牛的。人家说要是你可以一年不去看斗牛，那么你就可以永远不去看。这话并不真实，不过它里面却有点儿实情。除了看墨西哥的斗牛，我有十四年都没有看了。这一时期有不少时候我就像坐牢那样，只不过我是给禁闭在斗牛场之外，而不是在里面。

我曾经读到过，可以信赖的朋友们也告诉过我，在马诺莱特雄踞斗牛场的那些岁月里，以及在随后的一段时期内，斗牛中出现的一些弊端。为了保护为主的剑杀手，牛角的尖端被锯掉，然后再削尖、锉光，使它们看起来就像真正的牛角。可是它们的尖端很嫩，就像剪指甲会剪到下面的嫩肉一样。倘使可以使牛把角撞在场边围墙的木板上，那么它们就会感到如此疼痛，以致牛对于用角去撞击任何别的东西都会十分小心。撞上当时用来给马匹作铁甲的那种和铁一般沉重的帆布覆盖物，也会产生同样的效果。

随着牛角长度的缩短，牛也失去了距离的意识，剑杀手被牛角抵着的危险也比从前小多了。一头牛学会了在养牛场上日常的争执

---

① 纳瓦拉(Navarra)：西班牙北部的一个省。

和吵闹中，以及有时也为了和其他牛的严重搏斗中，使用它的角。一年又一年，它对自己的角越来越有意识，使用得越来越熟练。因此，某些星级斗牛士的经纪人（他们每一个都掌握有一大批次要的斗牛士）总设法使饲养牛的人培养出我们所谓的半公牛或是中等公牛，也就是一头尽可能刚满三岁的牛，这样它还不太知道如何熟练地使用它的两角。为了使它四条腿不太强劲，从而无法跟着穆莱塔迅速复位，所以饮水的时候不应让它走得离开牧场太远。为了让它达到需要的重量，他们要求用谷物饲养它，使它看来像一头真正的公牛，重量也像一头真正的公牛，进场奔得很快，也像一头真正的公牛。可是实际上，它只是一头半公牛；这种惩罚使它软弱下去，变得容易控制。除非斗牛士耐心而温和地对待它，否则它到了最后总是没有能力对抗斗牛士的。

任何时候，它哪怕是用削短了的角猛地一戳，也会伤到你或是杀了你。许多人都曾经被削短了的牛角戳伤。不过一头牛角被削过了的牛斗起来，最终被杀死，至少要比一头牛角完完整整的牛安全上十倍。

一般观众看不出牛角被削过了，因为他或是她对动物的角毫无经验，看不出那种微微带点儿灰白色的磨锉过的痕迹。他们望望牛角的尖端，只看见精细、闪亮的一个黑点。他们并不知道那是通过用使用过的曲轴箱机油摩擦而造成的。这使削过的牛角具有一种比洗革皂使你磨损了的皮靴还亮的光泽，但是在一个老练的观察家看来，很容易觉察出，就如同一个珠宝商对钻石上的一个瑕疵那样；你从相当远的距离外就可以察觉到它。

马诺莱特时期和他以后的岁月里那些不讲道德的经纪人，往往也是这件事的创始人，再不然就是跟一些创始人，还跟某些饲养人有勾结。他们为自己的斗牛士确定的理想是，斗半公牛，于是许多饲养人集中精力大量饲养这种牛。他们为了速度，为了温驯和易于激怒，在繁殖时使那些牛身材不太大，然后他们用谷物饲养牛，使牛体重增加，给人一个硕大的印象。他们并用不着为牛角烦心。牛角可以修改，观众们见到了斗牛士斗这种牛的时候可以做出的奇迹——斗牛士倒退着搏斗，斗牛士睁大眼睛瞪视着观众，而不是瞪视着从他们腋窝下经过的牛；斗牛士跪在那头凶悍的牲口面前，把左胳膊肘儿搁在牛耳朵上，装着在打电话给它；斗牛士摸摸牛角，还把刀和穆莱塔扔开，一面像表演过火的演员那样盯视着观众，牛在它那方面仍旧病恹恹的，还在出血，仍旧陷入催眠状态——观众注视着斗牛场内的这种过程，以为自己正亲眼目睹斗牛的一个崭新的黄金时代了。

如果不讲道德的经纪人不得不从诚实的饲养人手里接受真正的、牛角没有削短的牛，那么在黑暗的通道里，以及在斗牛当天的中午牛给挑选出来关进斗牛场的石头围栏里以后，那几头牛总有可能会遭到什么事。所以，如果你看见一头牛两眼发亮，奔跑起来快得像头猫，四条腿在 apartado 的时候（也就是说经过拣选、把选中的牛关进围栏时）十分健壮，而这头牛后来走出来竟然后腿乏力，那么也许有人丢了一袋沉重的饲料压在它的腰背部。再不然，如果它像一头梦游的牛那样漂泊进斗牛场，那么斗牛士只好通过牛的迷茫恍惚设法去挑逗它，这一来，他斗的就是一头不感兴趣、忘了自己大角的作用的牛，也许这是有人用一根很大的马用注射器，装入巴比妥类药物[①]，给它注射了一针。

当然，他们有时候也不得不跟角没有削过的真正的牛搏斗。最优秀的斗牛士能够斗上一场，不过他们并不喜欢，因为那样太危险

① 催眠、镇静等用的药物。

了。然而他们所有的人每年总干上若干次。

因此，为了多种理由，特别因为我生活中已经远离开了吸引大量观众的体育活动这一事实，我对斗牛已经失去了不少过去的兴趣。但是一代新的斗牛士成长起来，我急于想看看他们。我知道他们的父辈，他们有些人很出色，不过在他们有些人死了，另外有些人由于恐惧或是其他的原因而失败了后，我已经决定从此不再和一个斗牛士交朋友了，因为，当他们出于恐惧应付不了那头牛时，或者由于恐惧而束手无策时，我为他们，同时也跟着他们一块儿，忍受过太多的痛苦。

一九五三年那一年，我们呆在莱库姆贝里市区外面，每天早晨驾车行驶上二十五英里、六点三十分赶到潘普洛纳，好观看牛在七点钟奔过街道。我们让我们的朋友们在莱库姆贝里的旅馆里住定下来；我们度过了通常的喧闹的七天持续不断的欢庆，我们彼此变得相当熟悉，互相都很喜欢，或者可以说，我们大部分人都是如此。这意味着那是一个相当不错的喜庆节日。我起初想到达德利伯爵点缀有金边的罗尔斯-罗伊斯牌汽车[①]时，只是带有几分夸耀。现在，我觉得它很漂亮。那一年就是这情形。

季安佛朗科参加了由擦皮鞋人和几个想当扒手的人集合起的一场跳舞、饮酒的集会。他在莱库姆贝里的床铺上很少见到他。他创造了次要的历史，睡在牛经由那儿进入斗牛场的由围栏隔开的通道里，这样他就肯定会醒来看到运牛进场，而不至于像有天早上那样错过了。其实他并没有错过。牛从他身上奔过去。斗牛士班子里的人全感到很得意。

---

① 罗尔斯-罗伊斯是英国著名的汽车公司。

阿达莫每天早上都来到斗牛场，想要获准杀死一头牛，但是管理斗牛的部门却有其他的计划。

天气是恶劣的。玛丽在观看斗牛时被雨淋湿，患上了重感冒，发烧，在我们呆在马德里的时期一直没有好。几场斗牛实际上并不精彩，只不过有一件具有重大历史意义的事。那就是我们第一次看到安东尼奥·奥多涅斯。

从他最初长时间缓缓地挥动披风的闪避动作上，我可以看出来，他是了不起的。那就像见到所有了不起的挥动披风的人那样。这种人可不少，生气勃勃，又在斗牛，只不过他更为出色。再说，就穆莱塔而言，他挥动起来简直完美无疵。他杀牛也杀得不错，一点儿也不费事。我严密而苛刻地注视着他的表演后，知道倘若他不遭到什么意外，那么他会成为一个很了不起的剑杀手。我当时并不知道，不论遭到什么事，他都会了不起，而且经过每一次重伤后，反而勇气大增。

多年以前，我认识他的父亲卡耶塔诺，在《太阳照常升起》中为他写过一篇描述和他表演斗牛的记载。那部书中记录下的斗牛场上的一切情景，全都是记实的，是他如何斗牛的场面。斗牛场外的种种事情都是虚构的、想象出的。这一点他始终知道，可是对那部书并没有提出任何抗议。

我注视着安东尼奥斗牛，看到他具有他父亲鼎盛时期所具有的一切。卡耶塔诺在技巧方面绝对进入了化境。他可以指点他的手下，长矛手和短标枪手，从而使斗牛的全过程即导致牛毙命的那三个阶段，全都井然有序、十分合理。安东尼奥比父亲还要出色得多，因此从牛进场后他挥动披风的每一闪避动作，长矛手的每一行动，以及长矛的每一刺击，都是很聪明地安排好的，为了让牛准备好接受斗牛的最后一幕：牛被穆莱塔红布控制住，使它准备好被剑杀死。

在现代斗牛中，牛单纯被穆莱塔控制住、使它可以被剑杀死，还不很够。剑杀手在杀牛以前，必须做出一系列传统的闪避动作，倘使牛还能向前冲的话。在这些闪避动作中，牛必须在牛角挑刺得到的距离内从剑杀手身旁冲过。牛在剑杀手的挑逗和撩拨下，愈贴近地从他身旁冲过，观众感受到的刺激就愈大。那些传统的闪避动作全部极端危险。在这些动作中，剑杀手必须用自己拿着的、挂在一根四十英寸长的木棒上的那块鲜红色法兰绒控制住牛。他们想出了许多特技的闪避动作，结果实际上是剑杀手奔过牛，而不是牛从剑杀手身旁奔过，或者可以说，利用他的经过向牛致意，事实上是在他经过时，而不是由他控制和操纵着牛的行动。这些致意的闪避动作中最激动人心的，是对笔直地向前冲来的牛做出的；剑杀手知道，相比较而言，把身子转过去、背对着牛闪避开并无危险。他可以用同样的方式避开一辆电车，但观众喜欢这些技巧。

我第一次去看安东尼奥 · 奥多涅斯斗牛时，看见他用不着假装就可以做所有那些传统的闪避动作，我看见他很熟悉牛，倘若乐意的话，他可以宰牛宰得很好，而且他挥动披风也是一个天才人物。我可以看出来，他具有一个剑杀手的三项重大必要条件：勇气、斗牛的技巧以及面对着死亡危险的优美风度。但是在斗牛结束后、走出斗牛场时，有位我们共同的朋友告诉我，安东尼奥想请我到约尔迪大饭店去会会他；这时我想道：别再跟斗牛士交朋友了，特别是不要跟这一个，你知道这一个多么出色，要是他遭到什么意外，你会不得不蒙受多么大的损失。

侥幸，我始终没有学会接受我向自己提出的好意见，也从不接受自己的担心向我提出的忠告。这样，在遇见赫苏斯 · 科尔多瓦的时候——他是一个出生在堪萨斯、会讲一口流利英语的墨西哥斗牛士，前一天刚把一头牛献给了我——我问他约尔迪大饭店在哪儿，他提议陪我一块儿走过去。赫苏斯·科尔多瓦是一个绝佳的小伙子，又是一个出色的、聪明的剑杀手，我很喜欢跟他谈谈。他到安东尼奥的房门口才离开了我。

安东尼奥赤身露体地躺在床上，只用一条小毛巾作为一片无花果树叶[①]。我首先注意到那双眼睛，那是人们曾经看到过的最黝黑、最明亮、最欢乐的眼睛，还有那种顽童咧开嘴淘气的微笑；我禁不住还看到右边大腿上那个伤疤的边沿。安东尼奥伸出左手（右手在杀第二头牛时被剑严重地划伤了），说道，“请在床边坐下。告诉我，我斗得是否和我爹一样出色？”

接着，我望进那双陌生的眼睛——这时候他眼里的微笑消失了，我心里的怀疑（不知我们是否会成为朋友）也跟着消失了——我告诉他，他干得比他爹还要出色，又告诉他，他爹的手法多么好。接下去，我们谈到他那只手。他说再过两天他就可以用那只手斗牛了。那只是划了一个很深的口子，并没有割断什么筋腱和韧带。他打给未婚妻卡门的电话接通了，我于是站起身退到听不见电话谈话的地方去。卡门是他的经纪人多明吉的女儿和那个剑杀手路易斯·米格尔·多明吉的妹妹。等他接完电话后，我就告辞出来。我们约好在埃尔-雷伊-诺夫莱跟玛丽会面，从那以后就成为朋友了。

我们第一次去看安东尼奥斗牛时，路易斯·米格尔·多明吉已经退休了。我们在和平庄第一次会见他。那是他刚买下的、从马德里到巴伦西亚的大道上萨利塞斯附近的那片大牧场。我多年前就认

① 西方男性裸体画像中常画一片无花果叶遮蔽阴部，故云。

识米格尔的父亲。他曾经在一段时期里是一个很出色的剑杀手。当时只有两个了不起的剑杀手。后来，他成为一位精明能干的商人。他发现了多明戈·奥尔特加，并且成为他的经纪人。多明吉和他太太有三个儿子和两个女儿。三个儿子全都是剑杀手。路易斯·米格尔件件事办起来都敏捷而有才干；他还是一位了不起的短标枪手和西班牙人称之为 torero muy largo 的人，那就是，他具有一整套全面的闪避动作和种种优美的技巧，可以对牛随意地耍弄，想要刺杀得多么干净利落就可以多么干净利落。

就是那位父亲多明吉邀请我们停留下来，到路易斯·米格尔新买下的大牧场上去看看他，在我们前往巴伦西亚的途中到那儿去吃午饭。玛丽、胡安尼托·金塔纳（住在潘普洛纳的一位老朋友，就是《太阳照常升起》中那个旅馆老板蒙托亚的原型）和我于是乘车在七月的炎热里穿过新卡斯蒂利亚[①]，来到那所阴凉、幽暗的房屋；非洲吹来的热风从沿途的打谷场上把谷壳全吹到了空中。路易斯·米格尔是一个很讨人喜欢的人，皮肤黝黑，身材修长，臀部不大，只是就一个斗牛士而言，脖子稍嫌太长了点儿，一张脸嘲弄而严肃，从职业上的蔑视神情可以变成轻松的欢笑。安东尼奥·奥多涅斯和路易斯·米格尔的小妹妹卡门也全在那儿。卡门肤色黝黑、长得很美，生着一张秀丽的脸庞，体态也十分美好。她和安东尼奥已经订婚，预备在那年秋天结婚。我们从他们的言谈举止中可以看出来，他们彼此多么相爱。

我们去看了饲养的牲口、家禽、马厩和藏枪的房间。我还走进新近在该地设陷阱捕获的一头狼的笼子里去，跟它玩耍，这使安东尼奥很高兴。那头狼看来很壮实，坏就坏在它患有狂犬病，所以我

① 新卡斯蒂利亚（New Castile）：西班牙中部的一片地区。

猜想它所能做的就是咬你，那么干吗不走进笼去，看看你能否跟它合作呢？那头狼很不错，认识到也有人喜欢狼。

我们去看了还没有装修完毕的新建的游泳池。我们很赞赏路易斯·米格尔那座和本人一般大小的青铜竖像。这就一个生前竖立在自己庄园内的人来说，是罕见的。我认为米格尔显得比他的竖像神气，虽然竖像看上去稍许高贵点儿。不过一个人是很难在自己的侧院里和自己的青铜竖像一比高低的。

我下一次见到米格尔是一九五四年五月在马德里。当时，我们刚从非洲回来。他上我们在王宫大饭店的房间里来，那是一个阴雨、刮风、就要有风暴的日子。在看完一场特别低劣的斗牛后，大伙儿都上我们房间里来。那间房里坐满了人，喝酒、抽烟，还过多地去谈论一件最好忘却了的事。说真的，米格尔显得很可怕。当他心情最好的时候，他看来像唐璜[①]和善良的哈姆雷特[②]两结合，但是在那个喧闹的晚上，他却显得紧张、狼狈、疲乏。

米格尔仍然退休在外，不过他考虑到法国去举行几场斗牛。我跟他一块儿到乡间去过两三次，外出在瓜达拉马斯山[③]避风的一面朝埃斯科里亚尔[④]驶去。这时，他正拿几头斗牛用的小母牛在训练，看看需要多久才能使自己恢复原状，好再次斗牛。我喜欢看他训练，注意到他多么刻苦地训练，从不休息，也不宽容自己，以及

---

① 唐璜(Don Juan)：西班牙传奇中的一个浪荡子，屡见于西方诗歌、戏剧中。

② 哈姆雷特(Hamlet)：莎士比亚同名悲剧中的主人公，是一个优柔寡断的人。

③ 瓜达拉马斯山(the Cuadarramas)：西班牙的一道大山，把马德里和塞哥维亚分开。

④ 埃斯科里亚尔(Escorial)：西班牙首都马德里附近的一处大理石建筑群，有宫殿、教堂、修道院、陵墓等，建于十六世纪。

当他开始感到疲乏，或是气急时，他总怎样支撑下去，直等到牛筋疲力尽为止。接着，他就开始跟另一头牛斗，汗水从他身上直流下来；他深深地呼吸，好喘过气来，一面等着新的牲口进场。我很赞赏他的优美风度、他的熟练，以及他的 toreo，也就是斗牛的方式，那是以他的体力、他两条绝妙的腿、他的反应能力、他对闪避动作所掌握的了不起的全套本领，以及他对牛的渊博知识为依据的。看着他在那儿训练，真是莫大的乐趣。那时雨季已经过去，春天的乡野是优美迷人的。就我来说，只有一个令人不快的地方。他的风格一点儿也不打动我。

我不喜欢他挥舞披风的方式。我侥幸见到过现代斗牛从贝尔蒙特开始以来的所有了不起的擅长挥舞披风的人。就连在乡间，我都可以说，路易斯 · 米格尔并不在那些人当中，不过那只是一个小节，和他呆在一块儿我觉得很高兴。他具有一种嘲弄的幽默感，为人很喜欢冷嘲热讽。当我们很幸运地留他和我们一块儿在古巴的庄园里呆上一阵子时，我从他那儿对许多事情都知道了很不少。每天，在我做完工作后，我们总在游泳池畔长谈。当时，路易斯 · 米格尔还无意回到斗牛场上去。他还没有结婚，正同许多娘儿们谈情说爱，今天想到要做一件事，明天又想到要做另外一件事。晚上，他总跟那个西班牙诗人阿古斯丁 · 德福克哈出去。阿古斯丁当时在西班牙大使馆里当秘书。他十分享受生活。在和德福克哈交往的时期，当路易斯 · 米格尔和我们的司机胡安常在天亮前后才回到庄园上时，米格尔曾经认真地想到过一过外交官员的生活。

他还想到从事写作。如果欧内斯托[①]能写，我想他是这么推论的，那么写作一定很容易。我解释说，写作并没有什么窍门，要是

① 即海明威。

你做得恰当的话，并且告诉他我是怎么写作的。于是有两、三天，我们两人上午都从事写作，中午他把写的东西带到游泳池边去给我看。

米格尔是一位特别叫人欢喜的同伴，一位十分体贴的客人。他讲给我听了一些我从来不曾听说过的关于生活和关于斗牛的令人惊异的事。

这是使一九五九年的斗牛如此糟糕的事情之一。假如路易斯·米格尔是一个仇人，不是我的朋友，不是卡门的哥哥和安东尼奥的内兄，那么情况就会轻松点儿。或许，也不轻松，不过那样的话，你只是作为一个人关心那些事情。

第二章

从一九五四年六月底到一九五六年八月，我们一直在古巴工作。我的健康状况很不好，背脊骨在非洲的一次飞机失事中跌断了，我正想极力复原。谁也拿不准，我的背脊骨结果会怎样，直到我们为了《老人与海》那部电影想要钓一条大金枪鱼，不得不到秘鲁的布兰科角去考验一下背脊骨才知道。我的背脊骨总算可以挺得笔直。等我们拍片的工作不论好歹完成以后，我们把八月那个月在纽约消磨过去。

九月一日，我们从纽约乘船启航，打算经由巴黎到西班牙去，在洛格罗尼奥[①]和萨拉戈萨[②]看一下安东尼奥的斗牛，然后往前到非洲去。我们在那儿有些未了的事务。

我们在勒阿佛尔一大批乱七八糟的男女记者和摄影记者中上了岸，见到马里奥·卡萨马西马开来一辆新型的旧兰西阿牌轿车。他是由季安佛朗科从乌迪内派来取代阿达莫的，因为阿达莫在乌迪内和附近一带的殡仪界已经成为一位那么重要的大人物，以致他不能再撇下他的顾客，就像一位深受大众欢迎的产科医生那样。

他写信来说，他感到非常伤心，不能前来，无法再和我们一块儿分享西班牙的乐趣，不过他知道我们会发现马里奥不愧于他家乡城市；那座城市里人均拥有的兰西阿牌轿车比世上任何其他城市都多。他是一位赛车手、一个刚刚开始干这一行的电视导演；他还能把一辆兰西阿牌车顶上像对一头驮骡那样放满了东西，用绳索把它们缚住，顶着那股固定的顶头风，驶过梅赛德斯牌汽车[③]落在大道上的种种东西。他还是个法国人所谓的 debrouillard[4]，意思是说，如果他陷进什么困难，他总能脱身出去；要是你想要什么，他总可以不只是大批弄到，还可以从一位新交的、忠实的朋友那儿暂借得来。他每晚在所有的车房和旅馆里结交这些朋友。他并不懂西班牙语，但是他混得挺不错。

我们抵达洛格罗尼奥，正好赶上看那场斗牛。那场表演很精彩。牛全勇敢、高大，冲得很快，并没有用不正当的手段饲养过；剑杀手们则贴得很近，更近，在可能的最近距离内撩拨牛，每一个人都尽了他所能尽的最大努力。

安东尼奥挥舞披风的方式几乎使我激动得透不过气来。不是人们啜泣时的那种哽咽，如同法国沦陷时[5]法国人的那张不朽的照片上那样，而是你的胸部和嗓子全收紧，你的两眼蒙眬，看到一件你以为死了、完结了的东西在你眼前又复活过来的那种。那种挥舞比实际上可以挥舞的方式更纯洁，更优美，更贴近，更危险；他控制住那种危险，按着测微计比例精确地测量出距离来。这时候，他一直在用脑袋两边的一种致命的武器，用一件在他腰部和膝部来回挥动的细棉布披风，控制住一头半吨重的进攻的牲口，跟牛在一起搞雕塑，使两个形象与使它们结合在一起的徐缓、指导性的挥舞披风的动作之间的关系优美得如同我见过的任何雕塑品一样。

等他做完第一系列贝罗尼卡[6]后，我们的英国朋友鲁珀特·贝

---

① 洛格罗尼奥(Logroño)：西班牙北部的一座城市。
② 萨拉戈萨(Zaragoza)：西班牙东北部的一座城市。
③ 一种德国产汽车的牌号。
④ 法语，意思是，“八面玲珑的人；善于解决困难的人”。
⑤ 指 1939 年第二次世界大战中德国征服了法国，占领了法国大部分地区一事。
⑥ 指斗牛士不移动脚步挥舞披风的动作。参看《引言》第 25 页。

尔维尔和几十年的斗牛迷胡安尼托·金塔纳，以及我，都面面相觑，只是摇头。我们全都说不出什么话来。玛丽也紧紧握住我的手。

现在，第一场已经结束了，他将会做不论什么最适合于牛的动作和他认为最出色的动作，表演出几个了不起的精彩回合来，然后为了让我高兴，把牛杀了。他爱好保密，我当时并不知道这一点。这个秘密就是，他要从正面去刺杀牛，也就是把左膝移动向前，同时把穆莱塔向前摇晃，以激怒牛往前冲；等牛往前冲时，静候着；到牛低下头，暴露出两边肩胛骨之间的狭缝时，从手掌心里用手腕笔直地一推，把剑猛地刺进去，随即便向前倚着刀，以致在刀刺入时，人和牛成为一体，直到它们联合起来，而左手这时候一直把穆莱塔放得很低，很低，使牛头向下低了下去，引着它脱离接触。这是杀牛的最美的方式，牛在最后这几个回合中，不得不随时准备接受宰杀。这也是斗牛中最危险的过程，因为要是牛没有完全被左手控制住，一下抬起头来，那么牛角戳伤的地方就会是胸部。一九五六年秋天，安东尼奥为了自己的乐趣，正从正面去刺杀牛，来向观众显示他能做什么；他也为了自负，要做出一件别人不能做或不会做的事，同时还为了让我高兴。

这一点我起先不知道，直到斗牛季节结束，他用下列这几句话把一头牛献给我，我才明白。他说："欧内斯托，你和我全都知道，这个牲口毫无价值，不过让我们来看看，我能否按着你喜欢的那种方式把它杀了。"

他果然那样把那头牛杀了。但是在那年的斗牛季节结束前，他和路易斯·米格尔的私人外科大夫和老朋友塔马梅斯医师对我说，"要是你对他有什么影响力，叫他别把这事做得过了头。你知道牛角容易戳伤哪儿，我是他的外科大夫。"

在萨拉戈萨的最后一次斗牛后，我感到厌恶，决定暂时不去看斗牛。我知道安东尼奥能应付任何一种牛，可以算是任何时代一位最了不起的剑杀手。我不希望他失去他在历史上的地位，或是被进行着的那些绝招搞糟。我知道时下的斗牛，现代的斗法要比从前的危险得多，比从前更加贴近得不知多少，而且表演得也比从前更加出色不知多少；我也知道，他们需要那种半公牛来做到这一点。就我而言，这没有多大关系。只要半公牛身材相当大，看上去还不错，不是一头小公牛[①]或是公认为三岁的，只要它的角没有修剪过，它也没有受到过任何损害，那么就让他们使用它。但是有些时候，在某些城市里，他不得不跟地道的公牛斗。我知道他能应付，他能和它们斗得很精彩，就像那些很了不起的斗牛士一样。

路易斯·米格尔娶了一个妩媚的妻子，从退休中又走出来了。不过他是在法国和北非表演。据人家告诉我，在法国，牛角全都修剪过；我对于上那儿去毫无兴趣，决定等米格尔到西班牙表演时再去看他。

我们于是回到古巴去，整个一九五七年都在工作；一九五八年全年，我们不是呆在古巴，就是呆在爱达荷州的凯邱姆。玛丽在我身体长时期不好的状况下，精心而体贴地照料我；她工作得很辛苦，而我做了大量的操练后，终于又恢复了健康。

安东尼奥在一九五八年那年很了不起。我们有两次都几乎准备越过重洋去，但是我正在写一部小说，我不能打断我的工作。

我们寄了一张圣诞贺卡给安东尼奥和卡门。我还告诉安东尼奥，我们错过了一九五八年的斗牛季节，但是不论怎样，绝不会错过一九五九年的。我们会在五月中旬及时过去，前往马德里，参加

---

① 原文为 novillo，系西班牙文，指斗牛中使用的三岁以下的小公牛。

圣伊西德罗集市日。

等那时候到来，我又不想离开美国，而且等我们到了古巴后，又不乐意离开那儿。墨西哥湾流[①]正在朝岸边涌进来；在我们飞赴纽约、乘船驶往阿尔赫西拉斯[②]的前一天，我搭乘《皮拉尔》号沿海岸向下驶往哈瓦那时，那种很大的黑翼飞鱼刚开始出现。我很不喜欢错过我生活中在湾流上度过的一个春天，但是我在圣诞节许下诺言，说我要到西班牙去。我曾经作出保留，说如果斗牛表演是事先安排好的或是弄虚作假的，那么我就要离开，回到古巴去，同时我要向安东尼奥说明，我为什么不能留下。我对这事不会向任何别人说什么；我知道他会理解的。结果的情况是，我不愿意为了你们所能做的任何别的事而错过那年春天、夏天和秋天。错过它是可悲的，而注视着它也是可悲的。然而它却不是一件你可以错过的事。

---

① 指每年从墨西哥湾沿美国东海岸流向北方的一股海洋暖流。

② 阿尔赫西拉斯(Algeciras)：西班牙南部直布罗陀海峡上的一处海港。

第三章

乘坐“宪法号”航行，开始时天气晴朗，阳光灿烂，不过这只持续了一天，接下去我们就碰上了恶劣的天气，阴雨绵绵，乌云密布，波涛汹涌，船后侧海浪更大，这样几乎一直持续到直布罗陀海峡。“宪法号”是一艘令人愉快的大船，船上有许多友好、和蔼的人。我们称那条船为“宪法号希尔顿大酒店”，因为它似乎是我们俩曾经搭乘过的最不像的航海运输工具。也许，管它称作“喜来登大酒店-宪法号”更好点儿，不过我们可以下一回再这样叫它。跟搭乘从前的“诺曼底号”、“法兰西岛号”或是“自由号”相比，那就像住在任何一家上等的希尔顿大饭店里，而不是在巴黎大饭店靠花园那边要了一套房间那样。

在阿尔赫西拉斯上岸后，我们乘车驶到戴维斯家去——比尔、安妮和他们的两个小孩儿。他们家住在马拉加上面群山中称作“领事馆”的一所别墅里。大门没有上锁的时候，有一个人在门口站岗。里面有一条很长的砾石车道，两边全是柏树。还有一片有参天大树的花园，和马德里的植物园一样可爱。园里有一所绝妙的阴凉的大屋子，有好几间大房间，走道里铺着细茎针茅草①芦秆编织成的草垫；房间里，所有的房间，全都放满了书，墙壁上还挂有一些旧地图和精妙的绘画。到了天气寒冷的日子，还有些壁炉好用。

别墅里有一片游泳池，池里的水是从一片山泉引进来的。那里没有电话。你可以赤脚走来走去，但是五月里天气很凉，穿软拖鞋走在云石楼梯上反而比较好。膳食非常精美，酒也是上乘的。人人都不去干扰别人。我清早醒来，总走出房间到环绕屋子二楼的长阳台上去，从园内松树的梢头上朝大山和海洋望去，同时听着那片松涛声，于是我知道自己从未到过一处更好的地方了。那是一个绝妙的工作地方；我顿时就工作起来。

当时是安达卢西亚[②]春天斗牛季节结束的日子。塞维利亚周日已经结束。路易斯·米格尔原定在“宪法号”抵达阿尔赫西拉斯的那天在西班牙的赫雷斯德拉弗朗特拉[③]举行这一季中的第一次斗牛表演，但是他交了一张医师证明书来，说由于食物中毒，他不能出场。这一切听起来全不太好。我想最好的事可能就是在“领事馆”呆下去，工作、游泳，观看偶尔在近距离内举行的一些斗牛表演。但是我曾经答应过安东尼奥，要在马德里会见他，观看圣伊希德罗周日的斗牛；我得去拿到需要用来完成《死在午后》中一篇附录的余下的材料。

五月三日，当安东尼奥在赫雷斯斗牛时，据鲁珀特·贝尔维尔说，大伙儿全都指望我们会到那儿去。鲁珀特在那场表演后就驾着一辆甲虫形的灰色大众牌[④]轿车驶到“领事馆”来。那辆汽车比一架战斗机的驾驶员座舱更适合他的六英尺四英寸之躯。安东尼奥告诉他们，“欧内斯托得工作；我也得工作。我们本月中旬要在马德里会面。”胡安尼托·金塔纳跟鲁珀特一块儿来，我就问他安东尼奥近来怎么样。

---

① 原文为esparto，是西班牙语，指产于西班牙、北非等地的细茎针茅，可供编绳、制鞋、造纸等用。

② 安达卢西亚(Andulucia)：西班牙南部的一片地区，一边面临大西洋，一边面临地中海。

③ 赫雷斯德拉弗朗特拉(Jerez de La Frontera)：西班牙西南部的一座城市，以其生产的雪利酒闻名。

④ 指德国大众汽车公司(Volkswagen)生产的轿车。

"他现在比任何时候都好，"胡安尼托说。"他比以前更自信，而且绝对安全。他总是在不断朝牛迫近。等你看了他表演就知道了。"

"你看出来有什么情况不大对吗？"

"没有。没有什么不大对。"

"他怎么个杀法呢？"

"第一次，他刺得很高，很完美地穿越过去，把穆莱塔拿得相当低。要是他第一次击中了骨头，那么第二次他刺进去时，就把剑向下轻轻地点一点。那一下并不很低，只是微微的点一下，这样就接触到了动脉。他知道还要高一点儿的那个地点。他就按着该做的那样刺进去，试试运气，不过他已经知道了怎样避开骨头。"

"你是否仍旧认为咱们对他的看法没错？"

"对，是个好汉，对。他跟我们先前所认为的一样出色；他受到的惩罚增强了他。那压根儿丝毫也没有削弱他。"

"那么路易斯·米格尔近来怎么样？"

"欧内斯托，我不知道情况会怎么样。去年在维多利亚[①]他跟地道的牛斗过一场，是米乌拉斯，而不是我们从前见到的那种老的。挺不错的牛，可是是地道的。他应付不了它们。它们支配了他，而他一向是个支配者。"

"他有没有在他们不在牛角上骗人的地方斗过呢？"

"也许。有过几次。肯定不太多。"

"他状态还不错吗？"

"人家说他状态极好。"

"他也需要这样。"

---

① 维多利亚（Vitoria）：西班牙北部一座城市。

“不错，”胡安尼托说。“安东尼奥就像是头狮子。他如今已经受过十一次重伤了。每一次负伤后，他总比先前更坚强。”

“他大约每年碰上一次，”我说。

“每年总碰上一次，”胡安尼托说。

我们正站在花园里一株大松树的树干旁。我在树干上敲了三下。风正很猛烈地从树梢上掠过。整个春天和整个夏天，在斗牛的日子里，风总那样刮着。我在西班牙从没有见过像那年夏天那么多风的；谁也记不得在一个斗牛季节里，有过那么许多次严重的抵伤和被牛角戳伤的事故。

依我看来，一九五九年有大批剑杀手一再严重受伤，第一是由于那股风，因为剑杀手在挥舞披风或穆莱塔时，风会把披风等掀开，暴露出斗牛士的身体来，撇下他任凭牛摆布；第二是由于这一事实：所有其他的剑杀手都争着要胜过安东尼奥·奥多涅斯，不管有风无风，都尽力想要做到他所能做的一切。

斗牛要是没有竞争，就毫无价值。可是就两个伟大的斗牛士而言，那就变成了一场致命的竞争。因为当一个斗牛士做出一个别人全都不会的招式，还经常做着时，那么那就不是一个窍门，而是一种危险、致命的表演，完全靠了精神力量、判断、勇气和技艺才能做到。这一个斗牛士稳步地增加那一招的致命性，接下去另一个如果试图做得不比他差，或者超过他的话，要是一时精神或判断出现了失误，就会受到重伤，再不然送了命。他于是不得不借助于诡计。等观众知道识别诡计和真功夫时，他在竞争中就给打败了；如果他还活着，或是仍然在斗牛，那么他是很幸运的。

胡安尼托·金塔纳和我彼此相识了三十四年；我们有两年没有会面了，所以那天上午在花园里散步时有不少话谈。我们谈到斗牛出了些什么弊病，他们采取了些什么措施来革除这些弊病，以及我们认为什么补救办法可以行得通，哪些办法我们认为并不切合实际。我们俩全都看到，斗牛几乎被种种弊病毁了，被长矛手在牛还半死不活时，让它流血，把长矛的矛尖刺进同一个伤口去，扭曲、转动，刺进脊骨去，刺进肋骨去，刺进他们可以毁了牛的任何地方去，而不是设法正正当当地刺它，使它疲惫，稳定住它，使它把颈子低下来，这样可以正正当当地杀它。我们俩全都知道，长矛手犯的任何过失，都是他的剑杀手的过失，或者要是剑杀手很年轻，没有权威，那就是他亲信的短标枪手或经纪人的过失。斗牛中犯的所有弊病，几乎全都是经纪人的过失，不过如果剑杀手不同意，他是可以提出抗议的。

我们讨论到路易斯·米格尔和安东尼奥两人都由路易斯·米格尔的两个哥哥多明戈和佩培·多明吉担任经纪人一事。我们同意，就收入而言，那是一个很尴尬的局面，因为路易斯·米格尔总认为，自己在门票收入方面是一个比安东尼奥更吸引观众的角色。这是由于他成名和演出的时间都比较早，而安东尼奥却强烈地认为，自己是一个比米格尔优秀的剑杀手，每次出场总要表现出这一点。这一情况看起来对家庭生活很不好受，而对斗牛则很不错。它看起来还很危险。

五月的头十二天过得很快。我每天很早起身工作，然后在中午前后为了娱乐消遣游一会儿泳，不过严守纪律，使身体保持着良好的状态。我们午餐总吃得很晚，或许先到市里去取晚到的邮件和报纸，然后到博伊特去。那是西梅农外面的一家夜总会，就在马拉加市中心海滨的那家大米拉马酒店内，我们结识了在那儿工作的人们。随后，我们回到山里去，很晚才在“领事馆”内进餐。五月十三日，我们出发到马德里去观看斗牛。

驾车出去在一片你不太熟悉的乡野行驶，所有的距离似乎都比实际要长点儿，大道上难走的地段总比实际更糟得多，危险的拐弯处比实际还要危险，而陡峻的上坡路坡度的百分比也比实际为大。那就像回进你的童年或少年初期。但是从马拉加沿海向上驶进并翻越海岸线上的山脉，就连在你熟悉了所有的转弯处和你可以利用的所有有利条件后，也还是坑坑洼洼的。从马拉加第一次驶往格拉纳达①，驶往哈恩②，司机又是人家推荐给比尔的，那真是令人惊骇。他每转一次弯都出差错，全靠了喇叭保护着自己提防那些装载过重、向下驶来的卡车。万一他出了差错，那些卡车根本无法搭救他。他无论是向上攀登还是向下行驶，都使我出一身冷汗，吓得我心里发虚。在我们向上攀登，回头看看一直延伸到大海的起伏不平的山脉时，我试着注意看看我们下面延展开的山谷和石建的小镇，以及农田。我望着一个月前树皮给割开、剥去的那些光秃秃的深色栓槠树身。在一个拐弯处，我向下望进幽深的裂隙去，还望望那些长满荆豆的田野，石灰石从田野上突了出来，滚滚地向前延伸到高耸的石头山峰上。我听其自然地接受了这次令人不知所措的行驶，只是平静地提出一些建议，设法使它不是自杀性的，或者就车速或行驶方式作一些吩咐。

在哈恩，司机在街上险些儿撞上一个人，因为他不顾行人，开得太快。这才使他比较听从别人的建议。鉴于我们这时行驶在较好的道路上，我们匆匆向前，在巴伊伦③渡过了瓜达尔基维尔河④，又向上驶进了另一片高原，再次进入了山区，莫雷纳山黑沉沉地正在

---

① 格拉纳达(Granada)：西班牙南部一古城，是中世纪格拉纳达王国的首都。

② 哈恩(Jaen)：西班牙南部一城市，在格拉纳达以北。

③ 巴伊伦(Bailen)：西班牙南部一座城镇，是一处采矿中心。

④ 瓜达尔基维尔河(the Guadalquivir)：西班牙南部的一条河，向西流入加的斯湾。

我们左边。我们驶过了纳瓦斯·德托洛萨高耸入云的滚滚群山。卡斯蒂利亚、阿拉贡和纳瓦拉[①]的基督教国王们过去就是在那儿击败摩尔人[②]的。一旦要隘被攻克后，不论就防御还是就进攻讲，那都是一片绝佳的战场。乘车驶过它，想到一二一二年七月十六日[③]，穿过同一地带行进会付出什么代价，以及在那一天这同一些光秃秃的山区草场必然会显得是什么样子，会是很奇怪的。

接着，我们笔直向上爬，经过许多转折，穿过了把安达卢西亚和卡斯蒂列分隔开的德斯佩尼亚佩罗斯隘口。安达卢西亚人说，在这个隘口以北，从来就没有诞生过优秀的斗牛士。大路修筑得很好，对任何优秀的司机全都很安全。山顶上有好几处路边饮食铺和小客店，那年夏天我们对那些地方都变得很熟悉。不过那一天，我们继续向前，驶下隘口，道路这时已经平易了。我们在下一个镇上停下，在大路陡然转弯的地方有一所房子，两只鹳鸟正在屋顶上筑巢。巢筑好了一半，雌鸟还没有下蛋；它们正在求爱。雄鸟总用嘴轻啄雌鸟的颈子；雌鸟总以鹳鸟的热忱抬起头来望着雄鸟，然后再望望别处。雄鸟就又轻轻去啄雌鸟。我们停下；玛丽拍了几张照，但是光线并不太好。

在我们往下驶进瓦尔德佩尼亚斯[④]那片平衍的、盛产葡萄酒的乡野时，葡萄树几乎还只有一只手那么高。那一大片葡萄树平整地延展开去，直到那些黑沉沉的小山山麓。我们在新筑的、平坦的大道上驶行，穿过那片盛产葡萄酒的乡野，一面留神注意着鹧鸪前来

① 卡斯蒂利亚(Castile)、阿拉贡（Aragon）和纳瓦拉(Navarra)都是西班牙境内中世纪的基督教王国。

② 摩尔人(the Moors)：非洲西北部阿拉伯人与柏柏尔人的混血后代，公元八世纪成为伊斯兰教徒，进入并统治了西班牙。

③ 一二一二年七月十六日，西班牙境内基督教王国的国王们大败摩尔人于纳瓦斯-德-托洛萨。

④ 瓦尔德佩尼亚斯(Valdepeñas)：西班牙雷亚尔城省的一座镇市。

在大车道的边上洗沙浴，大车道和公路恰好平行。我们在曼萨纳雷斯[①]政府招待所或者按西班牙文叫 Parador 停下过夜。那地方离开马德里只有一百七十四公里，但是我们想要在白天驶过乡野，斗牛要到第二天下午六点钟才举行。

大清早，招待所里谁都没有起身以前，比尔·戴维斯和我顺着一条小路走下三公里，经过伊格纳西奥·桑切斯·梅希亚斯受到致命重伤的那片低矮、粉白的斗牛场，进入古老的拉曼查[②]，然后穿过狭窄的街道走到大教堂广场，再沿着身穿黑色衣服、清早出来购物的人们从市场回去所走的那条偏僻的小路走。那是一个整洁的、经营得很好的市场，可买的商品很多，不过许多顾客对价格，特别是鱼和肉的价格，全很不满意。在马拉加，由于我不懂那地方的方言，所以现在听见清晰、优美的西班牙语，说的一切我全都听得懂，简直感到妙极了。

我们在一家小饭店里喝了牛奶咖啡，还把精美的面包放在里面充当早餐，又喝了几小杯烈性的散装葡萄酒，吃了几片曼契甘干酪。新的大道绕过了这座镇市。酒吧间的那人告诉我们，如今没有几个旅客在小饭店门口停下了。

“镇市消失了，”他说，“除了在举行集市的日子。”

“今年的酿酒怎么样？”

“要知道情况眼下还太早，”他告诉我。“你所知道的并不比我少。酿酒总是挺不错的，总是一样。葡萄树长起来像野草一样。”

“我非常喜欢它。”

“我也是，”他这么说。“这就是我为什么把它说得很糟的缘

---

① 曼萨纳雷斯(Manzanares)：西班牙雷亚尔城省的一座镇市。

② 拉曼查(La Mancha)：西班牙中部的一片高原地区。

故。你从不把你不喜欢的东西说得很糟。现在可不是这样了。”

我们快步走回客店去。那是上坡路，是很不错的锻炼。我们身后的镇市是很伤感的，很容易离开。

等我们把行李装上车，开始驶出院子，去到通向大道的那条路上时，司机热切地在胸前划了一个十字。

“有什么事不对吗？”我问。以前，我们第一晚从阿尔赫西拉斯驶往马拉加时，他也曾经划过一个十字。我当时以为，我们一定正在经过一个曾经出过一件可怕事情的地点，所以默默地肃然起敬。可是这一次是在一个晴朗的早晨，出发在一条平坦的、可以快速行驶的大道上作一次驶往首都的短程旅行。我从跟司机的谈话中知道，他并不是十分虔诚的。

“没有，没什么，”他说。“只是咱们应该平安地抵达马德里。”

我心想，我并没有雇你来凭借奇迹驾驶，也没有请你完全凭借神的干预。司机在邀请上帝担任副司机以前，应当拿出一定的职业专长与信心，并且仔细察看一下轮胎。随后，我又想了一下，想起了牵连到的妇女儿童，以及在这个短暂的人世上团结一致多么有必要，于是照做了一下他的手势。接下去，为了表明对我们自身安全的过分专心注意是正当的，我向命运女神为所有那些在关押的人，为所有患了癌症的朋友，为所有活着和死去的姑娘，还为那天下午安东尼奥斗的会是几头出色的牛祈祷。我为自身安全的过分专心注意，似乎是过早了点儿，如果我们要在西班牙的大路上日日夜夜度过三个月的话，而且我那样也是自私的，如果那三个月我们都和斗牛士一块儿度过的话。安东尼奥那天下午并没有获得几头出色的牛，不过另一方面，我们穿过拉曼查和新卡斯蒂列大草原，作了一次危险的行驶后，平安地抵达了马德里。司机被毫无偏见地打发回马拉加去了，因为我们在苏埃夏大饭店的入口外发现，他不知道在一个城市里如何停车。最终，比尔·戴维斯代他停下了，并且在那年余下的时期接过了驾驶的工作。

苏埃夏是一家舒适的新旅馆，就在旧的科尔特斯大饭店后面，离开马德里旧区步行就可以走到。我们从先期到达的鲁珀特·贝尔维尔和胡安尼托·金塔纳那里知道，安东尼奥前一晚是在外边时髦的新区里威灵顿大酒店度过的。大部分新旅馆全都坐落在那儿。他想离开家好好睡一晚，然后穿好衣服，避开家里的那些记者、仰慕人、追随者和赞助人。再说，威灵顿离开斗牛场也不算太远。按着圣伊西德罗时代的交通而言，那次行程应该尽可能地短。安东尼奥喜欢到斗牛场还有多余的时间；交通堵塞对任何人的神经都是不利的。这对斗牛是最糟糕的准备工作。

旅馆的套房里全都是人。有些我认识；大多数我不认识。有一圈内部的追随者呆在客厅里。他们大部分是中年人。有两个很年轻。所有的人全都很严肃。有许多人都是跟斗牛事业有关的，还有好几个记者，有两个是法国画刊派来的，全都带有摄影师。唯一不显得严肃的人就是安东尼奥的大哥卡耶塔诺和他的持剑助手米格利略。

卡耶塔诺想要知道，我是否还收藏着我那只银制的伏特加酒壶。

“我还保存着，”我说。“以备万一有什么紧急情况。”

“这就是一个紧急情况，欧内斯托，”他说。“咱们到外边走道里去。”

我们走出房去，为彼此的健康祝贺，然后又走回房来。我进去看看安东尼奥。他正在穿衣服。

他看上去和平时一样，只不过更成熟了一点儿，而且由于在牧场上生活了一段日子，所以显得很黑。他看上去既不紧张，也不严肃。再过一小时十五分，他就要去斗牛了，他很精确地知道那意味着什么，他必须做点儿什么，以及他要做点儿什么。我们彼此见面都很高兴，而我们共同享有的不论什么全都丝毫不差的像过去那样。

我喜欢尽快离开一间更衣室，所以在他问候了玛丽，我问候了卡门，他又说我们那天晚上大伙儿一块儿进餐后，我就说，“我这会儿先离开你。”

“你看完演出再来吗？”

“当然啰，”我说。

“待会儿见，”他说，同时露出了那丝坏孩子的微笑，那是甚至在马德里斗牛季节第一场斗牛到来前，就总自然、轻松、毫不勉强地闪现出的微笑。他在想着斗牛，但是他并不担心。

那是一场很糟糕的斗牛，场内坐满了观众。牛全犹豫不决、十分危险，朝前冲了一半便在冲刺中停下。它们对于朝马儿冲过去也犹豫不决，因为它们谷物吃得太多，就身个儿而言实在太重，所以那几头向马冲过去的牛，后腿全相当乏力，不得不一下停住了。

维多里安诺·巴伦西亚正在证实自己是马德里一个正式剑杀手的替补，不过他那天显示出来，他还不过是一个学徒；有过几次辉煌的演出，前途还不肯定。胡利奥·阿巴里西奥是一个全面的、熟练的剑杀手，相当笨拙地主持着斗牛，以及牛的调弄和安排。他没有做什么事去排除牛的缺点，反而把时间花去让观众看到牛不肯冲，而不是促使牛冲。他犯了一类剑杀手的错误。他们在早期生涯中挣了不少钱，现在正毫无困难或危险地在等候着一头牛，而不是想从每一头牛身上获得牛所能给予的一切。阿巴里西奥对他两头牛的任何一头都没有做出什么有价值的动作，不过他干练而敏捷地刺中了它们，而且并没有什么风格可以向任何在意的人并向自己表明，他可以有效地做出什么动作来。谁也并不在意。

安东尼奥挽救了这次斗牛，使它没有成为一场灾难，并且使马德里第一次看到，他成了一个什么样的斗牛士。他的第一头牛是毫无价值的，见到马便犹豫不决，不想率直地向前冲，但是安东尼奥用披风优美而雅致地使牛振奋起来，稳定住它，让它从愈来愈近的距离内经过以鼓励它。他当着你的面使那头牛变成了一头好斗的牛。安东尼奥在自己的享乐和对牛的知识方面，似乎全在牛的头脑里起了作用，直到牛明白斗牛士指望它怎样举动。假如牛有一个毫无价值的念头，那么安东尼奥会巧妙而坚决地为它改变一下。

自从我见到他以来，他已经把挥舞披风的技艺加以精练，直到它变得十分完美。那不只是对着所有剑杀手全都指望的那么一头理想的、直冲过来的牛的来回掠过所作的一些优美的闪避动作。每一次闪避都控制住牛，指引着牛，使牛身子的整个长度掠过人体，而人则用披风的褶层控制住牛，然后使牛折转过去，让它再一次朝前冲，总使牛角离开人体在几公分以内，而披风如此优美地在前面挥舞，其动作十分调和，就像一场电影里或一场梦境中的慢动作那样。

对于穆莱塔，他并没有用什么诀窍。现在，牛是他的了。他始终没有伤害它，转动它或是惩罚它，就造就了它，使它完善，使它信服。他用左手握的穆莱塔从正面召唤牛，让牛从他身旁冲过，然后一再绕过他，随后用地道的胸前闪避法，使牛角和牛整个身体掠过他的胸部，接着把手腕一转，使牛摆好架势，面对宰杀。

他刺进去一次，仔细瞄准着肩胛骨顶部间很高的地方，准备宰杀。他一下刺到了骨头上，由牛角上边弹出来，第二次，他瞄准了同一地点，剑刺进去，到了剑柄圆头下的护手盘那儿。等安东尼奥手指上沾满了血时，牛已经死了，不过有一会儿牛并不知道。安东尼奥把一手举起看着牛，一面指引着牛走向死亡，就像他在自己短暂的一生中指导自己的一次表演那样。牛突然颤动了一下，倒下了。

他的第二头牛身强体壮地冲出来，可是在马面前就把力量耗尽了，于是在冲刺中一下站住，后腿停止奔跑。它身体两侧都表现得不好，常用左面和右面的角，特别是右角，毫无理性地挑刺。它自身进行防御的那种方式也是毫无计划的。这头牛很紧张，歇斯底里，不论安东尼奥从哪儿挑逗它，引诱它，它都决不伸直身子。不同的牛会在斗牛场上不同的地方变得自信，可是尽管安东尼奥在近距离内，低低地、有节奏地撩拨这头牛，接着用低低的闪避动作惩罚它，使它转向自身，想这样来控制住它，终止那种半途而废的猛冲、用角胡乱的挑刺和小步的奔跑，牛却有点儿胆怯地站住不动了，显得歇斯底里。你和它无法来一个现代式的精彩回合而不上医院去。自从斗牛开始以来，对这种特殊的小步奔跑的牛，只有一个办法：干脆除去它。安东尼奥就这么做了。

后来，安东尼奥坐在威灵顿大酒店楼上房间里的床上，淋浴后凉爽凉爽时，说道，“对第一头牛满意吗，欧内斯托？”

“你知道，”我说。“大伙儿全都知道。你不得不造就它。你不得不创造它。”

“对，”他说。“不过它结果总算相当不错。”

那天晚上，我们在一家室内和露天餐厅“科托”用餐。有一片树荫遮着的花园紧挨着那家老饭店一边，面对着普拉多博物馆。当时我们全很高兴，因为安东尼奥在第一场斗牛中表现得很了不起，下一天他用不着表演，这是两场斗牛之间理想的间隔时间。牛栏里有些装备看来很了不起；谁也不知道天气会变得很恶劣。在场的有我们一伙人和马诺洛·塔马梅斯大夫——塔马梅斯大夫是安东尼奥和路易斯·米格尔的私人外科大夫和老朋友——还有他的妻子、两个饲养牛的人，以及安东尼奥和卡门。大伙儿又聚到一块儿，真太好了；我们谈到许多事情，还拿许多事情开玩笑。安东尼奥像所有真正勇敢的人那样，显得无忧无虑，喜欢拿一些严肃认真的事情玩笑取乐。有一次，当他取笑一个人，装着自己是十全十美时，我对他说道，“你如此高贵和善良。你今儿对你的了不起的朋友所做的一切，又怎么样呢？”

他和阿巴里西奥是很要好的朋友。在那个集市日第一天下午的一头牛身上，阿巴里西奥曾经一直忙于想使观众看到，想要用披风对他抽中的这头牛做出什么精彩表演是不可能的。在下一次把牛引开时，安东尼奥把牛从马前面引开，对阿巴里西奥的那头牛做了六个优美动人、徐缓有节、连续不断的贝罗尼卡动作。这一来完全毁掉了他朋友的胜利，使观众看到那头牛可以如何对待，如果斗牛士想要鼓起劲儿去挑逗它，把生存的机会留一点儿给牛的话。

“我对他说了，我很抱歉，”安东尼奥说。

路易斯·米格尔于五月七日在西班牙阿斯图里亚斯①的奥维多②举行了第一次斗牛表演，把两头牛的耳朵都割下了。他于五月十六日在塔拉韦拉-德拉雷纳③进行了第二次斗牛，就是安东尼奥在马德里跟巴勃罗·罗梅罗软弱乏力的牛进行搏斗的同一天。在塔拉

① 阿斯图里亚斯(Asturias)：西班牙西北部的一个地区，从前是一个王国。
② 奥维多(Oviedo)：西班牙西北部的一座城市。
③ 塔拉韦拉-德拉雷纳(Talavera de La Reina)：西班牙中部的一座城市。

韦拉，路易斯·米格尔跟萨拉曼卡[①]的牛搏斗，大获成功，割下了第一头牛的两只耳朵和尾巴，以及第二头牛的两只耳朵。路易斯·米格尔状况极佳，当时正在巴塞罗那举行两天表演。在塔拉韦拉表演时，斗牛场上观众并没有坐满。

除了在西班牙举行的两场斗牛外，路易斯·米格尔到那时为止还在法国举行过三场表演：在阿尔[②]、图卢兹[③]和马赛[④]。他的表演十分精彩。提供情况给我的人说，在所有这几场斗牛中，牛角全都给固定在不同程度上。下一天，他要在尼姆[⑤]表演；安东尼奥则在再下一天在同一座大罗马竞技场内表演。我很喜欢尼姆，可是又不大想离开马德里，因为我们刚到那儿，不乐意走上那么远的路去看人斗牛角改装过的牛，于是决计就留在马德里。

安东尼奥和路易斯·米格尔迟早会在公开竞争中同场斗牛，因为斗牛的经济情况很不好，经纪人总很贪婪，索取巨额的费用，只有这两个人按着那样的价格，可以使斗牛场里坐满。我认识他们两个人，跟安东尼奥又比较熟，现在知道他的所得要比路易斯·米格尔的少多少，所以我知道这场斗牛会是生死攸关的。

安东尼奥从法国回来，他和路易斯·米格尔两人连续几天在那儿都取得了成功。路易斯·米格尔十七日在尼姆把他斗的两头牛中第二头的一只耳朵割去。十八日安东尼奥把他斗的牛每一头全割去了一只耳朵，又把他斗的最后一头牛的两只耳朵和尾巴全都割下，还替埃尔·特安内罗把他的牛杀了。在牛冲进场时，埃尔·特安内

---

① 萨拉曼卡(Salamanca)：西班牙西部的一座城市。

② 阿尔(Arles)：法国东南部的一座城市。

③ 图卢兹(Toulouse)：法国南部一城市。

④ 马赛(Marseilles)：法国东南部的海港城市。

⑤ 尼姆(Nimes)：法国南部一城市。

罗试图跪下一条腿，挥舞披风做一个闪避动作，结果他被抛起，扔向空中，左胳膊上被刺了一个三英寸长的伤口。

观众在国内一部分地区对安东尼奥简直狂热，而路易斯·米格尔在那部分地区有很多追随者，还一向被认为是第一位斗牛士。这时候，安东尼奥和路易斯·米格尔的竞争是在一个国际性的基础上展开，法国和欧洲其他国家画报的摄影师和记者全蜂拥到马德里来观看他的下一场斗牛。

第四章

在马德里圣伊西德罗集市日的第三场斗牛后，我们有一天全淋了雨，玛丽因而患了一场真正严重的感冒。她曾经尽力想恢复过来，可是那个周日太杂乱了，时间又太紧张，而表演开始得又那么晚，使大山上吹下来的那一小股风刮起来（人家说那股风会吹杀一个人，可是却不能吹灭一支蜡烛），有太多的机会吹到她。她尽力休息，很早就上床就寝。有两三次，我们在床上进餐。她想，等到五月二十五日她的健康状况一定会好转，她可以乘车到科尔多瓦[①]去。鲁珀特 · 贝尔维尔回伦敦去时，把他的大众牌汽车留下，要我们替他开回马拉加，于是比尔 · 戴维斯和我乘坐那辆英国福特牌轿车；玛丽和安妮 · 戴维斯乘坐那辆较小的车子迅速驶往科尔多瓦去，再次见到了我们驾车驶过的卡斯蒂列和拉曼查那同一片乡野，并且注意到葡萄树已经长大了多少，以及早期的小麦如何被破坏了这个集市日的那场暴风雨破坏和刮倒了。

科尔多瓦是一座饲养乳牛和生产许多其他东西的城市。聚在王宫大饭店外面的那群人是愉快、热诚和欢乐的。旅馆内已经住满了人。玛丽和安妮到得比我们稍微晚了点儿。一位朋友把房间让给玛丽，使她好躺下休息到去看斗牛的时候。

那是一场奇怪的斗牛。佩佩 · 路易斯 · 巴斯克斯过去是一个极好的斗牛士，具有优美的风度，退休后又出来作上足够次数的斗牛表演，使他可以买下他想要的一大片产业，他是一个很好的人，对其他的斗牛士是一个忠实的伙伴，可是由于离开牛那么久，他的反应相当迟钝；要是牛碰上什么困难因而变得危险的话，他无法控制自己的神经。他退休后人长胖了，如今的脆弱、夸张的作风，加上他的丰满和斗牛时缺乏任何轻松愉快的品质，似乎是既可悲又可怜的。他无法掩饰起内心的恐惧，对两头牛都表演得很差劲儿。

科尔多瓦以西、通往塞维利亚的路上，有一座可爱的白色小镇埃西哈[2]。那儿的一个小伙子海梅·奥斯托斯就和他家乡大山里出没的野猪一样勇敢。像野猪一样，他发怒后或负伤时，勇敢得近乎疯狂。他似乎由于上次在巴塞罗那跟着路易斯·米格尔斗牛所受的脑震荡，还有些迷迷糊糊。我很喜欢他。整个下午，他的表演不断地增加危险性，后来似乎是半自杀性的；我一直为他担心得要命。我知道他是当着家乡人的面在表演。在斗牛季节开始时，有过一场争吵。他曾经说过，不愿跟安东尼奥排在同一张节目单上斗牛。即使把这一切考虑在内，他仍旧似乎是一个绝对可以打赌的人物，估计活不过那个季节。但是除了一些次要的牛角刺伤处外，他全年都平安无事地过去了。那天在科尔多瓦，他那身银白色衣服上沾满了牛血，因为牛挨他那么近地奔过。谁也没有比海梅·奥斯托斯更多次地真正希望牛杀死自己，然后又全凭着幸运、勇气和不顾后果的技巧挫败了牛。奥斯托斯割下了他的第一头牛的两只耳朵；要不是由于运气不好，剑没有刺准，他本会把第二头牛的耳朵也割下的。

安东尼奥的第一头牛很不错，虽然身个儿实在并不算大，却也相当壮实，具有大小适中的牛角。安东尼奥把披风挥舞得很美；他逐步向牛接近，控制住它，然后以那种精妙、徐缓的方式闪避开它。他在运用穆莱塔上也同样很出色，而且杀牛杀得干净利落。整

① 科尔多瓦(Córdoba)：西班牙南部的一座城市。

② 埃西哈(Ecija)：西班牙塞维利亚省的一座镇市，周围一带土地肥沃，气候炎热，有安达卢西亚油炸锅之称。

个斗牛场都挥舞着手绢，但是牛协会长不肯把那只牛耳给他。他们想要一件超自然的东西。这是我所能向玛丽作出的唯一解释。

他的第二头牛并不是一头半公牛。它看上去至多是一头三岁的牛：身个儿很小、体重不足、角也不锋利。观众鼓噪起来，表示抗议。由于会长让它朝长矛手冲来，抗议声变得更响了。我也生起气来，不知道安东尼奥的经纪人认为他们可以怎样脱身，如果他们挑选了这种牛的话。那是兽医们决不会通过，也决不应放进一场正式斗牛表演中来的一头牛。

安东尼奥请人传话给会长说，他想要得到许可杀了这头牛，并且偿付那头替代的牛的代价，和那头牛搏斗，最后在表演结束时把它杀了。会长同意了，他于是用穆勒塔把牛引过去，闪避开它两三次，使它站定，使它摆好架势，然后用一个敏捷的前冲动作很利索地杀了它。

安东尼奥买了来补偿那头可怜的第五匹牲口的牛，从牛栏的暗处冲了出来。它具有一双我们在一九五三年重返西班牙后，我在一头斗牛用的牛身上见到的最大、最阔、最长、最锋利的牛角。这头牛身材高大，但并不肥胖。它先追逐一个短标枪手，使他越过了斗牛场的矮围墙，然后沿着围墙顶端用右角寻找他。安东尼奥向牛迫近，引诱它。等牛冲过来时，他缓缓地、文雅地在牛前面挥动披风，在他要牛转身时，就使它折转过来，彻底控制了它，教导人们如何贴近，徐缓而优美地闪避开一头有着大角的地道的牛，做得比任何别人闪避开一头用不正当手段饲养的半公牛还要接近、还要缓慢、还要优美。他向会长只索取了一柄刺牛长矛，这样这头牛不会遭到什么意外或是伤害。他告诉他的短标枪手该把标枪如何刺进去，安放在什么部位。

我注意到他耐心地等候着，两眼始终盯着那头牛，自己一面注意、分析、思考和筹划。他告诉胡安他希望把牛引到哪儿，然后他走出去，用四次低低的闪避动作掌握住了牛；他的左膝、小腿和足踝全都贴在沙地上，右腿在他凭借穆莱塔的魔力使牛来回奔跑时，暴露在外。他答应给予牛一切，给它一个目标，又温和而文雅地让它看到，这场死亡游戏的这一部分并不伤害，也不折磨它。

经过这几个闪避动作后，牛就为他所控制；他继续让观众看到一位勇敢并熟悉牛性的了不起的艺术家可以如何来应付一头具有强健、致命的长角的地道公牛。他让观众看到所有传统的闪避动作，既没有什么诀窍，也没有什么虚假的表演，更没有任何折中的手法。他从牛身边和海梅一样贴近地躲闪过去，但是始终很有节制。等他让大家看到一切，看到斗牛可以多么贴近，多么完美而又多么缓慢地进行后，他用胸前的一次最后的闪避动作结束了斗牛，然后使牛站定，最后举了一下穆莱塔向牛道别，接着把穆莱塔放低下来，卷起，用剑瞄准高处，对着那双巨大的牛角之间十分完美地刺进去，那头牛最终在他手下死去了。同时，群众变疯狂了。会长同意割下两只牛耳；向阳一边的观众蜂拥过矮围墙，要把安东尼奥和海梅扛在肩上绕着场地走上一圈。安东尼奥起先不肯，但是他们终于把他举起来。你可以看到这次游行事先并没有安排好。在场的人那么多，他们都太狂热了。

那天晚上，我们住宿在科尔多瓦外面群山中德尔梅里托侯爵的府里。那地方以前是德瓦帕莱索·德圣赫罗尼莫的真正修道院，也是西班牙的景点之一。攀登上那儿去是妙不可言的；驶上那条通往西班牙所有了不起地方的古朴、恶劣的道路，在黑暗中看到中世纪的简朴，然后在修道院单人小室改成的房间里醒来，朝外望过科尔多瓦平原，接着又在阳光下去探访那些园林、小教堂和具有重大历史意义的房间。

没有一个人在家。佩普斯·梅里托曾经坚持叫我们就留在那儿，因为旅馆都是事先早预定好的。他还从马德里打电话来给看管房子的人，叫他照顾好我们。我们原打算就在那儿睡上一晚，但是玛丽夜间发烧，清早人还很不舒服，无法上路。我们从镇上请了一位大夫来，直到下一天中午才离开。佩普斯不断从马德里打电话来，照料着使一切都稳妥停当，使我们全舒适、安乐。那是一个绝妙的住宿地方。没有那所大宅子，那就像露宿在一座王宫内；这是一件在民间生活中你难得能办到的事。

下一天中午后不久，我们在狂风暴雨中离开，出发到塞维利亚去，住宿在那家古老的豪华而并不舒适的阿方索十三世大饭店里，然后在看斗牛前先到卡萨·路易斯进餐。那是一顿非常可口的晚餐，不过那场斗牛却很糟糕。

牛的质量全很差，向前冲的时候全迟迟疑疑，它们全都被斗牛长矛戳杀了。那可不怪长矛手使用长矛或矛杆的方式。他们在刺杀牛的方式上并没有做什么不合法的事。他们使牛恰当地、坚实地在合适的地方站好，没有折转矛杆就挡住牛的冲刺。但是长矛的结构中有点儿什么多少不大对，以致长矛的整个铁矛头刺进牛身子去，木制的矛杆也跟着戳进去。那一圈铁座本来应该阻止矛头刺进去不超过四又八分之三英寸，结果却刺进牛身体不见了，矛杆也跟着刺进去。牛受到了中等程度的刺击，也就是说受到长矛手半柄剑的刺伤，谁也不知道一位剑杀手可以拿他的牛怎么办，因为它会流血殆尽、半死不活的冲到他面前来。刺牛长矛全是经当局察看过，密封好，由一名政府官员发给长矛手的，所以你不能责怪长矛手或他们听其吩咐的那个剑杀手。但是自从在法国从前那些恶劣的日子以来，我还没有看见过长矛给那样使用过。从前在法国，如果赞助人买下了六头有着沉重的长角的硕大的牛，长矛头上那圈引人注目的钢有时候不知怎么竟然是用橡皮做的（上面涂了些铝漆）。那些引人注目的圆圈或斗牛圈不再能使矛尖和矛杆全部刺进牛身体去，就像一柄橡皮匕首刺不进肌肉那样。牛就会被长矛手刺得半死，才落到剑杀手的手里。我们中有些人展开了一场坚决的运动，反对这种行为和法国南部从前使用长矛的其他陋习。对于所有这些诀窍，我全都非常熟悉。

在塞维利亚的这一天，斗牛前我不在下面围场里，也不在马苑内，我在寻找玛丽。玛丽热已经退了，不过人仍旧不舒服，身子还很疲惫。所以我没有机会仔细察看那些长矛。它们全经过查看，获得通过，所以应该是没有问题的。但是它们却对牛作出了糟透了的伤害。

在那场斗牛后，安东尼奥说，他对第二头牛使用的长矛，刺中了一个血管。这话一点儿不错。长矛刺进去很深，刺中了好几个血管。要是长矛手最终没有把它拔出来，那么它就会刺中一个大动脉的。按实在说，血液鲜红，从那个锯齿状的伤口涌下牛的肩部，淌下它的腿，在沙土上凝结成一条一条。

我知道安东尼奥对于应付任何牛会多么了不起，因为他对任何牛都有一套斗的方法。圣诞节我写信给他说，我想要回美国来，写下关于他的工作和他在斗牛圈内地位的实情，绝对的实情，这样好有一份永久性的记载，一件等我们俩都下世后会传下去的东西。他要我做这件事；他知道自己可以应付从牛栏里冲出来的任何一头牲口。这时候，整整有两天，尽是一些不成熟的牛冲出来供他搏斗。那是某一个人的过失。他每次都感到厌恶；科尔多瓦的那头大角的牛使他花去了四万比塞塔[①]。在塞维利亚的那次斗牛结束后，谁都

① 比塞塔(peseta)：西班牙货币单位。

感到不快。

比尔和我在天刚亮便出发，驾车回马德里去。妇女们要睡得较晚，然后驾驶那辆灰色大众牌小轿车经由那条美丽的大道，穿过安特奎拉[①]到马拉加去，由那儿再向上行驶，到格拉纳达和我们会合。路易斯·米格尔有一天要到那儿表演；安东尼奥另一天也要到那儿演出。玛丽去就寝时已经没有热度了。我希望一天的休息和“领事馆”的阳光会使她彻底好了起来。日程是安排得很紧的，不过在格拉纳达以后，接下去我们打算去观看的几场斗牛都在距离我们逗留的马拉加不太远的地方。

我们在低低的云层和瓢泼的雨中驶往马德里去，只在雨暂停时可以看到乡野。天气不好，我们俩对这几场斗牛，以及有人设法悄悄弄进的重量不足、不够成熟的公牛这一点也同样不好。比尔还对这个斗牛季节很悲观。我们两人随便哪一个都并不真正喜欢塞维利亚。在安达卢西亚和在斗牛中，这是一种异端邪说。关心斗牛的人据认为，该对塞维利亚有一种神秘的感觉。不过经过许许多多年，我开始相信，按举行过的斗牛而言，恶劣的斗牛在那儿比在任何其他城市都多。

我们在雨中看到有几大群鹳鸟飞行，很高雅地在寻找食物，还有许多不同种类的鹰隼待在荒野上。鹰隼总使我感到高兴；它们总在狂风暴雨的天气出来，因为风使地面的鸟儿如此接近掩护物，所以它们谋生很艰苦。由巴伊伦往前，我们今后将那么熟悉的那条道路在朝着中央高原方向断裂开来。在风雨间歇的时刻，可以看见暴露在风中的古堡和白色小村庄——没有方法遮护它们，因为在你往

---

① 安特奎拉(Antequera)：西班牙马拉加省的一座镇市。

北行驶时，四面八方全都有风——被雨水冲洗后，坐落在被风吹倒的麦田里。葡萄树从我们三天前往南行驶以来，似乎又长高了半只手。

我们停下加油，在加油站的酒吧间喝了一杯葡萄酒，吃了一片干乳酪和几只橄榄，还喝了点儿黑咖啡。比尔开车的时候从不喝酒，但是我总在冰袋里放有一瓶冰镇的坎帕纳斯的轻度罗莎多，还吃面包配一片厚厚的曼契甘乳酪。我在所有的季节里都爱好这片乡野，而且穿过最后一道隘口、驶入拉曼查和卡斯蒂列恶劣的气候中总感到很快乐。

比尔在我们抵达马德里前，不想吃东西。他认为进食会使他在路上瞌睡，况且他正开始训练自己全日全夜驾驶，因为我们知道这是我们往后得做的。他喜欢饮食，辨别得出精美的饮食，而且比我认识的任何人都知道在任何国家里上哪儿可以吃到精美的饮食。他初到西班牙来时，以马德里为据点，然后和安妮一块儿驾车驶遍了西班牙的每一个省。西班牙没有一个镇市是他不知道的；他还知道哪儿的酒最好、哪地方烹调的饮食最出色，以及在所有大大小小的镇市上可以吃到的特产和可以去吃的好去处。对我说来，他是一位绝佳的旅伴，而且在驾车方面，又是个意志坚强的人。

我们驶进马德里，及时赶上在卡列洪吃一顿较晚的午餐。卡列洪是贝塞拉街上的一家狭小、拥挤的餐馆。我们单独来的时候，总在那儿进餐，因为我们俩都认为它在市区内天天都供应最为精美的食品。它每天总提供一样不同的地区性特菜，不过它总供应市场上最上等的蔬菜、鱼、肉和水果，以及朴实、上佳的烹调技术。那里有廷托酒、红葡萄酒和巴尔德佩尼亚斯葡萄酒，都是盛在小的、中等的和大的酒罐里，酒的质量全都好极了。

比尔在我们喝了几杯巴尔德佩尼亚斯葡萄酒后，调节好了他的胃口。那几杯酒都是从餐馆酒吧间门口的大酒桶里打出来的。我们当时正站在那儿等候一张餐桌。菜单上有一条通知说，要任何一样菜都足够你吃饱。他就要了一盘炙烤的鳎目鱼，接下去又要了阿斯图里亚斯地区性特菜，这样正像菜单上所说的，至少足够供应两个人吃。他把这吃下了，说道，“这儿的菜挺不错。”

在喝完第二大罐巴尔德佩尼亚斯葡萄酒后，他又说道，“酒也一样好。”

我正在吃我要的一份用大蒜烧的很嫩的油煎小鳗鱼，鱼全煎得像竹笋，两头微微有点儿脆，可是鱼肉却比较润滑。这些鱼放满了一只深盆子，吃起来简直开胃极了，但是吃完以后，对于你在一间紧紧关闭着的房间里、甚至在户外所遇见的人全都糟透了。①

“鳗鱼好极啦，”我说。“对于酒实在还不能说。你乐意尝点儿鳗鱼吗？”

“或许就叫这一份，”比尔说。“尝一口酒看。你也许会喜欢。”

“请再来一大罐酒，”我对侍者说。

“是，欧内斯托先生。这儿就是。我早已打好啦。”

店主人走过来。

“来一客牛排怎么样？”他问。“我们今儿的牛排很不错。”

“留着今儿晚上吃。来点儿芦笋怎么样？”

“很好，”他说。“是从阿兰胡埃斯②运来的。”

“我们明儿要到阿兰胡埃斯去看斗牛，”我说。

---

① 意谓浑身洋溢着一股大蒜味。

② 阿兰胡埃斯(Aranjuez)：西班牙中部马德里省的一座城市。

“安东尼奥最近怎么样？”

“挺好。他昨儿晚上从塞维利亚驾车过来。我们是今儿早上开车过来的。”

“塞维利亚怎么样？”

“还可以。牛都毫无价值。”

“您和他今儿晚上也来这儿进餐吗？”

“敢情不来啦。”

“要是你们乐意的话，我可以把那间包房留给你们。你们还欣赏这一餐吗？”

“很不错。”

“祝你们在阿兰胡埃斯幸运。”

“谢谢你，”我说。

我们在阿兰胡埃斯运气很不好，不过当时我一点儿没有什么先兆或预感。

前一天，安东尼奥在塞维利亚演出时，路易斯·米格尔正跟安东尼奥·别恩维尼达和海梅·奥斯托斯在托莱多[①]演出。全场都客满了。那是一个闷热、阴雨的日子；牛都相当高大，凶狠的程度各不相同。牛角根据我听说到的所有报导，全都削剪得很低。路易斯·米格尔跟第一头牛斗得很精彩，跟第二头牛斗得更出色。经过和第二头牛优美的周旋后他割下了一只牛耳。倘若他刀刺得幸运一点儿，他本来会获得两只牛耳的。

我感到很惋惜，没有看到路易斯·米格尔的演出，特别是下一天在格拉纳达我们也将错过他的演出。但是日期在当时就是这

① 托莱多（Toledo）：西班牙中部的一座城市，在马德里以南。

样安排的；我知道我们不久就会赶上他。我手边有一份他演出的明确的日期表以及一份安东尼奥的。不久，他们就会在同一些镇市上、同一些集市日里斗牛。接下去，他们就会在同一份节目单上演出；随后，我知道他们就不得不一块儿单独斗上一场。同时，我通过观看米格尔演出的可以信赖的人们，尽可能了解到米格尔的进展。

第五章

五月三十日对阿兰胡埃斯的牛群是一个好日子。雨已经过去了；镇上在阳光下看来冲洗得很洁净。树木一片苍翠；鹅卵石铺的街上还没有尘土飞扬。有许许多多身穿本省黑罩衫和铁一般坚硬的条纹灰裤子的乡村居民，也有马德里来的一大群人。我们到树荫下的那家古老的咖啡店兼餐馆去，注视着河水和河上的游艇。河水一片棕色，由于连连下雨，上涨了不少。

后来，我们的两位客人参观河上游的那座王家御花园去了。比尔和我走过那道桥，到那家古老的美味大酒家去看看安东尼奥，并且从他的持剑助手米格利略手里去拿了赠券。我把那四张观众席第一排座位的票价付给了米格利略，告诫一名年轻的西班牙记者（他正在替马德里一家报纸写一系列介绍安东尼奥的文章），叫他这时候不要打搅他，让他休息，同时说明了原因，接着走到床边去跟安东尼奥说了几句，为他的随从树立了一个榜样，迅速就离开。

“你们驾车直接行驶，一路开到格拉纳达去呢，还是在路上停下睡一宿？”他问。

“我原想在曼萨纳雷斯睡一宿的。”

“巴伊伦更好，”他说。“我来替你们开车；咱们可以谈谈，然后在巴伊伦吃饭。接下去，我就乘那辆梅赛德斯上格拉纳达去，路上睡一大觉。”

“咱们在哪儿会面呢？”

“斗牛结束后还在这儿。”

“好，”我说。“那么到那时候再会。”

他笑了，我可以看出来他感觉很好，很踏实。我把《人民报》派来的那个年轻记者带着跟我们一块儿走出了房间。米格利略正在把便于携带的宗教设备安放好。那只沉重的雕花皮剑套靠在墙上，就在梳妆台旁边。他正在把肩衣和圣母画像前点燃的油灯陈列出来。

那片古老、完善、不很舒适、日见腐朽的小斗牛场四周的烂泥地正在收干、尘土飞扬起来。我们走进场去，找到了我们的座位，向下望望眼前那片熟悉的沙土地。

安东尼奥斗的第一头牛是桑切斯·科巴莱达的牛。那头牛又大又黑，生着一双大角很神气，角尖全很锋利。安东尼奥用披风以徐缓、自信、低沉、大幅度而又文雅的贝罗尼卡动作把牛吸引过来，尽可能地迫近它，然后控制住它的冲刺，愈来愈缓慢地闪避开，而且站在牛角可以近在咫尺地掠过的地方。观众并没有欢腾起来，像在马德里那样，于是在接下去的把牛引开的动作中，他做了一个不十分危险、不十分优美，不过却精致的塞维利亚式夸张的奇奎洛动作[①]。他把披风对着牛，齐自己的胸部那么高提着它。然后，他缓缓地转过身，让披风裹着身子，随着牛的每一次冲刺慢吞吞地旋转着进入险境，又旋转着脱离了它。这个动作看起来很美，不过它主要是一个花招，不是一个闪避动作。牛开始冲过，但是随着牛进入斗牛士的身边时，斗牛士缓缓地旋转着闪避开它。观众喜欢这个动作。我们也喜欢。它一贯很好看，不过实质上，它并没有为你表演出什么。

安东尼奥的牛从右面和左面相当危险地朝着穆莱塔冲来。他把

---

① 参看《引言》第 26 页。

穆莱塔放得很低地撩拨牛，就像他在斗科尔多瓦那头牛那样，让牛身体挺直，使它有了信心。牛脑子里出现了一种什么情况；也许那个奇奎洛动作使牛醒悟过来了。我看见过这种事情发生。因此，安东尼奥不得不从很近的地方促动牛，使牛再向前冲。这并不是牛的视觉中的变化问题。这是牛在那十分钟所受的教育中的一节，这一教育是教导它该如何去死。

安东尼奥给了牛信心，让牛把右小腿和大腿当作一个坚实地竖立起的目标，然后让它看到，它可以如何毫无痛苦地追随着这个诱惑物，而这个诱惑物可能是一个猎取目标。

他们随后便用两手中的任何一只手，一个回合一个回合共同玩着这场游戏。一会儿高起来，一会儿低下去。现在来吧，牛儿。乖乖地绕着我转，牛儿。再试一次看，牛儿。再试一次。

接着，安东尼奥正在使那头牛绕着自己转的时候，牛动了一个卑劣的念头。它在一次长时间的躲闪动作中，突然中止了这场游戏，看到了人体，试图朝它冲来。牛角差百分之一英寸没有挑刺到，牛头在经过时撞上了安东尼奥。安东尼奥回头望望它，用穆莱塔再次激起它来，让它贴近自己的胸部冲过。

随后，他又对牛重复了一遍全部“教导”，使牛把险些儿当场刺到他的那种冲刺照式照样一连做了两遍。观众这时候已经完全拥护他了；他正按着他们要求奏起的音乐节拍行动。最后，他把牛杀了。他的剑刺进去刺得很利落，正刺到了中枢以外一片光濯濯的地方。全场观众都要求把那只牛耳给他，不住地挥舞着手帕。但是牛已经倒下，嘴里在流血，像许多被恰当地杀死的牛所会显示的那样。会长拒绝割下牛耳，尽管观众不停地挥舞手帕，直到牛给拖出场去。

安东尼奥不得不绕着场子走了一圈，两次走出来向观众致意。

他回进来，冷漠、愤怒、超脱；当米格利略递一杯水给他时，他对他说了一句什么话。他喝了一小口水，茫然地朝外望着，然后漱了漱口，把水吐到了沙地上。后来，我问米格利略他说了什么。

“他对我说，我必须做什么才能去割下一只牛耳。唔，他已经表现过啦。”

奇奎洛第二是第二个出场的剑杀手。他现在，也就是说过去一直身材很矮小，身高不过五英尺二英寸，为人很严肃，生着一张庄严、忧伤的脸。他比一只獾或是比任何其他的动物和大多数人大概还勇敢。他参加斗牛首先是作为一名见习斗牛士，后来在一九五三年和一九五四年从那个可怕的非正式斗牛学校出来，成为一个剑杀手。那是在卡斯蒂列和拉曼查一些乡村广场上举行的非正式斗牛。在其他省份里，这种活动开展得不是那么广泛。在这些地方，当地的小伙子和渴望成为斗牛士的旅行斗牛班子跟一些往往是一次又一次被斗过的牛搏斗。那些牲口都曾经在非正式斗牛中登过场，先前曾经戳死过十多个人。它们是在造不起一座斗牛场的镇市和村庄里举行的；大车总给堆成一圈，堵住广场的出口；牧羊人或是放牛人使用的结实、尖头的长棒，被出售给观众，这样如果那些业余斗牛士想要逃走，就可以把他们轰回斗牛场去，或者狠揍他们。

奇奎洛第二在二十五岁前，是非正式斗牛的一个明星。在马诺莱特时代和以后，那些出名的斗牛士面对着公牛、半公牛和牛角被削短了的三岁公牛时，他一直在和牛角完整、七岁以下的各种牛搏斗。这些牛中有许多先前全跟人斗过，因此跟世上的任何野生动物一样危险。他曾经在一些没有医务室，没有医院，也没有外科大夫的村庄里表演。为了生存下来，他不得不熟悉牛性，以及如何挨近它们，而又不给它们戳到。他知道跟那些每次都有机会戳死他的牛斗时如何活了下来，而且他还学会了可以做的所有耍花招的闪避动作和所有的杂耍诀窍。他还学会了如何干净利落地把牛杀死，而且他的左手十分灵活巧妙，在他突向前去宰杀时，总保护着他，并使牛头完全低了下来，以弥补他身材矮小的缺陷。还有，他除了绝对勇敢外，还十分幸运。

这一季节，他又从退休中出来，因为除了斗牛外，他做什么事都感到厌烦。他退休下去，因为他知道自己很幸运，也知道只能赌博上这么许多次。他又回来，是因为没有什么别的事真正有什么乐趣。还有，如同一贯的那样，有一个钱的问题。

他抽中了一头好牛，身个儿相当大；跟他自己矮小的身材相比，那头牲口显得硕大无朋。它还有两只锋利的角；奇奎洛第二“传授”着他那门理应称道的课程：在斗牛场上如何活了下去，以及如何把时间消磨在比任何别人可以更为精神正常地贴近牛。他精神正常、反应敏捷，还带着自己莫大的幸运投身进去，作了多次精彩的闪避动作和书上记载的所有耍花招的躲闪动作，以及所有的杂耍诀窍，而且全都做得很出色。要是从比较远的地方把牛引过来，异常出色地闪避开它，那会危险得多。不过当时并没有显得是那样；奇奎洛做的一切动作都是在可能范围内倒退着做的。牛在他伸直的胳膊下面冲过时，他朝外望着观众，使人想起了马诺莱特。马诺莱特跟他的经纪人一起，使斗牛陷入了第二个最大的低潮，接着他给戳死了。死亡使他成了一位受人尊崇的人物，使他永远逃脱了遭受批评。

观众爱好奇奎洛第二，这也很正当。他和他们打成一片，给了他们长辈教他们相信的那种斗牛情况，而且他是跟地道的牛表演。他这么做需要运气，不过也需要广博的知识和最为纯洁的勇气。有一次，他冲向前去杀牛时，刺中了骨头，接着又刺进去，把剑刺到了很高的部位，然后把身子扑在牛角之间，用灵巧的左手掌把刀抽出来，那头牛已经死了。

会长把两只牛耳都给了他。他拿着牛耳绕场一周。严肃而高兴。我喜欢想到他那一年整个夏季的情形；想到他运气走尽后发生的事情是没有用处的。

安东尼奥要斗的第二头牛冲出来了，英俊、凶悍、黑得发亮、角很锋利。它很神气地进入场内。我看到安东尼奥想要立刻就和它斗。他已经开始在挥动披风时，一个渴望做斗牛士的人，一个戴着软帽、穿着浅色衬衫和蓝裤子、容貌清秀、相当利落的小伙子从我们左边向阳的看台上跳出来，翻过围墙，在牛前面展开了他的穆莱塔。这时候，费雷尔、霍尼和胡安，安东尼奥的三个短标枪手，朝他奔过去，想逮住他，在牛挑刺到他使这场表演遭到破坏以前把他交给警察。那个小伙子做了三四个很精彩的闪避动作。他利用牛生来的活力，使自己斜对着牛的冲刺，同时还必须躲避开三个飞奔过去想逮住他把他赶出斗牛场的男子。

没有什么像一个自发的斗牛士[①]闯进去斗牛，会如此迅速而彻底地为一个剑杀手把一头牛毁了的。牛随着每一个闪避动作都学到些东西，所以一个了不起的斗牛士每做一次闪避动作，总打算导致一个明确的结果。要是一头牛一开始就困住了斗牛士，用角抵伤了他，那么它就失去了先前跟一个徒步的人接触时的全部天真纯洁，而这一点正是斗牛凭借了来作为基础的。但是我看到安东尼奥注视着那个小伙子熟练而利落地进行闪避。虽然小伙子正使安东尼奥暴露在灾难之下，我却看到安东尼奥并不担忧。他正在仔细打量那头牛，从牛作出的每一个行动上学到了一些情况。

霍尼和费雷尔最终捉住了那个小伙子；他平静地回到第一排观

---

① 参看《引言》第25页。

众席上去了。安东尼奥提着披风跑到他面前，快快地对他说了几句，还用胳膊抱着他，搂了他一下。接着，他拿了披风退回来，把那头牛接过手去。这时候，他已经熟悉这头牛了；他曾经全面估摸了它。

他最初的几个闪避动作全是无法模仿、从容不迫而又优美典雅的。在他用披风对着牛挥舞时，那些闪避动作似乎是周而复始的。观众知道自己这时正看到的，是他们以前从来不曾看到过的一场斗牛，而且每个招式都是实打实的。他们以前从没有看见过一个斗牛士祝贺并原谅一个可能会替他把他的牛毁了的人。这时候，他们正在欣赏自己先前在第一头牛身上也看到、但没有欣赏的一种技艺。安东尼奥正以当代斗牛士中没有一个曾经使用过的手法挥舞着那件披风。

他把牛引到一个萨拉斯弟兄面前，让他用长矛刺，并且说道，“当心它，照我说的话做。”

那头牛凶悍、壮实，在长矛下拼命地向前冲；长矛很利索地刺进去。安东尼奥把牛又引开，再一次做了那种徐缓、美妙的贝罗尼卡动作。

那头牛被长矛稳稳地刺中后，在第二次冲刺时把马掀翻，使萨拉斯撞在观众席前矮围墙的木板上。

他的兄弟和心腹，短标枪手胡安希望牛再朝马冲来，因为这头牛还很壮实，经得住再挨长矛刺上两下颈部的肌肉才会感到疲乏，那样就能促使它垂下头去，比较容易宰杀。

“别教训我，”安东尼奥对他说。“我要它就像现在这样。”

安东尼奥对会长做了个手势，请求他准许改用短标枪。在使用了一副短标枪后，他又请求准许用穆莱塔把牛引过去。

他如此斯文、如此朴实而又如此流畅地使用穆莱塔把牛引过去，因此每一个躲闪动作都似乎是雕塑出来的。他做了所有传统的闪避动作，接下去似乎想使它们更优美，线条方面更纯朴，而且也更危险，因为他故意缩短了他的纳图拉尔动作，把胳膊肘儿弯进来，使那头牛似乎比任何其他的牛更贴近地从他身旁冲过。那是一头高大的牛，完完整整、凶悍、壮实，生着锋利的角。安东尼奥最后跟它来了几个我从未见到过的最全面、最出色的精彩回合。

接下去，等一切全做完后，牛也准备要给宰杀时，我想他是变得要发疯了。他开始做起奇奎洛第二曾经使用的那些马诺莱特躲闪动作，为的是让观众看到，如果这是他们想要看的，那么这才是应有的做法。他正在场内那片沙土地上撩拨那头牛；先前的三头牛都是在那儿给长矛刺中的，沙土给牛蹄划裂开，成了一道一道。在他用一个称作希拉尔迪利亚的闪避动作从后面引着牛冲过他时，牛的右后蹄滑了一下，牛突然倾斜过去，右角正好刺进了安东尼奥的左半面屁股。没有一个比那部位更缺乏浪漫性、更危险的地方可刺了。他自己招致了这个伤口，这一点他知道。他也知道这个伤口多么严重，心里很嫌恶它，又不喜欢自己可能会无法宰杀这头牛以洗清自己犯下的错误这一点。牛刺他刺得很扎实。我看见那只角刺进去，使安东尼奥身子离开了地面。不过他后来两脚着地倒并没有倒下。

这时候，血出得很快。他把臀部靠在场地四周矮围墙的红木板上，仿佛想止住不让血流出来似的。我当时注视着安东尼奥，没有看见是谁把那头牛领走的。小米格利略是第一个翻过围墙去的人。他握着一只胳膊把安东尼奥搀起来。这时候，他的经纪人多明戈·多明吉和他哥哥佩培全翻身跳进了场内。大伙儿全都看到牛角刺伤处的严重性。他的哥哥、他的经纪人和他的持刀助手紧紧抓住他，想撑着他，送他到医务室去。安东尼奥在一阵忿怒中挣脱开了他们所有的人，对佩培说道，“你还自称是一位姓奥多涅斯的吗？”

他出去走到牛面前，十分忿怒，血流如注。我以前也看见过他在斗牛场内大发脾气；他常常在极好的运气伴随着理性和致命的怒火情况下表演。不过他要像平日杀牛那样干净利落地把这头牛杀死；他知道自己不得不很敏捷地把牛杀了，要不然就会流血流到昏晕过去。

他先使牛站好，我看见他把穆莱塔放得越来越低，瞄准了肩胛骨之间顶上的那个死亡穴，极为准确地刺进去，然后从牛角上抽出来。随后，他面对着牛抬起了一只手，命令牛倒下——随着他放在它体内的死亡倒下。

他站在那儿流血，不让任何人碰他，直到牛摇晃了一下，翻身倒在地上。他仍旧站在那儿流血；手下的人听了他对他们说的话后全不敢去碰他，直到会长答复了那些挥动手帕、不住喊叫的观众，发出信号，让人把两只牛耳、牛尾和一只牛蹄全都割下。他等到这些战利品全部拿来。我看见他站在那儿流血。这时候，我忙穿过人群，朝斗牛场的入口处走去；入口处可以通向医务室。随后，他转过身，走了两步，想开始绕场一周，接着悄悄地倒进了费雷尔和多明戈的怀里。他神志完全清醒，不过他知道自己正在失血，也不再有什么事他可以做了。那一下午就此结束，他不得不去作好准备，等以后再回来表演。

在医务室里，塔马梅斯医师检查了伤口，看到了他必须处理的是什么情况，以及伤势多么严重，于是采取了立刻需要采取的措施，把伤口封闭起来，把安东尼奥火速送往马德里的鲁贝尔医院去进行手术。在医务室的门外，跳进斗牛场的那个小伙子正在哭泣。

我们抵达鲁贝尔医院门诊部时，安东尼奥刚注射了麻醉剂出来。伤口是在左腿的臀肌肉上，有六英寸深。牛角刺进去，正在直肠旁边，几乎就要碰到直肠，并且撕裂了肌肉，直到坐骨神经那儿。塔马梅斯医师告诉我，要是伤口再向右延伸八分之一英寸，那就要穿过直肠，刺入大肠。如果不到八分之一英寸，那就会碰上坐骨神经。塔马梅斯把伤口切开，清洗了一下，修补了创伤，把伤口缝起来，留下了一个引流管，引流管按着一个时钟装置活动，不住地引流。你可以听见它像个节拍器那样滴答滴答。

安东尼奥先前听见过这种声音。这是他受的第十二次严重的牛角创伤。他的脸上很严肃，但是两眼里露出了笑意。

“欧内斯托，”他说，把我名字用安达卢西亚方言念成了“艾尔内斯特托”。

“你痛得厉害吗？”

“还不算厉害，”他说。“慢慢会痛得厉害起来的。”

“别说话，”我说。“尽可能安安逸逸的休息。马诺洛[①]说没有问题。要是你免不了得受一次伤，那么不能在一个更好的地方了。他告诉我什么我会全告诉你。现在，我走啦。尽可能放心。”

“你什么时候再来？”

“明儿等你醒后。”

卡门一直坐在床边，握着他的手。她亲亲他；他闭上了两眼。说真的，他其实还没有清醒；真正的痛苦还没有开始。

卡门跟着我走出病房来；我把塔马梅斯告诉我的话对她说了。她的父亲也是一个斗牛士；她还有三个哥哥全都是斗牛士。如今；她也嫁给了一个斗牛士。她生得很美，很可爱，遇到所有突发事件和灾难，总是细心周到、安详镇静。这时候，她已经经历过最糟的部分了，她的工作才刚开始。自从她嫁给安东尼奥后，她每年总有

---

① 塔马梅斯医师的名字。

一次要担负起这份工作来。

“这件事到底是怎么发生的？”她问我。

“它没有理由发生。决不应该发生的。他用不着倒退着和牛斗。”

“你把这话告诉他。”

“他知道。我用不着告诉他。”

“你好歹跟他说一说，欧内斯托。”

“他用不着跟奇奎洛第二竞争，”我说。“他是在跟历史竞争。”

“我知道，”她说；我知道她正在想着，丈夫很快就会跟她心爱的哥哥竞争，而历史就会呆在一旁观看。我记得三年以前我们在他们的一套房间里共进晚餐时，曾经怎样谈到这件事，有人曾经说，倘若路易斯·米格尔肯回到斗牛场上来，跟安东尼奥一决雌雄，那么场面就会多么美妙，而且他们可以挣到多少钱。

“别谈这事，”她当时这么说。“他们会彼此杀了的。”

这天晚上，她说道，“再见，欧内斯托。我希望他睡得好。”

比尔·戴维斯和我呆在马德里，直到安东尼奥脱离了危险。在第一夜过去后，疼痛果真开始了；它不断增强，达到并超过了容忍的限度。那个时钟装置的引流管使伤口里的脓不断给吸引出来，可是在包扎下皮肤还是肿了起来，绷得很紧。我很不喜欢看着安东尼奥忍受痛苦，也不想目击他经历的疼痛，以及在疼痛像一阵风按着浦福风级[①]逐渐增强时，他如何挣扎着不让疼痛使他丢脸。我得说，在我们等候塔马梅斯来把第一次的包扎拆去的那天，它大约是十级大风或刚过十级那么强，像我们在家里衡量疼痛时所说的那

① 指气象学中英国海军将领浦福（Francis Beaufort，1774—1857）所拟定的风级，一般分为0—12级。

样。除了一些可能出现的并发症外，你知道，这是你赢了或输了的关键时刻。如果没有坏疽，伤口很干净，那么你就赢了。有着这样一个伤口，你的好汉在三星期内或三星期不到就可以再上场表演，不过这也取决于他的意志和训练。

“他在哪儿？”安东尼奥问。“他十一点钟该到这儿。”

“他在另一层楼上，”我说。

“但愿他们能把这个滴滴答答的机器关上，”他说。“我一切都忍受得了，就受不了这个滴滴答答声。”

凡是负伤后打算尽可能迅速地再斗牛的斗牛士，总给他们最低限度的镇静剂。理论是：他们心中必须没有什么会影响他们神经或是反射作用的东西。在一所美国医院里，他们可能会使他摆脱痛苦，用他们的说法是“雪藏起来”。在西班牙，痛苦很简单地被当作一个人不得不接受的一件事。至于痛苦对一个人的神经是否并不像止住疼痛的麻醉剂那么糟糕，这一点人们并不考虑。

“你能否给他吃点儿什么，让他安静下来？”我早先曾经这么问过马诺洛·塔马梅斯。

“我昨儿晚上给了他一点药，”塔马梅斯说。“他是一位斗牛士，欧内斯托。”

他是一位斗牛士，没错，而马诺洛·塔马梅斯是一位了不起的外科大夫和一位忠实的朋友，但是当你看着这种理论付诸实行时，它却是一个粗暴的理论。

安东尼奥要我跟他呆在一起。

“是不是稍许好了一点儿呢？”

“很不好受，欧内斯托，很不好受，很不好受。或许等他把伤口打开时，他可以把那根管子移动一下。你认为他在哪儿？”

“我让人去找他。”

外边是一个晴朗、凉爽的日子，有一阵微风从瓜达拉马斯山吹来。那个黑暗的房间里，阴凉、舒适，但是安东尼奥因为疼痛正大汗淋漓。他把苍白的嘴唇紧紧抿着。他不想张开嘴唇，但是他的眼睛却不断请人把塔马梅斯找来。外间房里挤满了人，他们全静悄悄地坐着或是小声交谈。米格利略在接电话。安东尼奥的母亲，一位脸色黝黑、端庄漂亮的女人，头发笔直地往后梳着，正在房间里进进出出，或是坐在房角里用扇子扇着，或是走来在床旁坐下。卡门要是不坐在床边，就到另一间房里去接电话。外边，在过道里，长矛手和短标枪手或坐或站。探病者来了又走了，留下些口信或名片。米格利略使所有的人（家属除外）全呆在病房外。

最后，塔马梅斯进来了，后面跟着两名护士；他们把所有的人全请出了病房，不让他们看到接下去要发生的事。他像一贯的那样粗鲁、老练，开着玩笑。

“你怎么啦？”他对安东尼奥说。“你认为我没有别的病人吗？”

“上这儿来，”他对我说。“高贵的同僚。站在这儿。把他的身子翻过去。你自己翻过身去，你，趴好。你从欧内斯托或是从我这儿都不会碰上什么危险。”

他把包扎的那块大敷料剪去。等他把纱布塞掀起时，他很快闻了闻，把它递给我。我闻了一下，把它丢在护士拿着的盆里。纱布塞上没有坏疽的气味。塔马梅斯望望我，咧开嘴笑了。伤口很干净。在那一长行缝针的地方，有四处周围有点儿肿，不过看来很不错。塔马梅斯把那个橡皮导管剪去，只留下很短一段。

“不再有滴答声了，”他说。“让你的小神经安静一下。”

他迅速清洗了一番，仔细看了看，又包扎好，然后叫我帮着把敷料包扎起来。

“说到你的疼痛。你的了不起的疼痛，”他说。“敷料非得牢牢地扎好。你明白吗？伤口肿胀。这是很自然的。你不可能把一件比一把锄柄更大的东西戳六英寸深到你那个部位去，在肌肉里造成这一切伤害，而不留下一个会造成疼痛、肿胀的伤口。敷料使它收缩起来；这使伤口更不好受。现在，这块敷料是很舒服的。是不是呢？”

“是，”安东尼奥说。

“那么咱们别再说疼痛了。”

“你没有感到过最大的疼痛，”我说。

“你也从没有感觉到，”塔马梅斯说。“这很幸运。”

我们走到房角里去；家属又回到床边来了。

“需要多久，马诺洛？”我问。

“如果没有什么并发症，他在三星期后可以再斗牛。这是个很大的伤口，欧内斯托，造成了很大的破坏。我很抱歉他受了这么多痛苦。”

“他受了很不少。”

“他预不预备上马拉加你那儿去，使健康恢复到良好状态呢？”

“他是预备这样。”

“好。那么等他一可以上路，我就把他送下来。”

“要是他没问题，没有热度，我明儿晚上就离开。我有不少工作得做。”

“好。要是他可以离开，我就告诉你。”

我留下口信说，我们傍晚再回来。这时候，家属和老朋友来得很不少。我想要跟比尔一块儿到外面日光下去，到镇上去。我们知道现在没有什么问题了，我不想闯进去。趁天光还亮的时候，仍旧有时间到普拉多博物馆去。那儿在一天中不同的时间里全有最好的阳光。

当安东尼奥和卡门在马拉加愉快的小机场下了飞机后，他沉重地拄着一根手杖行走。我不得不扶着他穿过候机室，走出去乘上汽车。那是我在医院里离开他一星期后。他和卡门全因为这次旅行而累得要命。我们安安静静地吃了一顿晚餐。我搀扶他走到他们的卧室去。

“你很早就醒啦，是吗，欧内斯托？”他说。我知道当他外出斗牛时，他通常总睡到中午，往往还要晚点儿。

“不错，不过你起得很晚。你能睡多晚就睡多晚，好好地休息。”

“我想跟你一块儿出去走走。我在牧场上的时候，总起得很早。”

清晨，园里露水还没有干，他就拄着拐杖走上楼梯，走下走道到我房间里来。

“你想去散步吗？”他问。

“当然啦。”

“咱们走吧，”他说。他把拐杖放在我床上。“拐杖不用啦，”他说。“你留着这根拐杖。”

我们散步走了大约半小时，我很当心地搀着他的胳膊，以免他摔倒。

“多么大一片花园，”他说。“比马德里的植物园还大。”

“房子比埃斯科里亚尔建筑群[①]稍许小点儿。不过另一方面，

① 见第14页注④。

并没有国王埋葬在里面。你可以喝酒，也可以唱歌。”

在西班牙，差不多所有的酒吧间和小酒店里全有一面牌子，写明不准唱歌。

“咱们就来唱歌，”他说。我们走了我认为他承受得住的那么长一段路。接着，他说道，“我有一封塔马梅斯写给你的信，举出了应该遵循的所有治疗办法。”

我希望我们有需要的药品和维生素，再不然我能在马拉加弄到它们或者到直布罗陀觅到它们。

“咱们现在回到屋子里去，我要拿他的信看看，这样我们可以就开始治疗。我们不想丢失了时间。”

我在走道里撇下他；他走到他们的房间去，尽力稳稳地走，不过一手摸着墙壁。他拿着一只写给我的放名片的小信封回来。我拆开信封，取出名片，上面写道，“著名的同僚，我谨此把我负责的病人安东尼奥·奥多涅斯交给你照料。要是你不得不奏效，con mano duro[使用坚强、稳健的办法]。马诺洛·塔马梅斯签名。”

“欧内斯托，咱们该开始这样治疗吗？”

“我想咱们可以喝一杯玫瑰红色的坎帕纳斯药水，”我说。

“你认为这也指明出来了吗？”安东尼奥问。

“通常不在清晨这么早的时候，不过只是作为一种平和的泻药。”

“咱们可以游泳吗？”

“得等到中午水暖了再游。”

“也许，冷水对它有好处。”

“也许，你喉咙会疼痛的。”

“我的喉咙痛已经好啦。咱们去游泳吧。”

“咱们等阳光使水温暖起来后再去游。”

“好吧。咱们再稍许走走。把发生的一切全告诉我。你写得很不错吗？”

“有些日子很不错。有些日子又不太好。”

“我也是这样。有些日子你根本不能写。但是人家出了钱想看你，因此你得尽可能写好。”

“你新近一直写得还可以。”

“对。不过你知道我的意思。你也有些日子心不在焉。”

“对。不过我总迫使自己思想集中；我用我的脑子。”

“我也是这样。可是等你认真写起来时，那简直妙极了。没有什么比那更好的。”

他一向很乐意管斗牛叫写作。

我们谈到各种各样的事情：艺术家在他生活在里面的境界中碰上的种种不同问题；技术性事务与业务上的秘密；资金筹措；有时候还有经济和政治。有时候还有女人，很经常会谈到女人以及我们该怎样做好丈夫，接下来也许还有女人，别人的女人和我们的日常生活与问题。我们整个夏天和整个秋天都谈论着，斗牛后驾车驶去观看其他的斗牛时也谈着，进餐时以及在康复时期的一些奇怪的时刻都谈着。我们作为玩笑并当作一场游戏；在见到人的时刻，立刻试着去判断他们，像对待牛那样。不过那是在较晚的时候。

到“领事馆”的第一天，我们闲聊，玩笑，对于受伤的事已经过去而恢复工作业已开始感到很快乐。安东尼奥第一天稍许在水里游了一会儿。伤口还有点儿抽痛；我把那个小敷料换了。第二天，他很小心地走着，不过既不跛，也没有显得不稳。一天天，他越来越壮实、强健。我们做体操，游泳，在马房后面的橄榄园里开枪射击手抛的飞碟，训练得很好，吃、喝也很好，而且玩得快乐。后来，他做得过了头，在一个风大浪高的日子下海去游泳。那种汹涌、含沙的碎浪使伤口部分裂开来，不过我可以看到伤口愈合得很健全、很好。我清洗了它，把它包扎起来，用胶布粘牢。

大伙儿全都很快乐，就仿佛卡门和安东尼奥是在度蜜月似的。他被牛戳伤，需要休养、康复，这倒给了他们一个机会，在六月这个月里短时期内过上一下正常的婚姻生活。虽然他这次是用鲜血付出了昂贵的代价，而且收入也有损失，他们俩却尽可能地充分利用了这段时间。一天天，卡门变得越来越美。

最后，他们离开了，到他们拥有的、仍旧在付款的牧场上去。牧场在巴尔卡加多，在加的斯[①]南面梅迪内-西多尼亚乡野里那片绵延起伏的群山中。我为这次行程替他在伤口贴了最后一块敷料。他们乘坐改成一辆旅行车、供助手们带着设备上路的雪佛兰牌中型货车启程。我们大家全说了再会；由安东尼奥驾驶，他们穿过大门驶走了。

---

① 加的斯(Cádiz)：西班牙西南部大西洋上的海港城市。

第六章

自从安东尼奥在阿兰胡埃斯受伤以后，路易斯·米格尔表演过四次斗牛。所有的报导全都说，他非常了不起。我看见过米格尔，当他在格拉纳达大获成功，到医院里来探望安东尼奥时，我曾和他谈过，所以我很急切地想看看他斗牛。我答应过他，我们要到阿尔赫西拉斯去看他斗牛，因为他要在那儿表演两次。

我们在一个晴朗、多风的日子沿着海滨大道驶往阿尔赫西拉斯。那是一次美好的行程。我为风对斗牛的影响感到发愁，但是阿尔赫西拉斯的斗牛场在选择地点和建造方面，全对他们称作“莱班特”[①]的强劲东风作出了很好的防护。这种风是沿海的安达卢西亚人们诅咒的事，就像普罗旺斯的密史脱拉风[②]那样，但是它并不使斗牛士烦恼，虽然斗牛场顶端旗杆上的旗子正紧张地翻飞着。

路易斯·米格尔果然像所有关于他的报导所说的那么出色。他很自负，但是并不傲慢自大，在斗牛场上总是很平静，很自在，完全控制着进行中的一切。看着他指挥斗牛的过程，注视着他的聪明智慧在发挥作用，真是一种乐趣。他对自己的工作具有那种完完全全的、怀着敬重心情的专心致志神气，这本是所有伟大艺术家的标志。

在挥动披风方面，他比我所记得的他先前的情形还要好，不过他的贝罗尼卡动作并没有打动我。但是他的各各不同的闪避本领却是令人愉快的。它们全都无限巧妙，而且做得无懈可击。

他是一个熟练的用倒钩短标枪的斗牛士，他刺进牛的体内三副短标枪，全都刺得不下于我见过的最优秀的短标枪手。那些动作并不是杂技演出，也不是以摆姿势为基础。他并没有对着牛很快就刺进去，而是从一开头就抓住了牛的注意力，使它前来接触，通过一套几何形的体操引导着牛，直到牛角向人戳来时，他才高高举起双臂，把木棒向下一下刺进该刺的地方去。

他挥动穆莱塔的动作是有效而有趣的。那些传统的闪避动作都做得很出色；他会大量式样各各不同的闪避动作，而且全面地使用了它们。他杀牛杀得很熟练，并不过分暴露自己。我看得出，只要他愿意，他真可以宰杀得非常好。我还可以看到，他何以好多年来一直是西班牙和全世界（这是西班牙人划分地方等级的方式）的第一号斗牛士。我可以看出来，他对安东尼奥会是一个多么危险的竞争者；观看着路易斯·米格尔斗他的两头牛——他在斗第二头牛时甚至更出色——我心中毫不怀疑：这场竞争结果会是怎样。在我注视着路易斯·米格尔用穆莱塔使牛有所准备后，对它要出他的诀窍时，我心里已经很肯定。他后来把穆莱塔和刀全扔开，很仔细地跪在牛的视角以内，毫无武装地呆在牛角的前面。

观众很爱这一部分，不过等我看了两遍以后，我知道那是怎么做的了。我还看到了另外一个情况。路易斯·米格尔的牛的牛角尖端全给修剪过，然后又给削成正常形状。我可以看出使用过的曲轴箱油的亮光。这种油把耍的花招掩盖起来，使牛角具有正常牛角的那种健康光泽。除非你知道怎样去看牛角，否则这种牛角显得很锋利。

路易斯·米格尔状态极好，他是一位了不起的斗牛士，具有极

---

① 地中海上的强烈东风。

② 普罗旺斯(Provence)是法国东南部的一片地区。密斯脱拉风(the Mistral)是地中海北岸的一种干冷的西北风或北风。

好的风度，广泛的知识，在斗牛场内外都有着很大的魅力，所以他是一个很危险的竞争者。在斗牛季节这么早的日子里，眼前排有一份艰巨的日程表，他硬是显得有点儿状态过分地好。不过我知道，在这场决斗的这一阶段，安东尼奥有一个明确的优势。他曾经在马德里跟牛角没有削过的牛搏斗；我还看见他在科尔多瓦跟那头生着巨大牛角的牛斗过。我正注视着米格尔应付牛角削剪过的一些牛。

坐在我们附近的有见识的人知道这一点；他们也不在乎。他们是来看那种热闹场面的。还有些人是从事这一行当的；他们也不在乎。这是这一行当中的一部分。大多数人不知道。我知道这种情况，我很在乎，因为我注视着他，深信米格尔对牛具有很大的感觉和知识，能和任何种类的牛搏斗，而且跻身于真正伟大的斗牛士行列，也许和何塞利托并驾齐驱。可是应付一头这种牛，防御方法有所改变，这将难以捉摸地、永久地使他不得不面对真正的牛时变得很不适应。

在这场斗牛后，我们见到了米格利略。他是来领我们到安东尼奥的牧场上去的。我们在黑暗中驶出了市区，到了大道上，大道向上迂回攀登，背向着大海，离开了欧洲西部荒凉的大山中扶壁状突出的部分，驶入了尽是溪水、干涸的环礁湖和绵延起伏的丘陵的乡野，越过那座迷人的、高踞在丛山中的白色小镇贝哈尔，到了随后绕过群山通向安东尼奥牧场的那条乡野大道上。我们很晚才驶进牧场，午夜才用晚餐，随后不久便就寝。牧场占有一大片大约三千英亩的土地，有良好的自然牧草和丰富的水源。他饲养着育种牛、一岁的牛崽、两头种牛、用于一场斗牛的六头小公牛，以及六头成年的牛，其中有一头随时准备登场。牧场和关牛的场地以前从来不曾用来饲养斗牛用的牲口，因此它很洁净。安东尼奥把牧场上有一片很不错的土地种了谷物，这时候正给收割下来。我们在大清早乘兰德-罗维尔[①]越野车出去，把一切细看了一遍。

我们回到粉刷白的牧场大房子，它的谷仓、马房、养鸡场、院子和储藏室多少都跟生活区连接在一起。这时候，我们才听说，路易斯·米格尔、海梅·奥斯托斯和两个养牛人都要来吃午饭。

那是由四位来宾、安东尼奥、我和鲁珀特坐在日光浴室里一张桌子上的一顿欢快、丰盛、长时间的午餐；我们的夫人、比尔和一对巴伦西亚夫妇——卡门和安东尼奥的老朋友——则坐在黑暗、阴凉的大餐厅里另一张桌子上。这使我不知怎么想起了战时参加过的那几餐。当时，有两位将军中的一位要在司令部内宴请另一位，他们在西点军校学习时就一直相互交恶。这回他们要在莫大的友好气氛中共进午餐，一面满怀希望地彼此注意着，希望看到另一个有任何迟钝下来的证据、新的缺点、心神不安或腐朽衰老的迹象。那是一顿很丰盛的午餐，每个人都拿每个别人开玩笑，只是有点儿小心谨慎，剑拔弩张。路易斯·米格尔和我对待彼此都有点儿粗鲁，不过是谨慎小心地粗鲁。我们大伙儿全都是朋友。说真的，我是朋友，而他也是的。不过在他和安东尼奥之间，紧张的时间持续了好多日子。他这次很友好，第一趟上安东尼奥的牧场上来。卡门很赞赏这一点；这使她很高兴。

三天以后，我们告辞了，返回“领事馆”去。那几天过得很不错。我知道安东尼奥脑子里对于伤口已经没有问题了，而且他睡得很好，康复得很快。我们预备四天后在阿尔赫西拉斯再会面，因为届时路易斯·米格尔又要在那儿表演。在星期一那场斗牛后，我们将上龙达去作一次旅行。然后，他就回到牧场上去，开始跟正在接受试验的那些种牛进行训练。我们就翻过大山，往下到“领事馆”

---

① 商标名，指英国制造的一种类似吉普车的多用途越野车。

去工作，直到他重新开始斗牛。

路易斯·米格尔在阿尔赫西拉斯斗的那几头巴勃罗·罗梅罗牛状态全很好，腿和蹄子全很健全，奔跑起来也很快，不像安东尼奥在马德里斗过的那几头巴勃罗·罗梅罗牛，身体过重，既迟钝，腿又有点儿跛。路易斯·米格尔整个下午表演得好极了。他并没有显得像一星期前那么紧张，不过也许这是因为他上次搏斗后休息了一星期。他两膝跪在沙土地上接受第一头牛的攻击，并且做了一个优美的拉尔加动作[①]。他挥动披风的全部动作都是绝佳的，而他的贝罗尼卡动作是我看见他做过的最出色的。他把那头牛献给了玛丽和我，大声而清晰地叫唤出她的名字来，这样她可以知道是献给她的，好站起身。我们坐在看台上向上三分之一的地方，座位正在通往斗牛场木围墙的一个入口上面，站起身来听不清他说的话，只可以注视着他黝黑的脸，看着他的嘴在动。玛丽心情很激动，脸臊红起来。接着，路易斯·米格尔把那顶沉重的帽子掷上来，像一个棒球运动员那样。我接住了它，把它递给玛丽。我们又坐下，看他正在我们下面用穆莱塔来了一个妙不可言的精彩结束回合，使自己适应于那头牛和它的速度，并在他的长时间、形形色色的全套节目中用穆莱塔控制住牛，徐缓而优美地闪避开牛。等他突入去宰牛时，他两次刺中了骨头，每一次都突入得那么精彩，以致那不愧是一个刺击。第三次，他把刀一直刺进去。观众由于他用刀两次刺牛所表现出的诚实，要求给他一只牛耳，但是会长拒绝了。群众愤怒起来，使他绕着斗牛场走了两圈。

---

① 斗牛士一手握着披风的一端，使披风全部张开，把牛吸引过去，然后又闪避开，让牛冲过的一种动作。

路易斯·米格尔在第二头牛身上表演得甚至更为出色。那头牛也是极其剽悍的，身上毫无缺陷。米格尔顿时就看出了这一点，于是没有移动脚的位置，做了六个贝罗尼卡动作。他对称地插了三对同样的倒钩短标枪进去，就像在上次表演时那样，在贴近牛时逗引它，使它朝自己冲来，直到双方都全力碰上，然后在牛角前轻松地一下闪开，那些保持平衡的短标枪于是垂直向下。正刺进了它们该刺入的那一公分空穴去。他是一个十分出色的使用倒钩短标枪的斗牛士。我被他的技巧、知识和艺术才华深深地打动了，获得了强烈的印象。他一切全都做得从容优美、充满信心。在他所做的全部动作中，他似乎始终是既快乐又极有把握的。

接下去，像我先前发现的那样，他把那个舒展开的穆莱塔在牛的眼前缓缓地来回晃动，使牛进入睡眠状态。这使牛头晕目眩，暂时呆着不动。你对一只鸡也可以做同样的动作，只要把鸡头扭过来塞在翅膀下，用手提着它前后晃动上六七遍。你可以把鸡放下，让它的头还藏在翅膀下；它就会躺在那儿，在睡眠状态中躺上一个半小时，或者直到你弄醒它为止。这是一种室内玩的窍门，在东非取得相当成功。有时候，我会有十几只鸡在乞力马扎罗山[①]下村子里一个当地小屋的门廊上躺成一排，睡着不动；当时我们正急需什么东西，必须用魔法去取得它。

路易斯·米格尔用那种催眠的、晃动的闪避动作使牛进入了睡眠状态，然后在牛前面，在它的视觉范围内跪下，抛开了刀和穆莱塔，背对着牛。这就是安东尼奥和我称为窍门的动作。它是一种很好的窍门，但是总是一个窍门。路易斯·米格尔的动作本来如此超

---

① 乞力马扎罗山（Kilimanjaro）：非洲最高的大山，在坦桑尼亚境内东北部。

群出众，如此卓越辉煌，其实并不需要这种窍门。但是他使用了它，保障自己取得成功，以免招致会长和观众的非难。

当他唤醒了牛，使牛站定，听候宰杀时，他用刀很利落地刺进去，然后用杀牛刀第一下一刺就切断了脊髓。牛颓然倒下，就仿佛有人把电流一下关掉那样。米格尔的倒钩短标枪助手在会长对暴风雨般挥动着的手帕作出反应的手势后，把两只牛耳全割下。观众想要再多给他点儿东西。

等斗牛结束后，我们去到了阿尔赫西拉斯那家古老的玛丽亚-克里斯蒂娜大酒店的那片欢快的喧阒声里。我们和路易斯·米格尔一块儿呆了一会儿；玛丽这才知道了他把牛献给我们时所说的话。“玛丽和欧内斯托：我把这头牛的死献给我们永恒的友谊。”我们俩都有所触动；这使情况变得比先前更为复杂。我在自己对路易斯·米格尔和安东尼奥的评价中试图保持绝对公正，可是这场竞争刚开始形成，像一场内战那样；中立变得愈来愈困难了。鉴于路易斯·米格尔是一位多么了不起的和十分多才多艺的斗牛士，而他当时所处的情况又极好，我知道当他们两人开始作同场演出时，安东尼奥会碰上多大的困难。

路易斯·米格尔得维持住他的地位。他号称是第一斗牛士，而且他很富裕。这对斗牛士在场上的发挥是很有影响的，不过他的的确确爱好斗牛，而他到了斗牛场上就忘了自己很富裕。但是他希望形势对他有利，而造成有利形势的，就在于削去锋利的牛角。他还希望每场斗牛拿到比安东尼奥更多的钱；促成一场你死我活的斗争的，就在这一点上。安东尼奥自负得像个魔鬼。他深信自己是一个比路易斯·米格尔更了不起的斗牛士，而且他长期以来一直都是如此。他知道不问牛角如何，他都可以是了不起的。路易斯·米格尔领的待遇比安东尼奥多。我知道要是在他们一块儿演出时出现这样的情况，那么安东尼奥内心里的那种奇怪的炽烈的特性就会发泄出来，直到任何人，特别是路易斯·米格尔的头脑里，都会毫无疑问地感到，谁是最了不起的斗牛士。安东尼奥会那么做，要不然他就会死去，而当时他并无意死去。

那次到龙达去旅行是翻越群山的一次壮丽的攀登，很有启发性，很有趣。安东尼奥就诞生在那座著名的镇上。镇上拥护他的人的俱乐部预备赠送给他一件绣有金线的旅行披风。他说他要领我去看些什么，并且告诉我些什么。我问他穿什么衣服去接受那件披风。

“我们就以斗牛士的身份去，”他说，在那些日子，这意味着穿一件马球衬衫[①]，不打领带。在赠送典礼结束，安东尼奥说了惯常的那一番“非常谢谢你们”的话后，转身对着我，说道，“现在，你去接受你的奖品。”

“我的什么，你——”我说。

“市长在市政厅颁发给你的金质奖章。”

“就穿着这样去吗？”

我当时穿了一件灰色针织马球衬衫，幸运的是刚洗干净，不过领口那儿扣不起来。

“这件衬衫很干净，”他说。“我们是斗牛士，是吗？”

我们列队游行，穿过街道，由当地他的所有追随者穿着他们最漂亮的衣服簇拥着。那枚奖章是纪念佩德罗·罗梅罗一百周年的，以前只由龙达市颁发过给五个其他人士。安东尼奥对市长和一些显要人士身穿正式服装、对我们的斗牛士打扮十分高兴。这里的“斗

① 指一种开领、短袖的衬衫。

牛士”就塞维利亚下层社会或是流浪汉与无赖而言，是一个具有双重意义的词。有一种意义是十分粗俗的。

那是一个晴朗而令人疲惫的日子。我们会见了那个陌生而可爱的镇上安东尼奥的忠实、友好的朋友，并且受到了他们的款待。我们离开了那个斗牛的摇篮和高利贷的堡垒，向上攀登，绕了出去，最终又向下驶上了那条狭窄的山路，沿着一条美丽、清澈的山涧往下驶到马尔韦利亚[①]下面的沿海地区；到那儿，海滨大道又把我们带到了马拉加。我们在那儿从尘蒙蒙的树木下那所邮局里上了锁的信箱内取出了信件，匆匆地翻阅了一遍，然后又驶出城，往上驶入了群山，到了那条树木蓊密的漫长的车道上，有些树被前一年冬天的一场大暴雨带下来的大石头砸断了。接着，我们穿过了那两扇大铁门，驶上了“领事馆”鹅卵石的车道，只听见大狗和小狗叫成一片，表示欢迎。我们穿过那扇沉重的大门，进入了馆内云石的阴凉而热情的环境里。

五天后，安东尼奥和路易斯·米格尔要在同一片斗牛场内一块儿表演。这是七年前的一月路易斯·米格尔在哥伦比亚的波哥大[②]负伤、退休以来的第一次。

---

① 马尔韦利亚(Marbella)：西班牙马拉加省的一处镇市，在马拉加市西南三十英里。

② 波哥大(Bogotá)：南美哥伦比亚的首都。

第七章

这次竞争的开场决斗是在萨拉戈萨。所有喜欢斗牛、出得起这笔路费的人全都到了那儿。马德里的评论家也全到了那儿。宏丽大饭店里午餐时挤满了养牛人、赞助人、上层社会人士、有衔头的人、以前承包马匹的人，以及安东尼奥那一小队追随者中的全体人士。路易斯·米格尔的追随者人数很多，还有政客、官吏和军方人士。比尔和我在市区他熟悉的一家酒馆里共进午餐。当我们上楼到安东尼奥的房间里去时，我们发现他很高兴，只是有点儿超然。我从一个人好像脖子有点儿僵那样移动头的方式，还从他的安达卢西亚口音变得稍许更为明显这一点上，总可以说出来他什么时候正在变得心情紧张。他说他睡得很好。在这场表演后，我们大伙儿全要驾车上特鲁埃尔[①]去，在那儿吃饭。我说比尔和我将从斗牛场直接驶过去，因为安东尼奥乘坐他的梅赛德斯牌汽车可以追赶上我们。这一切使我过多地想到阿兰胡埃斯斗牛前的那次谈话，可是他要我们这样。我们离开时，他很自然地咧嘴笑笑，还眨了眨眼，仿佛我们有一个秘密似的。他并不神经不安，只是稍许有点儿紧张。

我在路易斯·米格尔的房间里停下呆了一会儿，祝愿他抽签抽到几头好牛。他也有点儿紧张。

那是一个炎热的日子；六月的阳光十分强烈。路易斯·米格尔的第一头牛很神气地冲进场，坚决有力地朝着长矛手猛冲过去。路易斯·米格尔一开始就把牛完全引开，用披风表现出了同样美好的形式、傲慢的作风和支配一切的气概，就像我们上次看见的那样。

等那头牛再次冲向一个长矛手时，安东尼奥用披风把牛引过去。他把牛引到场地中央，那么徐缓、那么贴近地闪避开它，每一次闪避都使自身站得笔直，如同塑像那样，并且越来越缓慢，时间延伸得越来越长，直到你无法相信那种挥舞披风的动作是办得到的。观众和路易斯·米格尔全都知道，他们挥舞披风的差异已经确立无疑了。

路易斯·米格尔很利索地刺了两副倒钩短标枪进去，最后又十分精彩地再加上一副，唤起那头牛，等候着，直到最后一刹那，紧接着蓦地转向一边，将标枪深深地刺入，然后彻底转过身。他是一个出色的使用倒钩短标枪的斗牛士。

他用穆莱塔很快控制住了另一头牛，并用长时间精彩的闪避动作聪明而巧妙地逗引它。不过这些动作中并没有什么魅力。安东尼奥正在把自己的那头牛引开，那并不是一头过于单纯的牲口，他不得不施展出一些本领来。他两次突入进去杀牛，但是运气全不好，他也不十分坚决。接着，他较好地一下突入，把半柄刀僵直地插入了那个坚硬、高高的死亡之穴。路易斯·米格尔则巧妙地使他那头牛的头垂到了它的嘴对着的在沙地上摊开的穆莱塔上，然后把那柄宰牛刀的刀尖戳进去，牛毙命了。观众为他喝彩；他绕着斗牛场走了一圈，薄嘴唇上露出了一丝淡淡的微笑。对那种神色我们那年夏天将会很熟悉。

安东尼奥的第一头牛很精神地冲进场来。安东尼奥接下它，随着每一次躲闪愈来愈迫近它，同时使自己适应于它，并以先前那种惊心动魄的节奏挥舞着披风。

他使牛在与长矛手接触的过程中没有受到什么损伤。等倒钩短

---

① 特鲁埃尔（Teruel）：西班牙特鲁埃尔省的首府。

标枪给刺进去后，他施展出了一个月前在阿兰胡埃斯表演得精彩绝伦时没有施展出的招数。他完整无损的又回来了。那次被牛抵伤丝毫也没有削弱他。它只给了他一个教训，他以他的全部纯洁风格开始了斗牛的最后几个精彩回合，使牛成为他的伙伴，使牛显得很可爱地协助他，以尽可能危险的方式在可以控制的情况下，闪避开牛角。最后，等牛付出了一切后，安东尼奥用一个轻快的步法从牛角上面突进去，杀死了它。在我看来，那是一个低下的手法，但是就观众和会长而言，那却还不错。他割下了一只牛耳。

比尔和我全松弛下来。他回到斗牛场上来，就仿佛始终没有离开过一样。这一点很重要。那种疼痛和震惊对他内心并没有造成什么伤害。他眼睛四周显得有点儿疲惫。仅此而已。

路易斯·米格尔的第二头牛四腿乏力。他尽力好好地调拨它。经过很出色地开始了几个回合后，牛丢失了一只蹄子。米格尔请求准许他出钱买一头牛替代，然后在安东尼奥斗完他的牛后重斗。接着，他宰杀了那头可悲的、蹄子折断的牲口。安东尼奥斗的最后那头牛出来了。

这头牛实际上并不剽悍，开头很迟缓，而且也不是一头供壮观的斗牛场面使用的牛。它需要人支配，用穆莱塔制服它，然后迅速把它杀了。安东尼奥没有这么做，却开始去撩拨它，使它成为一头真正的牛。他用披风很优美地闪避开它，以自己的勇气和知识料到牛的缺点，并加以纠正。看着他那样是令人愉快的，不过有点儿提心吊胆。所有短标枪手都神经紧张。我看见米格利略的脸变得煞白，相当不安。

安东尼奥用穆莱塔估计到自己已经使牛伸直了身体，可是等他从相当距离外引牛时，那头牛在冲刺中突然一下停住，试图朝穆莱塔下面斗牛士的身体冲来。安东尼奥把自己裹在穆莱塔里，然后摆脱了牛。牛又试了一次。它始终不是一头适合于干安东尼奥要它表演的那种活儿的牛。这时候，他知道了，知道自己对这头牛过分信任，于是对牛做出了那些必要的闪避动作，准备杀了它。他使牛摆好架势，用刀从牛角上面直刺进去，在牛颈部稍许偏低的前沿那个合法的顶点刺到刀柄末端。

路易斯·米格尔接过了那头替代的牛，萨穆埃尔·弗洛雷斯的一头微嫌过重的大牛。它生着锋利的牛角，但是并没有歹意。路易斯按着自己的方式撩拨它。他插了四副倒钩短标枪进去，不是他刺入第一头牛的那种很昂贵的，而是马西制造的精良的那种。在挥舞穆莱塔上，他是精明、稳妥和镇定的。接下去，他要弄了他知道观众喜欢的所有技巧，而且全表演得非常利索。他第一次用剑刺时，有点儿疑惑不定。第二剑他是正对着插入点的最高部位。他又把半个剑身刺进去，牢牢地、精确地刺进了主动脉区。他看着那头牛经历了冠状动脉心脏病，然后用宰牛刀结果了它。他们把两只牛耳和牛尾全都给了他。

比尔说，“这一赛季要使路易斯·米格尔花掉很不少钱，如果他想按每次四万比塞塔的代价跟安东尼奥进行最后较量的话。”

不错，从书面上看，路易斯·米格尔击败了他，但是凭抽签选定牛是靠运气的，或者据信是如此，而在两头牛上，安东尼奥全都占先。增加的那头牛使比赛结果有利于路易斯·米格尔。

“今儿是很有启迪性的，”我说。“路易斯·米格尔很聪明，而安东尼奥把自己的牛引开的那个动作使他受到影响。那影响将留在他身上。你会见到的。这正是安东尼奥在马德里对可怜的阿巴里奥所做的事。”

“他总在路易斯·米格尔后面斗牛，你记得，”比尔说。“这也是一个非常有利的条件。”

“咱们得弄清楚那些替代的牛，”我说。“咱们也许会见到很多头。”

“我认为这事不会持续上那么久，”比尔说。

“我也认为不会，”我表示同意。

这场斗牛，以及我们看到和感到的，使我十分疲惫。在一场斗牛后，我从来不喜欢开车驶行，但是下一天五点钟，我们在地中海滨的阿利坎特[①]要看一场斗牛，再下一天六点钟在巴塞罗那，随后的一天五点钟在布尔戈斯[②]，全有斗牛。你得在一幅等高线地图上看看这些地方的距离，才知道那些道路是什么情况，好明白那具有什么意义。那天，我们从马德里开车到了萨拉戈萨；在那以前我们先从马拉加驾车往上驶到了马德里。

自从内战以后，通往特鲁埃尔的道路有一大部分始终没有好好修复。它既狭窄，沥青路面又坑坑洼洼，夜间用任何速度行驶都很危险，但是那是我们横穿到地中海滨去的唯一一条路。我们在黑暗中以安全允许的车速驶过那条路，或许比安全允许的车速略快一点儿。大伙儿在特鲁埃尔北区的政府招待所里会面。那时候已经很晚，但是他们为我们备下了一顿精美的晚餐，有冷盆、牛排、蔬菜和色拉。

“你觉得怎样？”我问安东尼奥。

“很好。这条腿并不影响我。我只是在最后一小段路上觉得有点儿乏。你觉得怎样？”

“在那样一场斗牛后，我总感到疲乏。”

“我需要一会儿工夫平静下来，”他说。“我吃了一份火腿三明

---

① 阿利坎特(Alicante)：西班牙东南部地中海上的港口城市。

② 布尔戈斯（Burgos）：西班牙北部的一座城市。

治，喝了一杯啤酒。不过有时候，我对它又没有胃口。这顿饮食这时候倒还不错。”

“由这儿往前，你睡得着吗？”

“当然啦。我要把座位放下，一路睡到阿利坎特。就我来说，最好是夜晚乘车，白天睡觉。要是你夜晚睡觉，你会惊醒过来。要是你白天醒着，你醒过来就很快乐。”

他哈哈笑了。我们开始和别人玩笑起来。从此往后，我们在吃得很晚的晚餐桌上基本上从不谈论斗牛。我们开开玩笑，往往相当粗鄙地开玩笑，而对安东尼奥忠心耿耿、在他斗牛时一直追随着他的一个圆滚滚的、喝酒喝得很凶的巴斯克人查尔里，就担负起了古老的莎士比亚戏剧中那个小丑的角色。他讲了些很滑稽的故事，同时又充当大伙儿开玩笑的靶子。可以取笑的事情和人全很多，因为狂热地崇拜斗牛的人，神志几乎是不太清楚的，而那些斗牛士的崇拜者，甚至更容易受到攻击。

午夜后的某一时刻，三辆车子出发，穿过黑夜向前驶往阿利坎特去。比尔和我叫人在天亮时唤醒我们，在笼罩着市区和河床上的一阵寒冷的薄雾中上路。我们沿河床走，直到太阳升起，开始把那阵薄雾烧灼去。我们驶过了从前曾经发生战斗的地方。我并不试图向比尔说明那场军事行动或是那场攻防战，只指点出来地势上的种种特点。他心里知道了以后，就可以从任何正确的叙述中理解那场战斗。路途的距离如同通常的那样，全短了不少；那种致命的寒冷与大雪全没有了。不过我看见了许多地方，它们光秃秃的毫无掩蔽的状况，仍旧可以使我惊恐。

看到那片地区，并没有就使人回想起过去的战斗。那种回忆始终没有离开。不过像一贯的那样，看到那片地区多少可以帮助你清除掉大地上发生的某些事情，使你可以看到，它对于过去对你至关重要的那些干涸的小山造成的差别是多么小。那天早晨，乘车沿大路驶向塞戈尔贝[1]时，我想到一辆推土机对一座小山的破坏，如何超出了一旅士兵的牺牲所造成的；那留下来死守一座高地的一旅人很可能全部牺牲，他们在一个短时期内可能会使土壤肥沃，并增添一些有价值的矿物盐和某些数量的金属在小山上，但是金属又不是像矿产那样丰富，而起到的任何施肥作用，在春、秋两季的雨水和冬季大雪的流淌中都会从那片贫瘠的土壤里给冲走了。

还有些其他的地方我也想去看看，因为我们就要穿过它们。我相信这些地方，由于当时匆忙、紧迫或是在战火下视觉所受到的歪曲，我对它们的回忆一定不很正确，但是我们迟早就要再见到它们了。到那时，我可以纠正一下自己回忆的错误。有某些地方，为了它们的难以置信，我乐意指出来给比尔看看，把它们当作博物馆里陈列的战争中不可能出现的事物举出来给人看。但是我指给他看了向上通往阿维拉[2]那条大道上的那个隘口、在瓜达拉马那座村庄上面道路两旁的阵地。要坚守那些阵地显然是十分荒谬的，所以我并不责怪他不相信我。当我瞧见那些旧阵地后，我自己也不能相信，虽然对它们原来的回忆比任何照片全都清晰。

等我抵达塞戈尔贝后，我很高兴。这是一座古老、幽美、没受到战争破坏的镇市！我过去曾经多次经过它，但是始终没有时间在镇上稍事停留。比尔以前曾经和安妮住在那儿，所以镇上所有的地方他全都熟悉。我们吃了一顿丰盛的早餐，有咖啡、乳酪和水果，还买了几根乡下人在山区使用的精制的木手杖；我以前只在非洲看见过那种。我们还买了一些美味的樱桃，把它们放在冰镇的酒

① 塞戈尔贝(Segorbe)：西班牙卡斯特利翁省的一座大教堂城市。

② 阿维拉(Avila)：西班牙阿维拉省的首府，在马德里西北七十英里。

囊里。

我们向下驶出山区和丘陵地带，经过那座地势陡峭、杂乱无章、具有古老、灰白高城墙的伊比利亚镇市萨贡托[1]，以及它的古罗马人与摩尔人大杂烩的征服者强加上来的建筑物和它的可爱的中世纪市区。从远处看去，萨贡托总似乎就要滑落下去，就像一座遭到破坏的陡峻屋顶上的石板瓦那样，而等你到了镇上，它的上半部似乎又给一些仙人掌拉住了。我本来倒乐意留下，再在镇上走走，攀登上那座古堡去，可是我们要到阿利坎特去看斗牛，所以我们驾车穿过了星期日拥挤的汽车、自行车和小型摩托车的车流，朝巴伦西亚驶去。那片乡野是一片富庶的滨海平原，从海滨延伸到了山麓的丘陵地带。我们驶过深色的大树干和绿得各各不同的橘子及柠檬树，以及绿中带有银白色的橄榄果树园。房屋全粉成了白色，四周围绕着棕榈树和一行行柏树。乡野如此富饶、如此分割开，因此整片地方似乎都开辟为花园，而不是进行耕作的。路上挤满了星期日的驾车者；小型摩托车平均大约每隔五六英里就有一辆出事。

我们绕过了巴伦西亚，经由环礁湖外面的滨海大道走，让荒凉的海滩和意大利五针松松树林在我们的左边。风正刮着，海浪会强有力地打在海滩上。斜帆的小船在环礁湖上航行，而绿油油的稻子正在风中拂动。远处在环礁湖那边是粉白的村庄和参差不齐的黄褐色小山。沿岸和河道边上，有许多钓鱼人；许多小型摩托车上全带有钓竿和齿轮装置。它们保持着发生车祸的比率。在我们从通往阿利坎特的海滨大道上离开了巴伦西亚后，车祸减少下去，可是在我们驶近那座城市时，又增多起来。

① 萨贡托（Sagunto）：西班牙巴伦西亚省一座城市，在巴伦西亚市以北二十英里。

沿滨海大道的驶行比较生动有趣，海岸比马拉加以南的险峻，不过星期日大量的车辆阻挡使人看不见蔚蓝的海水打在下面岩石上、留下一阵阵白色浪花的景象，因此驶入阿利坎特愉快、繁荣的市区是令人惬意的。市区内有一家绝好的新旅馆，卡尔顿大饭店。他们给了我们一间阴凉、舒适的房间，前面有一座大阳台，尽管镇上那一周正在举行集市，而我们还说明，我们在斗牛结束后立刻就要离开。

安东尼奥感觉很好，显得有了充分的自信。他一路睡觉，直到抵达这家旅馆，然后又上床一直睡到中午。有不少事情正在办着。巴伦西亚斗牛场的赞助人正在跟安东尼奥谈，问他想要哪几头牛。我们告辞后，走出房去。我们正在等候埃德·霍奇纳。他刚从纽约飞到马德里，不过到得太晚了，无法去观看萨拉戈萨的那场斗牛，这会儿不是乘飞机，就是乘汽车即将抵达这儿。

比尔和我跟多明戈、那个巴伦西亚斗牛场赞助人，以及阿利坎特斗牛场的两个赞助人共进午餐。巴伦西亚斗牛场的赞助人是我的一位朋友。他们为巴伦西亚集市制定了规划。那将是以安东尼奥和路易斯·米格尔的斗牛为基础的。有一场斗牛将是路易斯·米格尔和安东尼奥面对面的决斗。“那该是一个了不起的周日，”比尔说。

正在这时，霍奇来了，满脸雀斑、百折不回。我们要了点儿饮食给他吃。他乘坐一辆出租汽车颠颠簸簸地驶来。总而言之，情况有点儿乱七八糟，但是等我们告诉他我们三人这就要去从斗牛场的过道上观看斗牛时，他很快就把路上的辛苦劳累全抛到了脑后。

“要是牛跳进过道来，我该怎么办，老爹？”他问。

“你就跳进斗牛场去。”

“要是牛又回进斗牛场，我怎么办？”

“你再跳回过道来。”

“这是基本知识，”霍奇说。“这根本不成问题。”

那天下午，胡安·佩德罗·多梅克的五头牛中四头都非常好。安东尼奥对他斗的两头牛很自信、很高兴。开始先表演了一下他的权威性定论：牛应该如何用他的第一个贝罗尼卡去斗，结束时则用他的刀最后一刺。他割下了第一头牛的两只耳朵和尾巴，以及第四头牛的一只耳朵。他做的每一个动作都是完美的、第一流的，不过并不冷漠。他对牛又是充满感情的；他优美而典雅地指挥着牛，控制着牛，而且宰杀得干净利落、十分完美。从过道那么近的地方看着他表演，听着他在这场完美的斗牛中对牛，对他的下手所说的一切，真是好极了。

这场斗牛表演结束后，我们说好在港口北面沙滩上巴伦西亚大饭店的露天大餐厅里会面。那是去巴塞罗那的一次通宵行驶。在我们即将进入加泰罗尼亚[①]后的那条路上，有一段路实在很糟糕。旅馆里的人不肯让我们付房间费用。我们乘车离开前，我遇见了一些老朋友的朋友和两、三位活着的老友。他们在斗牛场上看见了我们，这会儿来向我们告别。我告诉他们，我们在下个月二十三日前往参加巴伦西亚集市日的途中，还要回到阿利坎特来。

“你怎么会回来看斗牛的，欧内斯托？”一位老朋友问我。

“为了看安东尼奥，”我说。

“这可值得，”他说，“不过除此之外，全是一团恶劣的表演。”

“我在作一次察看，”我说。“等结束以后，我就会知道啦。”

“好，祝你好运，”他说。“也许我在巴伦西亚还会再见到你。安东尼奥在那儿要表演几场？”

---

① 加泰罗尼亚(Catalonia)：西班牙东北部的一片地区。

“大概要表演五场。”

“到那儿再见，”他说。

我们在暮色和黑暗中行驶在那条拥挤的大道上，因为度假的人正由那条大道驶回家来。道路上小型摩托车比先前少了；几乎没有出现什么车祸。我断定那些车技差的人在较早的时刻已经全给消除了。小型摩托车反正不是一种很适合夜晚使用的车辆；它们很早就回去了。

比尔想不换班，由他一直驾驶。他喜欢开车和骑自行车，所有不点灯的车辆全叫他欢喜。他不喜欢采用轻松安逸的做法；他曾经读过一本相当无聊和杂乱的书，写的是关于斗牛和他们从一场斗牛走向一场所经历的艰难与恐怖。我们全知道那个作者，已经变得极为不在意他了，不过我们全错误地以为，他亲自开车驶过了那些蛮荒的距离。比尔很正确地认为，假如这个不大可能有的人物可以一夜接一夜开车驶过那样的距离，还活下来写书记载它，那么比尔这个冷漠无情的驾驶员要超过他该是很容易的。霍奇觉察并意识到这是一个运动比赛项目，于是认为要是比尔想要开车开到死，那可真了不起。我们可以就它写出一本书来。

“你一点儿也不倦吗，比尔？”我问。“从今儿早上六点钟，我们一直就在路上，如今又站在斗牛场的过道里。”

“午餐时咱们坐下的，”比尔说。

“他在骗人，”霍奇说。“我们就让他站着吃。”

“咱们要不要停下喝点儿咖啡？”我问。

“我认为这并不合乎运动家风度，”霍奇说。“假如比尔是一匹马，咱们可不能给他服麻醉剂。”

“你认为到佩皮卡那儿，他们会对他的唾液进行一次测试吗？”

“我可不知道他们有些什么设备，”霍奇说。“我从来没有在佩皮卡吃过。不过我确实相信在一座大小跟巴伦西亚相仿的城市里，他们应该有测试唾液的设备。”

“那只是在巴伦西亚港口，”比尔忧郁地说。

“振作起来，比尔，”霍奇说。“咱们到巴塞罗那会进行一次正当测试的。”

在佩皮卡吃的那一餐简直精美极了。那是一家清洁、露天的大餐馆，一切烹调客人全都可以看见。你可以挑出你想吃的东西，请他们炙烤或烘焙；海鲜和巴伦西亚米饭是海滩上最可口的食品。在那场斗牛后，人人都觉得精神很好，我们全饿了，吃得很香。这爿餐馆是一家人开设的。所有的人都认识每一个别人。你可以听见海水打在沙滩上的涛声；灯光照射到打湿了的沙土上。我们喝了桑格里厄汽酒，也就是加了新鲜橘子汁和柠檬汁的红酒，盛在大罐子里送上来；我们首先吃了当地的香肠、新鲜金枪鱼、新鲜明虾、油煎的脆皮章鱼触须——吃起来味道就像龙虾。随后，有人吃了牛排，有人吃了烘烤的鸡，配上橘黄色米饭，里面还加有灯笼椒和蛤蜊。按巴伦西亚标准来看，那是一顿很有节制的晚餐。拥有这家餐厅的那个女人很担心，生怕我们饿着肚子离开。谁也没谈到斗牛。从那里到巴塞罗那有三百八十二公里。我们离开那家饭店时，我告诉安东尼奥，我们大概会在路上一处地方停下过夜，然后到旅馆里和他会合。

比尔在汽车上很清醒，说他通宵都可以驾驶，又说那一餐非但没有使他瞌睡，反而使他更为精神。我提议我们在沿海岸向上大约一百三十公里的贝尼卡洛[①]停下。比尔说他要是稍许感到困倦，会

① 贝尼卡洛(Benicarlo)：西班牙卡斯特利翁省的一个海港。

驶离大道，如果我们想要在贝尼卡洛停下，那么他就停下，不过这根本没有必要。我立刻睡了。等我醒来，我们已经过了贝尼卡洛，正驶近比纳罗斯[①]。那时候，大约再过半小时左右天就要亮了，我们于是在一家通宵营业的卡车司机小酒菜馆停下，吃了夹有一片片乳酪的三明治。我给我的三明治还加了几片生洋葱。我们喝了咖啡，还跟一些彻底不睡的人尝了一下当地的酒。那些人从星期日比纳罗斯例假日起喝到那时还在喝酒。某一个见习斗牛士割下了牛耳，而那副牛角还在酒吧后面。它们是相当大的牛角，谁也没有把它们割下。沿海凉爽的空气使我觉得很饿。我想要看看前面的一片乡野。我最后一次见到它，是在国家主义党的军队[②]直插到海滨、我们险些儿给围困住的那天。于是我们等候天亮，开车在安波斯塔驶过埃布罗河[③]下游，这时太阳才升起来。

那天开始时，天气很恶劣，从海上吹来了一股风，还有薄雾。道路又很糟；乡野在那片灰蒙蒙的光线下显得很忧伤。以前一度对我们像马恩河[④]或埃纳河[⑤]一样重要的埃布罗河，显得同样没有什么重大历史意义。不过河水是像一贯的那样黄褐色的；流得很迟缓。

就我来说，那天开始得很令人伤感，不过我尽力不把这种情绪传给别人。我们及时抵达了巴塞罗那那家好客的大旅馆，本可以酣睡上一大觉，如果我们是斗牛士，可以在大白天酣睡的话。

---

① 比纳罗斯(Vinaroz)：西班牙卡斯特利翁省近地中海的一座城市。

② 指西班牙独裁者佛朗哥(Francisco Franco，1892—1975)的叛军，他于1936年发动反共和政府的叛乱，1939年夺取政权后，自任国家元首兼大元帅。

③ 埃布罗河(the Ebro)：西班牙北部的一条河，流向东南，注入地中海。

④ 马恩河(the Marne)：法国东北部的一条河流，是第一次世界大战的重要战场。

⑤ 埃纳河(the Aisne)：法国北部的一条河流，也是第一次世界大战的重要战场。

第八章

窗外，一股相当猛烈的风正吹撼着悬铃木的枝条，断断续续地还在下雨。看来就仿佛他们会不得不暂停这场斗牛。可是预售的票非常多；我知道他们会继续举行，除非沙土太湿，到了规定斗牛的时刻无法斗牛的话。比尔不肯试着睡上一会儿，反而跑出去买报。我试图打个盹儿，但是也没能睡着。这对我说来倒没有关系，因为我午夜以后在车上好好睡了一觉。不过我倒是为比尔担忧，他还想要一直开车。我去看了那个持剑人米格利略；他说安东尼奥睡得很熟。

等我后来见到安东尼奥时，他对天气感到很厌恶，不过又热切地盼望这场斗牛会照常举行。他对于自己和路易斯 · 米格尔这第二次较量的机会很急切。他说在阿利坎特他的那条腿根本没有打扰他。

“我们在佩皮卡那儿过得多开心，吃了顿多么可口的晚餐，”他说。“一点儿不错吧，比尔？”

“一点儿不错，”比尔说。

“比尔坚持得怎么样？”

“我的比尔是一头大马，”我说。

那是在风雨交加的日子里的一场顽强的搏斗。路易斯 · 米格尔和安东尼奥都表演得好极了。安东尼奥 · 别恩维尼达是一位资深的斗牛士。他振作起来，做了点儿优美的挥舞披风动作，同时露出了他的并不欢快的微笑。那种笑容看来总仿佛有两个很拘谨的动作：

先咬紧牙齿，然后张开嘴唇，再露出牙齿。供他表演的牛，全是塞普尔维达·德耶尔特斯的；它们全不好应付，而他斗这些牛的成功之处是，使它们显得更不好应付。

路易斯·米格尔抽中了最好的两头牛。他跟两头牛斗得好极了。他知道在贝罗尼卡动作上，他无法跟安东尼奥竞争，不过他尽力做得和我曾经看见他做过的同样出色。当他把披风放到背后，表演那个优美的墨西哥高纳式闪避动作时，他做得十分完美。他以他的最出色的方式插了三副倒钩短标枪在每一头牛身上，而他挥舞穆莱塔的动作也是灵巧、堂皇而优美的，并且贴得相当近，使人感到在那种绝妙的安全范围内，发生悲剧就近在咫尺。他一头牛宰杀得相当利索；最后一头牛杀得完美无缺，把两只牛耳和牛尾全都割下了。观众对他狂热起来；他也值得他们那样热烈欢迎。

安东尼奥用优美的挥舞披风动作把别恩维尼达的第一头牛引开时，赢得了观众的赞赏，那是一头除非你引它冲过，否则不肯冲过的牛。他使那头牛看上去就像没有那种缺点。

在斗自己的第一头牛，也是这次斗牛中的第三头牛时，雨突然下了起来，而且下得很大。那头牛一开始很不错；安东尼奥把自己应付它的时间调节得恰到好处。他始终朝着牛迎上去，把那件沉重的、雨水浸湿了的披风以精致、恰当的徐缓动作总在冲刺的牛前面摆动。这时候场地已经全湿了，牛的行动也缓慢下来。那头牛其实并不凶猛；它的勇气和向前冲刺的意愿在倾盆大雨下全减退了。安东尼奥用穆莱塔把牛撩拨得坚强起来，并控制住了牛。但是那头牛只肯从右首作上几次很神气的冲刺。当安东尼奥看到他在大雨中已经没有牛可斗时，他让牛站到了合适的位置上，敏捷地刺杀了它。

第四头牛出场时，雨已经停了，在路易斯·米格尔大获成功后，观众对前面一头牛还感到十分兴奋。那番谈论像一阵沙沙的骚动那样一直没有平息下去，直到门一下打开，下一头牛冲了进来。

我注视着那头牛。接着，我注意到，安东尼奥也在注视着牛思考。他的哥哥胡安用披风在地上一拖把牛引过去；牛跟随着他去了。我并不喜欢这人。这一点我知道，不过我一时并不知道为了什么。安东尼奥看见他做了三个动作后，也知道了他的用意；他知道他想要做什么。不过他走出去接过了那头牛。在朝牛接近时，他撩拨得牛向前冲刺，然后每回都对它稍许迫近点儿，一面用披风衡量着牛的速度，等候着牛不再小心谨慎，控制着牛，使牛的行动和谐而有节奏，同时使牛角随着每一次闪避动作愈贴愈近，直到他使牛到了要牛冲到的地方，让牛转身朝自己冲来，然后再走开。

当牛朝长矛手冲去时，牛的缺点变得很明显，随便谁都可以看见。米格尔抽中了两头好牛，表演得出色极了。安东尼奥前一天也抽中了两头甚至更好的牛，表演得出神入化。这两个人只要有好牛到手，总可以表现得很了不起。他们同在一个等级上，那样表演并算不了什么。但是这时候，安东尼奥手里的一头牛显得踌躇不决，不肯朝前冲，而且你得在一片引得它冲刺起来极端危险的场地上撩拨它，然后凭红布的挥动完全控制住它，从而使它不会突然一下停住企图用牛角来抵人。

安东尼奥走出去，按着牛的来势把牛接过手。如果他不得不从危险得要命的地方着手，那么他就从那儿开始，不过是心领神会地开始，而不是一无所知地。如果他不得不深入牛所在的场地，通过温和而徐缓地挥动穆莱塔控制住牛，从而以那种使牛的目光绝对无法离开穆莱塔的速度，那种不因为斗牛士想缩短长时间真正危险的欲望而把穆莱塔挥动得稍许快点儿以致到了牛的视觉之外的速度，那么这一点他会做到。如果他必须通过保持他的绝对巴赫[1]式纯洁风格和时间安排，用这个不够完善的工具超过路易斯·米格尔，那么这一点他也会做到。万一他给戳杀了，那么在那个时刻那对他压根儿算不了什么。

他就这样做了，操纵着牛，教导牛。最终使牛喜欢这样，并进行合作。观众中开始响起了咕哝声，接下去，随着每一次美妙得令人难以相信的闪避动作，喝彩声开始了。安东尼奥于是按着音乐节拍做了一切，使一切动作跟数学一样纯正，跟爱情一样温暖、一样刺激、一样振奋人心。我知道他很爱牛；我知道他像一位科学家一样理解牛。他和他抽到的这样一头牛周旋，是一个令人难以置信的精彩回合。我看见过斗牛士们采用上百种各各不同的办法想多少体面地摆脱掉一头这样的牛。他不得不胜过路易斯·米格尔，而这头牛就是他获得了来做到这一点的牲口。他就这样做到了。

最后，他宰杀了，十分利落地刺进去，两次刺中了骨头，然后把剑一直刺到红色剑柄护手盘那儿。他们给了他一只牛耳，虽然观众要求给他两只。不过他用剑两次都刺在骨头上。

观众把他们两人抬在肩头上，扛出了场。这就是巴塞罗那。回到旅馆楼上后，安东尼奥感到很累，这主要是由于被观众扛在肩上，倒不是由于那场表演。他躺在床上被单下，露出了暗淡、快乐的微笑。

"Contento[2]，欧内斯托？"他问。

"Muy contento[3]。"

"我也满意，"他说。"你看见他是怎么个情形吗？你看见他做

① 巴赫(Johann Sebastian Bach，1685—1750)：德国作曲家、管风琴家。

② 西班牙语，意思是："满意吗？"

③ 西班牙语，意思是："很满意。"

的一切吗？”

“我想是这样，”我说。

“咱们到弗拉加去吃饭。”

“好。”

“路上得当心。”

“那么在弗拉加见，”我说。

路易斯·米格尔住在另一家旅馆里；聚在我们旅馆外的群众那么密密层层，因此我们无法走过去祝贺他。群众堵塞住了两家旅馆的入口，第一次出现了像从前伟大日子的情形。

我们迎着回程人们的大量车辆，终于驶出了城。那些车上的人都是在星期日和圣彼得节日这个双重假日到乡野去度假的。我们在那条黑暗、潮湿的路上开车，对着迎面而来的耀眼车灯亮光，越过加泰罗尼亚，进入了阿拉贡境内。安东尼奥的全班人马在弗拉加赶上了我们。弗拉加是一个可爱的老镇市，像西藏那样的一座城市高悬在河上，这一点就值得走这整个旅程去观光一下。不过我们在镇上所能看到的就是，一条雨淋湿了的街和运货汽车司机停下来休息的一家大镀锌酒吧间。楼上的餐厅已经关闭；他们供应的酒也并不好。我们从车上弄到一英制夸脱[①]上等直布罗陀威士忌；大家全喝了威士忌和矿泉水，好在夜晚防寒御潮。我们每人喝了两杯；店里替我们找来了一些相当不错的里脊肉，煮了些鸡子儿，还端来了一碗汤。

安东尼奥有点儿疲乏，不过很快乐。他不喜欢给扛在人们的肩上。那样使他的伤口又裂开了。我们快快地，不过愉快地吃了一餐。那就像赢得一场大比赛的一个运动队。他们胜利了，不过他们

---

① 液量单位。一英制夸特等于 1.136 升。

知道第二天还得比。我们议论了停留下的最好地方；大伙儿全都同意，布哈拉洛斯的猎人小屋最好。

“你要我替你把伤口包扎起来吗？”我问安东尼奥。

“不用。并没有什么。米格利略用胶布把它紧紧封住了。你明儿可以瞧瞧。”

“好好睡一觉。”

“我会的。从这儿往前，路全很好。你怎么样？”

“很好。Muy contento”

他咧开嘴笑了。“叫比尔睡觉，”他说。“就算他是一头大马，你也得照料好你的马。”

“我们就给他些燕麦吃。”

“让他睡觉，”他说。“你自己也睡。到布尔戈斯见。”

等我们穿过萨拉戈萨，到了外面平坦的乡野后，天气开始变得晴朗，虽然左面伊比利亚山脉的大山上还云雾缭绕。我们沿着大道快速行驶，埃布罗河以及它的崎岖的白色山地正在我们右边，随后我们过了它们，见到了纳瓦拉的第一批大山。

过了洛格罗尼奥，我们绕着纳瓦拉的边缘离开，穿过里奥哈葡萄酒乡[①]的边沿，然后穿过德曼达达山脉山麓的丘陵地区，向上攀登，透过石南丛生的荒地和矮栎树，从最高点向下观望古老的卡斯蒂列高原，以及遥远的下面那条两旁种着白杨通往布尔戈斯的大道。

进入布尔戈斯总令人震惊。它可能是山谷里的任何一座镇市，直到你看到了那座大教堂的灰色塔楼，接着突然一下，你已经进入

① 里奥哈葡萄酒(Rioja)：西班牙北部产的一种美味芳香的红葡萄酒。

了教堂。我们到那儿是看斗牛的，所以我接受了教堂的沉重石头和它的历史给予我的影响。比尔走出去在周日总很拥挤的街上找一个停车的地方。我走上楼去寻找斗牛的班子。

我在旅馆外面见到了那几个短标枪手霍尼、费雷尔和胡安。费雷尔和胡安从抽签选牛会上回来。他们说牛看上去都不错。他们认为我们抽中了最好的一对。大伙儿都觉得很不错，只是很劳累。整个斗牛班子从巴塞罗那作了一次真正艰苦的旅行赶来，不过精神却很昂扬。他们是受雇了来吃苦的。这四天的巡回旅行，只是为八九月间的忙碌先做一次试验。

安东尼奥状态很不错。他在汽车上和在旅馆里全都睡得很好。

那是一场很精彩的斗牛，虽然那几头科巴莱达牛全不好应付，全很危险。安东尼奥有一头牛只能从右面去撩拨。它的左角像一柄砍东西的镰刀那样追踪着斗牛士。所以安东尼奥用右手很优美地逗引它，接着十分利索地把它杀了。

他的第二头牛也不好应付，不过他按着前一天在巴塞罗那对另一头牛那样改造了这头牛。他像一贯的那样，披风总挥舞得很出色，做了一个美妙的、传统的斗牛回合，很利索地一下把牛杀了，把剑高高举起。他们给了他两只牛耳。他的演出不能做得再好了；他干脆始终就没让牛的不好应付显露出来。

在这场斗牛后，我们驱车到马德里去，到那儿正好在卡列洪吃了一顿较晚的晚餐。比尔没有容人替换，开车驶完了全程。我们设法计算自己越过的山脉的数目，并且估计自己走过的里程。随后，我们放弃了。这并不相干。走过就是了。

七月二日晚上，安妮和玛丽从马拉加来了。她们为了做给我们看，在一天内驶完了全程。我们又漂泊回进了文明的边缘，过了两天家庭生活，然后动身经由布尔戈斯到潘普洛纳去。我们在布尔戈斯停下，看米乌拉斯表演的一场斗牛。那些牛是我们在这一个斗牛季节中所见到的最优秀、最出色的，有一头是我多少年都没看见过的最英俊、最完美的。它做了一切，只是没有在最终倒下时帮助短剑手把短剑刺进它身上去。我们在维多利亚歇下过夜，然后朝前驶往潘普洛纳去参加圣费尔明集市日。

第九章

潘普洛纳不是一个陪你太太去的地方。她患病，或者负伤、受到损害，至少被人撞倒、被酒兜头泼下，再不然你干脆失去了她；或许三者都摊上，这种种可能全都存在。要是有谁能在潘普洛纳过得平平安安，那就是卡门和安东尼奥，但是安东尼奥不肯把她带来。那是一个男人的周日；女人到来就引起麻烦，当然从来不是存心地，可是她们差不多总引起麻烦，或碰上麻烦。我过去写过一部书谈论这件事。当然，要是她会说西班牙语，知道人家是跟她开玩笑，不是侮辱她，要是她能整日整夜喝酒，跟邀请她的任何一群人跳舞，要是她不在意人家把东西泼在她身上，要是她喜欢连续不断的嘈杂声和音乐，还爱好爆竹，特别是那些落在靠她很近地方的，或是烧到了她衣服的，要是她认为看见自己为了玩笑、为了放肆可以怎样险些儿被牛挑刺死是正当合理的，要是她遭到雨淋并不伤风感冒，还欣赏尘土，喜欢混乱而不规则的进餐，根本不需要睡觉，没有自来水仍旧可以保持得很干净，那么你就带她来。你很可能会丢失她，被一个比你出色的男人把她夺去。

潘普洛纳一向总很粗野，镇上挤满了旅游观光者和知名人士，不过还有纳瓦拉最优秀的核心分子。有一星期，我们在纳瓦拉战鼓的敲打、古老曲调的吹奏，以及舞蹈人员的旋转与跳舞与跳跃下，平均每夜只睡三小时。我以前写过一次潘普洛纳的情况，而且是永久性地[①]。它的情况像一贯的那样，全都在那儿，只不过要加上四万名游客。将近四十年前，我初次上那儿去时，游客还不到二十个人。如今，他们说有些日子，镇上的游客达到了将近十万人。

安东尼奥七月五日得在图卢兹[2]表演，但是他七日出现在第一次赶牛进场的活动[3]中。他原本想要在潘普洛纳表演，可是这一季节开始时，他改变了管理部门，去跟着多明吉弟兄，从而搞乱了契约。他爱好这个节目，要我们跟他一块儿参加。我们确实参加了。我们参加了五天五夜。随后，到七月十二日，他不得不上圣玛丽亚港[4]去，跟路易斯·米格尔和蒙德诺一起用贝尼特斯·库布雷拉的牛表演。当他和路易斯·米格尔同场演出时，这是全年中米格尔胜过他的唯一一次。

后来，我问了他。他说路易斯·米格尔抽到了比较好的牛，不过他也没有达到整个斗牛季节每场表演所保持的那种状态。

“我们在潘普洛纳实在没有训练，”我说。

“也许，我们恰恰没有进行我们该进行的那种训练，”他表示同意。

我们实际上并没有上那儿去训练，不过计划中也没有包括他在清早的奔跑中被巴勃罗·罗梅罗的一头牛抵到，右面小腿受到牛角抵伤。他在经过包扎，打了破伤风预防针后，就没去在意，还通宵跳舞，不让伤口绷紧，然后第二天早上又去奔跑，向他在潘普洛纳的朋友们显示，他并不因为不喜欢那些牛，就拒绝这几场表演。他始终没有看看伤口，又不肯去找斗牛场医生看看，因为他不想有人认为他重视这个伤口。他又不想使卡门烦心。等我稍后注意到伤口

---

① 参看《引言》第 36 页。

② 图卢兹(Toulouse)：法国南部加龙河上一城市。

③ 参看《引言》第 20 页。

④ 圣玛丽亚港(Puerto de Santa Maria)：西班牙加的斯湾的海港，在加的斯东北五英里。

在化脓后，森瓦利[①]来的我们的一位大夫朋友乔治·萨维尔清洗了伤口，把它适当地包扎起来，使它保持清洁，直到安东尼奥出发到圣玛丽亚港去斗牛时，它还没有完全合拢。

实际上，我在圣玛丽亚港从朋友们那儿获悉，路易斯·米格尔抽中了两头理想的、绝好的牛，和它们斗得十分边式，随后还耍了所有的花招，包括亲亲一头牛的脸。安东尼奥获得了两头毫无价值的牛，第二头还很危险。他对宰杀第一头牛并不幸运，但是在第二头很恶劣的牛身上，他尽可能从它那儿得到了一切，杀得十分利落，获得了一只牛耳。不过那一天始终是路易斯·米格尔的胜利。

我一直留在潘普洛纳，因为那时候，由于我们在伊拉蒂河上游泳时，玛丽在石头上一滑，跌破了一个脚趾，感到很疼痛。她拄着一根拐杖，痛苦而费力地走着。也许，那个节日有点儿太任性了。第一晚，安东尼奥和我注意到了一辆样子很时式的法国小轿车，车上坐着一个很标致的姑娘，陪伴她的竟然是一个法国人。安东尼奥见到以后，跳到车罩旁去，使车子停下。佩培·多明吉守在一旁。等车上的人下车后，我们告诉那个法国人，他可以离开，但是那姑娘是我们的俘虏了。我们也要把那辆车子留下，因为我们缺少运输工具。那个法国人很和蔼。原来那姑娘是美国人；法国人只是护送她到她朋友正等候着她的住处去。我们说我们对这一切全会照料到；"Vive La France et les pommes de terre frites[②]."

比尔知道潘普洛纳的所有街道，找到了那姑娘的朋友。她比原来的这个俘虏还要标致，倘若这是可能的话。我们大伙儿全在老城区悬挂有旗帜的黑暗、狭窄的街上朝前步入黑夜中去。安东尼奥知

---

① 森瓦利(Sun Valley)：美国爱达荷州的一处避寒胜地。
② 法文，意思是：法国和油炸土豆万岁！

道老城区有一处地方，想要领我们上那儿去唱歌、跳舞。最终，我们假释了我们的俘虏。清晨，最早的鼓手和舞蹈人在去广场途中经过时，她们清新、可爱、十分整洁地到了乔科酒吧间，在那个月底巴伦西亚的周日里一直都是规规矩矩、忠实可爱的俘虏。

押着两名俘虏出现，在已婚的人们当中往往受到人家侧目而视，但是这两名俘虏如此可爱，如此善良，又如此能适应环境，在被俘期间一直愉快、高兴，因此没有一位妻子不称许她们。就连卡门七月二十一日在“领馆”内她和我共同举行的生日宴会上遇见她们时，也相信我们。

同时，我们找出了办法，怎样逃避节日的侵蚀，摆脱使得我们一群人中有几个比较受敬重的人精神紧张的那种噪声。那就是午前便离开，驾车向上驶到奥伊斯上面的伊拉蒂河上游去，在那儿野餐、游泳，然后及时驾车回来观看斗牛。每天，我们都沿那条可爱的、盛产鲑鱼的小溪向上驶行，更深入地驶进伊拉蒂的那一大片原始森林去；那片森林，从德鲁伊特①时代起就没有改变过。我曾经料想它会全给砍倒，遭到破坏，但它仍旧是保留下的中世纪最后一片大森林，还有它的参天的山毛榉和具有几百年历史的铺地的苔藓。那片苔藓你躺在上面，比躺在市上任何东西上都柔软、舒适。每天，我们越来越深入进去，愈来愈晚地回来观看斗牛，直到最终，我们没有去看最后那场斗牛，那场见习斗牛②，而是深入一处我暂不细述的地方，因为我们还想再回到那儿去，不想见到有五十辆汽车或吉普车已经发现了它。通过那条森林大路，我们可以前往

① 德鲁伊特（the Druids）是指古代高卢、不列颠和爱尔兰的克尔特人中一批担任祭司、教师、法官、巫师等的有学识的人。

② 原文为novillada，是西班牙文，指使用四岁以下、五岁以上或者视力或牛角有缺陷的牛，让见习斗牛士等和它们进行斗牛表演。

我在《太阳照常升起》中写到的、我们不得不步行或侧身挤入的差不多所有那些地方，虽然你还是不得不从伊拉蒂河步行，攀登到龙塞斯瓦列斯山口[①]去。

我发觉那片乡野没有遭到破坏，我又能享有它，并且跟那年七月聚在一块儿的人们共同享有它，心里感到从来未有的欢乐。潘普洛纳的拥挤和现代化所有这种种情况，都毫不相干。我们在潘普洛纳有一些从前的秘密去处，像马塞利安诺餐厅。过去，我们上午在牛给赶进场后，总上那儿去吃喝，唱歌。马塞利安诺的木桌子和楼梯总擦洗得和一条游艇上的柚木甲板一样洁净，只不过餐桌上不失体面地保有一些酒渍印。那里的酒还和你二十一岁时一样好，菜肴也像一贯的那样美味可口。餐厅里奏着同样的歌曲，也有些劈啪作响的新歌谣，突然一下压倒了鼓声和管乐声。从前很年轻的脸，全变得和我的一样苍老，不过大伙儿全都记得我们当年的情形。眼睛并没有变样；谁也没有发胖。不论眼睛看到了什么，没有一张嘴怀恨抱怨。嘴四周的一些沉痛的纹路是战败了的最初痕迹。谁也没有遭到挫折。

我们的公共生活过去总在胡安尼托·金塔纳以前拥有的那家旅馆外面拱顶走廊下的乔科酒吧间里度过的。就在那家酒吧间里，一位年轻的美国新闻记者曾经让我知道，他倒乐意三十年前跟我们一块儿呆在潘普洛纳，因为“那时候你们经常深入乡野，知道当地的人民，那时候你们经常熟悉西班牙人，关心他们和他们的国家，也关心写作，而不是浪费时间坐在酒吧间里，寻求过分的称赞，对奉承你的人说一些嘲弄的俏皮话，还在纪念册上签签名。”他说的话

---

① 龙塞斯瓦列斯山口（Roncesvalles）：西班牙北部比利牛斯山区中的一处村镇。

还有很多，它们全在他写的一封信里，因为我责怪他不从一位转手盗卖票证的老朋友手里把我替他买的一些票拿去，那位朋友所有的周日都在工作。这位记者刚二十二三岁；他在本世纪二十年代会像他在五十年代末一样正直。他并不知道这片乡野一直是在那儿的，人们可以见到它，而在他想我把潘普洛纳的情况说清楚前，他的漂亮、年轻的脸上在上嘴唇四周，已经露出了轮廓鲜明的怨艾纹路。一切全都在那儿；他是应邀上那儿去的，可是他却无法看见它。

“你干吗在这个不相干的人身上浪费时间？”霍奇说。

“他不是一个不相干的人，”我说。“他是《读者文摘》未来的编辑。”

潘普洛纳代表一段很愉快的时期。后来，安东尼奥到法国的蒙德马松[①]演出了两次。他在那儿表演得妙极了，不过牛角是修过的，因此他甚至始终就没有跟我提起过那些演出。在最后一次斗牛结束后，他乘飞机南下飞到马拉加，参加玛丽为卡门和我组织的那场生日宴会。那是一场相当大的宴会。倘使玛丽没有把那场宴会办得那么隆重，那么令人愉快，我可能不会注意到我已经六十岁了。但是那场宴会使我对六十岁有了很深的印象。

自从安东尼奥在阿兰胡埃斯那次严重负伤后，扔去拐杖，开始训练以来，我们变得日益轻松愉快（按这个词的最好意义来说）。我们曾经谈到死亡，而没有对死亡感到毛骨悚然。我曾经对安东尼奥说过我对死亡的想法，那些想法是毫无价值的，因为我们谁对死亡都毫不知情。我可以真诚地毫不尊重死亡，有时候还把这种不尊重传给别人，不过眼下我并不在应付死亡。安东尼奥每天至少有两

① 蒙德马松（Mont-de-Marsan）：法国朗德省省会。

次使自己疲惫得要命，往往一周中每天都是如此。他跑上长距离来达到这一目的。每天，他故意把危险引向自己身上去，并且通过他斗牛的方式，把那种危险延长到超过正常可以容忍的限度。像他那样表演，他只能在神经毫不紧张，心中绝无烦恼时才能演出。因为他的并无花招的斗牛方式，取决于理解这种危险，并通过使自己适应于牛冲刺速度的方法来控制住这种危险；缺乏这一点，他就靠自己的手腕控制住牛，而手腕则是靠他的肌肉、神经、反应能力、眼睛、知识、本能和勇气所支配。

如果他的反应能力出什么差错，那么他就不能那样去斗牛。如果他的勇气有短短一刹那支撑不住，那么那个魔法就会给打破，他就会被扔起，或是被牛角抵伤。此外，他还得控制住自己的肠胃气，那可能会使他暴露在牛的冲刺下，随时随刻、变幻莫测地使他送了命。

所有这一切他全冷漠而透彻地知道。我们面临的问题是，把他不得不想到这一切的时间缩短到需要的最小限度，使他在步入斗牛场前自身有所准备，可以面对这一切。这是我们每天不得不面对的、安东尼奥和死亡的定期约会。任何人都可以面对死亡，可是承担下来，在做着某种经典动作时把死亡尽可能贴近地带到面前，而且一遍一遍又一遍地这么做，然后亲自用刀宰杀一头你心爱的半吨重的牲口，这比单纯面对死亡要复杂得多。这是作为一个创造性艺术家每天面对着你的演出，同时又作为一个熟练的杀手，必须完成你的职责。安东尼奥不得不很利落、很宽厚地宰杀，一面每天至少两次侧身从牛角上掠过时，又给牛充分的机会来挑刺他。

在斗牛场内，每个人在斗牛中总帮助每个别人。尽管存在着所有那些竞争与怨恨，那里还是有最亲密的兄弟关系。只有斗牛士知道自己所冒的风险，以及牛用牛角对他们的身心可以干出什么事来。凡是没有真正斗牛才能的人，不得不每天夜晚陪牛睡觉。但是在斗牛之前，谁也无法立刻帮助一个斗牛士，因此我们设法把极端焦虑的时刻减少下来。我比较喜欢极度痛苦这个词，有节制的痛苦，而不用焦虑。

安东尼奥总在斗牛前最后一刻，等表示良好祝愿的人们和追随者全离开后，在房内作一次祈祷。要是斗牛场上还有时间，差不多所有的人都在入场式前悄悄走进小教堂去，作一次祈祷。安东尼奥知道我为他祈祷，从来不为我自己。我并不在参加演出。我在西班牙内战时期早已停止为自己祈祷了，因为当时我看到别人所遭到的可怕事情；我觉得为自己祈祷是自私自利的。为了防止我的祈祷无效，如同很可能的那样，同时为了确定有一个胜任的人在这么做，我替卡门和安东尼奥在新奥尔良[①]耶稣会神学院基金联合会中领取了会员证。当时有一班学生正要毕业，等他们担负起圣职后，他们就要天天为卡门和安东尼奥祈祷。

因此，我们把想到死亡的时间减少到最低限度；我们在演出和进入斗牛场前的直接准备工作之间的所有时间里，一直是轻松愉快的。潘普洛纳也相当轻松愉快。这队人回到"领事馆"后，甚至更为轻松愉快。玛丽在园子里建立起的一个引人入胜的地方就是，她从一个旅行游艺团租借来的一座射击棚。一九五六年，那个意大利汽车司机马里奥在一阵大风中手里夹着好几支香烟，由我用一柄二十二厘米口径的来复枪一下把点燃的烟头全部打掉。当时，安东尼奥有点儿震惊。在那次宴会上，安东尼奥嘴里叼着好几支香烟，要我开枪把烟灰打掉。我们用射击场的小步枪射击了七次。结果，他把香烟一口口地吸一口口地呼出烟来，看看他能把香烟吸到多短。

---

① 新奥尔良(New Orleans)：美国路易斯安那州的港口城市。

最后，他说，“欧内斯托，我们已经做到极限啦。最后一支仅仅擦过我的嘴唇。”

我在仍旧占先时就退出，拒绝朝乔治·萨比埃斯射击，因为他是整个屋子里唯一的医生；宴会仍在进行。它延续了很长时间。三天以后，我们沿着海岸向上驶行，到了巴伦西亚，准备观看那个集市日的第一场斗牛。

第十章

巴伦西亚天气很热，所有的旅馆全都相当拥挤。皇家大饭店已经没有房间了，虽然在阿利坎特我们对预定的房间曾经进一步确定过。我们于是尽快地在精美、古老、阴凉的维多利亚旅馆找到了房间，把全部装备安顿好，同时利用皇家的那个有空调的大酒吧间作为集合地。那份炎热对姑娘们十分严酷；我们教给她们步行穿过市区的不同方法，利用狭窄的小街和那些高楼大厦来遮阳。

第一场斗牛是一场不算太严重的灾难。那几头巴勃罗·罗梅罗的牛虽然和平日一样庞大、神气，腿却大多数不太结实，很快就垮掉了。安东尼奥·别恩维尼达对他的第一头牛一点儿办法也没有，因为那是一头只会小步跑跑的牛，一直处于守势。别恩维尼达也保持着守势，于是他们就互相展开防御，直到他在防御中一刀刺中了牛，那头牲口随即便给拖出去了。我希望，为了我的生日和这个周日飞到西班牙来的巴克·拉纳姆将军并不认为这就是斗牛。他脸上一直保持着漠然而不加评论的神色。

路易斯·米格尔的第一头牛很快地冲出来，英勇、强悍。路易斯·米格尔两膝跪在沙土地上，挨近围墙，通过三副倒钩短标枪，用那个挥舞披风的大动作全面处理了这头牛。有两副标枪他插得很利索。我看到巴克这时候已经很投入了。倒钩短标枪是最容易让观众赞赏的，如果不是作评价的话。路易斯·米格尔做起来总仿佛他在一步接一步地做解释，而你可以看着他用自己的脚一步一步地做出样子来。接下去，在挥舞穆莱塔时，牛因为浑身发热和身体过重而窒息起来。经过几个很不错的冲刺，它跑得气竭了，陷入了守势，接着就迟钝起来。路易斯·米格尔把半个剑身娴熟地刺进去，解决了它。

海梅·奥斯托斯在斗第三头牛时表现得非常勇敢。这头牛非常愚蠢，一点儿也没有要争斗的性子，只经常想用右角来刺探，这使它的那一边很危险。海梅用左手从它那儿获得了他可以获得的一切；拿剑戳了两次，运气都不好。最后，他相当不错地把牛杀了。

路易斯，米格尔抽到的第二头牛，是一头真正出色的牛；他对它做了一切斗牛的招式。那是他处在巅峰状态时，我们在阿尔赫西拉斯看见他做过的。我想他对这头牛又达到了这次集市上的最高峰。他在风格方面不能做得比这次更为完美了。那头牛在他开始挥舞穆莱塔时，就失去了一只蹄子的一部分，不过奇怪的是，它却并没有变瘸。路易斯·米格尔领着它通过了五个长系列的闪避动作，每一次都从观众中引起了一阵欢呼。在音乐的伴奏下，他完成了后一半；这一半和前一半一样激动人心。随后，他要出了所有的花招，最终干净利落、优美而高高地把牛杀了，根本没再要什么花招。

他做了能做的一切，而且做得十分完美。他的胜利是全面的、绝对的。他绕着斗牛场走了两圈，脸上带着那种紧抿起嘴的微笑。这种微笑新近变得有点儿伤感。他并不傲慢自大，可是在他把那两只牛耳举起，并由他的斗牛班子跟在身后，把妇女的手提包、鞋、鲜花、酒囊和草帽扔回去时，他似乎在想到一件别的事。他们把雪茄烟留下了。在斗牛场向阳的一面，有一大片空位子，乡村人民穿着黑色长罩衫、戴着尘蒙蒙的贝雷帽，并没有进场坐在那儿。我感到纳闷，不知米格尔一脸伤感的神色走过去，是否在想到这种情况，再不然他心中是否也在纳闷，不知他和安东尼奥一块儿表演的那天，到了关键的时刻，他还可以比上次所做的再多做点儿什么。

第二天，由安东尼奥·奥多涅斯、库罗·希龙和海梅，奥斯托斯一块儿出场，向阳那面的空位子甚至更多，斗牛场的观众只坐了比一半稍许多点儿。天气和前一天一样炎热，还有一股大风从非洲刮来。安东尼奥一旦进场到了沙土地上后，就不在意或是不想到场上只坐了一半观众。他走进场，看了看观众后，就把这一点勾销了。从他开始斗牛以来，有个别人一直赚钱。这并不是什么悲剧，虽然他也非常需要钱，并且知道从事这种职业多么艰苦，多么不容易维持，而且为了他和卡门的简单、体面的计划，他们又多么需要钱。

在这场斗牛中，只有两头好牛。安东尼奥的第一头牛是毫无价值的。等他的第二头牛出场时，我们从红色木板围墙里注视着。这头牛很神气，冲刺得很快，牛角很锋利，浑身上下全很健全，在胡安拖曳着披风引它时，它一边显得很利落，在费雷尔从另一边试试它时，它也显得很灵敏。安东尼奥提着披风跑出去，对费雷尔说道，“退下。”他想要独自应付这头牛。接着，他逗引了它。等牛冲上前来时，安东尼奥俯下身子迎着它，做出了那个长长的、徐缓的、延续不断的躲闪动作，就像只有他和牛可以听见的一种深沉的乐声那样。自从六年前我在潘普洛纳第一次看见他斗牛以来，他的挥舞披风总可以使我的心碎裂开。今天，他更变得前所未有地了不起。前一天，他曾经注意看着路易斯·米格尔表演；这时候他正在让观众、他本人、我们和历史全都看到，米格尔一定得使出点儿什么绝招来才能击败对手取胜。

他在仅仅用一柄长矛使这头牛完全没有受到损伤后，改用了倒钩短标枪，并且仔细注意着霍尼和费雷尔把标枪刺进去。接着，他拿起剑出来，朝牛走去。

他控制住了这头牛，一膝跪在地上用四个很低的躲闪动作使牛低下头来，然后用穆莱塔以我到这时为止从没见到他做过的最出色、最笔直、最优美、完整和第一流的精彩回合和牛周旋。这几个回合具有他以前曾经表演过的一切美妙之处，不过这天它更具有水滚滚流下一道水坝或一道大瀑布顶端的那股瑰丽气势。那一动作一气呵成，每一次躲闪都像雕塑出的。观众开始是小声呢喃，最终像一道急流那样淙淙轰响起来，因此铜管乐声被掩盖下去了。那就像他表演过的所有了不起的斗牛回合，而且比任何一个回合都精彩。令人难以相信的是，他是在一个刮风的日子里表演的。

等安东尼奥用穆莱塔表演完毕后，他突入四次去杀牛，每一次都完美无缺地对准了那个高高的死亡凹口，结果全击中了骨头。接下去，他终于把剑刺进去，并且在剑深入时，伏到了牛身上。牛在他手的猛刺下最终毙了命。他们把一只牛耳给了他，虽然他曾经突入四次去杀牛，因为每次突上前去刺到骨头上，其危险就相当于一次宰杀。要是他头一次刺进去没有击中骨头，他们会给他什么，谁也说不上来。

那天晚上在海滩上佩皮卡那儿举行了盛大宴会。浪花拍打进来。我们全很快乐。在那场斗牛激发起了热情后，谁也无法冷却下去。我们就像一个快乐的部落经过一次胜利的袭击，或是一场大杀戮后那样。一罐罐桑格里厄汽酒很快就喝完了。我们用不着像通常那样，为了安东尼奥早早吃饭。他已经离开，驱车到纳瓦拉的图德拉去，下一天跟路易斯·米格尔和奥斯托斯一块儿演出。平时，我们总让安东尼奥在午夜安歇。认真的训练在这次宴会后一天又开始了。我们又按正常的时间和习惯生活。

那天，路易斯·米格尔在帕尔马-德马略尔卡表演。我很高兴他那天没有看到安东尼奥做出的所有动作。那样会使他烦心的。我很喜欢他，但是从我在巴伦西亚所看到的，我肯定在进行着的这次比赛中，他无法取得胜利。

这时候已经很明显，按着他们迫使承办人索取的高额票价来看，斗牛场上必须出现安东尼奥和路易斯·米格尔两个人的姓名才能客满。万一两人中随便哪一个遭到什么事，那就会把整篮子金鸡子儿全都砸碎[①]。可是一件事迟早总要发生。我以前从来没有对什么事如此肯定，而且我还十分肯定，安东尼奥也很有把握。晚上，我常想到，不知道卡门的情况怎样，因为就牵连在这场生死与金钱活动中的我们全体人员而言，她是最出色、最直接、最忠诚和最有理性的。不问结果如何，她反正始终不会赢[②]。我很高兴，我请了一些权威性人士在为她祈祷[③]。

在巴伦西亚的第四场表演中，安东尼奥和路易斯·米格尔那个赛季第五次在斗牛场上相遇。牛全是萨穆埃尔·弗洛雷斯提供的。第三位斗牛士是格雷戈里奥·桑切斯。那是一个阴云密布的日子，天气十分闷热。场上的票在那个周日里第一次全部售罄。路易斯·米格尔的第一头牛迟迟疑疑，在冲刺中忽然一下停住，不停地想转攻为守。米格尔细心而理智地撩拨它。这头牛不停地把突出的嘴伸进沙地去。米格尔挑逗着牛，使牛抬起嘴来，并使它准备好接受利剑。那是一头可以使任何一名斗牛士不好应付的牛。但是米格尔第二次尝试便敏捷而利落地把它杀了。那可不是观众花钱爱看的场面，可是也没有别的做法可以演给他们看。大部分观众都知道这一点，于是鼓掌欢迎。米格尔走到场地中央，行了一次礼，又紧抿着嘴唇回到围墙边上。

---

① “金鸡子儿”代表巨大利益，意谓把很大的利益都毁掉了。
② 路易斯·米格尔是卡门的哥哥；安东尼奥是她的丈夫，所以这么说。
③ 参看本书第 104 页。

安东尼奥的牛进场了。他用披风把它引过去，做了那些同样的徐缓、笔直、优美、浸长的闪避动作。这是他在整个斗牛季节中对所有肯向前冲的牛所做的动作。它们并不是他对一头特殊的牛难得表演的。它们是他对可以被迫向前冲的每一头牛所做的标准挥舞披风的动作，而每一次，他总设法改进那些动作，使它们挥舞得更贴近、更徐缓。

路易斯·米格尔把披风披在背上，在他那方面做了一系列美好的高纳式古老闪避动作，把牛从马儿面前引开。

安东尼奥用穆莱塔做了一个精彩的动作，不下于他在巴伦西亚第一场表演中所做的那个绝妙的动作。它甚至比那个还要出色，因为这头牛不及上次那一头。他不得不用穆莱塔安抚它，掌握住它。我从围墙旁边注视着，看着他总是完全控制住牛，使牛行动，从不让牛角碰到那块布，而且总是按着牛的速度恰到好处地摆动它，使牛先转上半圈，再转上半圈，让牛绕着自身转，接着使牛转了整整一大圈。观众对每一次闪避都欢呼起来。我也注意看着米格尔的脸。他脸上毫无表情。

安东尼奥做了可以跟一头牛做的所有优美、传统和真正危险的闪避动作，接下去又更为出色地全部重做了一遍，最终把牛杀了。观众给了他一大阵欢呼；会长把两只牛耳全给了他。

路易斯·米格尔在斗第二头牛时全力以赴，想取得胜利。他两膝跪在沙土地上，用披风做了那个称作“拉加坎比亚达”的美妙的、一手挥舞披风的闪避动作，把牛引过去。那个动作是优美壮观的，不过在任何方面都远不及用两手握着披风缓缓地挥舞过牛面前危险。然而观众爱好那个动作，而且很正当。路易斯·米格尔在那个动作上又是一个好手。

在使用倒钩短标枪上，他是令人叫绝的。他插进去的一副真令人难以相信。那头牛紧挨着围墙在等候他，两胁一起一伏，由于长矛刺伤的伤口，血从一边肩上直流下来，牛两眼注视着缓缓朝它走近前来的米格尔。米格尔把两只胳膊大张开，尖头的标枪笔直朝前拿着。米格尔走过了他该逗引牛、使牛冲刺的地点，接着又走过了这样把标枪刺进去还安全的地点，然后又走过了牛还注视着他时可以十拿九稳击中它的地点。随后，牛朝前冲了三步，米格尔装着用身子向左一闪，等牛头跟着他过来时，把标枪刺下，转动着它们，使它们从另一只角旁穿出来。

他在靠围墙木板很近的地方用穆莱塔把牛引过去，然后以几个向右旋转的闪避动作晃过了牛。我都可以听见他对牛说点儿什么。听见牛喘息，以及牛在穆莱塔下掠过米格尔胸部时，倒钩短标枪的咔嗒咔嗒声。这头牛只给长矛刺中了一次，不过刺得很深。牛颈部的肌肉很结实；米格尔正在使牛把头昂得高高的，好使它的肌肉疲乏，这样可以让它低下头来，以便宰杀。但是牛血流得过多，正在失去气力。

米格尔十分细心地对待牛，当他从围墙边上把牛引出去时，轻轻地闪避开它，可是他还是很快在失去它。那头牛最终像一张留声机唱片那样停下了。等牛不愿意玩耍时，米格尔偏和它玩耍。他摸摸牛角，把一只胳膊倚在牛的前额上，假装在电话中和牛谈天。那头牛绝对无法回答，不过既然它血快流尽，不住喘息，无法冲刺，它甚至更不能回答。米格尔领着它做了几个试探性的动作，握住它的角帮它集中思想，然后还亲了亲它。

这时候，除了提议举行一场体面的婚礼外，他对这头牛能做的已经全做了；剩下要做的就是宰了它。在他用倒钩短标枪赢得它时，他也失去了它。不过当时它并没有显现出来。

这头牛身上已经没有冲劲儿可以帮助米格尔使用剑了。假如他这时候要跟安东尼奥竞争，那么他就不得不使大劲儿从很高的部位猛地一下把剑刺进去。他无法这么做。他刺了五次，但是他无法猛地一下刺进去。他并没有击在骨头上。他干脆无法使自己把剑一下刺进去。观众出奇地沉默。他们正注视着一件他们无法理解的事出现在一个人身上。

我想是安东尼奥用那件披风和那柄穆莱塔葬送了他；我很为他难受。接着，我想起了他在图德拉碰上的麻烦。他在那儿被一只酒瓶击中。也许，那件事在他的下意识里起了作用，形成了一个障碍，使他无法用剑刺进去，就像一个射手感到畏缩那样。但是他无法再恰当地把剑刺进去宰牛了。他试了五次，随后牛垂下头，血也快流尽了。他把穆莱塔摊在沙土上，使牛嘴垂得更低点儿，用一柄宰牛剑刺入牛的颈部，结束了牛的生命。

安东尼奥抽中了一头和它玩不出任何花招来的牛。他向自己证实了这一点，而在证实的过程中，随便哪个别人都会给牛角抵伤或是陷入混乱。他随后很敏捷地把牛杀了。

表演结束后的那天晚上，安东尼奥待在楼上房间里，洗完淋浴，盖着被单躺在床上，问道，“你是怎么个看法？”

“咱们击败了他，”我说。

“你满意了吗？”

“Socio，”我说，这意思是伙伴。我们为了故意不流露情感，彼此总这么称呼。

“明儿，我安排了一件令人惊奇的事，”他说。

“什么事？”

“在海边沙滩上举行一场小野餐会。”

“今儿晚上早点儿进餐，睡觉。”

不管是什么使人们在斗牛之间的空闲时间里不担心发愁，那年夏天前后，这样消闲的办法却很多。它并不总是通过饮酒，尽管那一罐罐桑格里厄汽酒的确很凉爽，它在整日整夜刮着的炎热、干燥的风中，迅速喷起了泡沫。我们全很快乐：那场大决战即将到来。我们吃了新从海上捕来的美味可口的大箬鳎鱼或是“罗赫特”——西班牙人管大马哈鱼这么叫着——以及一平锅藏红花菜饭，里面有多种海鲜食品和有壳的水生动物。开始时，我们先吃一盘新鲜绿色色拉；作为水果，我们吃了甜瓜。那个季节已经很晚，不过甜瓜这当儿正是最好的时候。在回镇上去的路上，我们看到了烟火的空前壮观。那天夜晚，大量集中的管乐器的哗啦啦和咚咚的皮鼓声全变成了亮光，接着亮晶晶的垂柳在天空成长，还有隆隆的雷声，直到北极光一下照遍了集市的那条大街。一切全结束了；在灯光照亮起来前，黑暗中洒落下来一大阵棍棒。

我不知道路易斯·米格尔在巴伦西亚那第一场决战前做了些什么，也不知道那天夜晚他睡得如何。人家告诉我，他那天很晚都没有睡，但是人家总在出了事情后说上一些闲话。有一件事我知道：他为这场决战担忧，而我们却并不。我并没有去打扰米格尔，也没有去问他什么，因为他现在知道，我是安东尼奥阵营里的一员了。我们仍旧是好朋友，不过既然我看见过他表演，又仔细观察过他如何应付不同类型的牛，我深信他是一位了不起的斗牛士，而安东尼奥则是一位史无前例的了不起的斗牛士。我深信，要是安东尼奥没有进攻得过猛，他和米格尔可以赚上不少钱，倘使他们削减票价，每人都领取同样的酬金的话。如果安东尼奥得到同样的酬金，他就会加快步伐，直到米格尔为了想做得和他一样或胜过他而给戳死或身负重伤，不能继续演出。我知道安东尼奥是冷酷无情的，并且有一种跟利己主义毫无关系的奇怪的、毫不宽容的自尊心。这后面还有许多情况；它有着黑暗的一面。

路易斯·米格尔具有魔鬼的傲慢和一种绝对优越的情绪。这种优越的情绪在许多情况中都是正当的。他很早很早以前曾经说过，他是最优秀的斗牛士，而这一点他当真相信。他还相信这种情况会延续下去。这并不只是一件他相信的事。这是他的信念。如今，安东尼奥严重伤害了他的自信心，而安东尼奥则是在受了一次致命的抵伤后，完全恢复后回来演出的。除了他们同场表演的那一场外，他每次都那样演出。使路易斯·米格尔宽慰的是，每次总有一个第三名斗牛士和他们同场演出，所以比较不可能是绝对的。路易斯·米格尔总可以比那第三个人出色。现在，他不得不单独和安东尼奥待在场上了。按照安东尼奥表演的那种方式，那可不是任何其他斗牛士好待的地方，倘使你拿的酬金比他多，那更不是一个好待的地方。安东尼奥演出的时候像一条泛滥的河水。他全年和前一年一直都是那样演出。

决战前一天大清早，我走出去，绕着那座可爱的老镇市漫步时，汇总起来的情况就是这样。我们对于如何消磨那一天怀着一种侥幸心情，结果却很成功。我们在镇外大约三十英里处的一座舒适、古老、质朴的乡间住宅和猎人小屋里消磨了那一天。那是在大海和阿尔武费拉湖[①]种植稻米的大片环礁湖之间的橘子种植园里。冬天，他们那儿有一些世上最为盛大的猎鸭集会。你穿过橘林到达海滩，接下去是延伸开五英里的金松林白沙地，一所屋子也没有。风依然很猛地刮着；浪涛汹涌地拍打着海滩。

那是在海滩上度过的一个美妙而令人激动的日子。我们整天不在吃东西或踢足球时，就在游泳。下午过到一半时，我们决计不去参加当天的斗牛，燃起一堆礼仪性的篝火，把票子全部烧掉。接下

① 阿尔武费拉湖(the Albufera)：西班牙巴伦西亚省境内的一片湖。

去，我们决定，那样可能会倒楣，于是又踢了一会儿足球，然后游泳一直游到薄暮。我们向前游到拍岸浪以外很远的地方，然后不得不迎着朝西退向大海的一股强流游回来。人人都累得要命；我们全像筋疲力尽、身强体健的野蛮人那样，很早就上床睡了。

安东尼奥睡得很酣畅、很熟，醒来精神也很畅爽，得到了充分的休息。我刚去挑选完牛回来。那些牛全是来自伊格纳西奥·桑切斯和巴尔塔萨·伊班的英俊的牛，有着地道的牛角。运气是均等的。夜晚刮起了风，白天又云层密布。镇外刮起的是相当强劲的大风，比较像一股秋季的暴风，而不像是在七月底。

“你身子发僵吗？”我问他。

“一点儿也不。”

“你两脚没问题吗？”

我自己的右脚因为运球和光脚踢球而肿了起来。

“我的脚没问题。我觉得不能再好啦。天气怎么样？”

“刮风天，”我说。“风可太多啦。”

“也许，风会停下，”他说。

风并没有停下。到斗牛开始，路易斯·米格尔的第一头牛冲进场时，天空像要有暴风雨那样阴沉沉的，一点儿阳光也没有，八级大风正在刮着。在演出开始前，我曾经进去看看路易斯·米格尔，祝他幸运。他还是像往常一贯的那样，很友好地微笑着，带有我每次进去看他时他总具有的那种同样熟悉的魅力。不过他和安东尼奥在入场式中向会长敬礼后，走过斗牛场的沙土地，来到围墙面前时，全显得分外严肃。

路易斯·米格尔的第一头牛冲出来，敏捷、强健。它外形很壮实，个儿相当大，不过并没有吃得过量，两只牛角锋利、有效。它有力地朝马冲过去，看来仿佛是供米格尔表演的一头好牛。但是等倒钩短标枪给插入后，牛就开始衰弱下去。米格尔设法在围墙的庇护下撩拨它，但是牛并不乐意待在那儿。米格尔把牛领出去点儿；穆莱塔在阵风中吹成了平面。米格尔熟练地调弄它，等着它向前冲上一半路，并且很聪明地支配着它。他利用这头牛做了一些优美的闪避动作，后来相当利索地把它杀了。他刺入时还可以，不过我看得出他这么做还是不太顺手。他身上的技艺遭到了破坏，还没有得到修复。不过这种技艺却足以支撑上一定时间，容他把这头牛利落地杀了。

安东尼奥的第一头牛比米格尔的第一头难以应付。它强悍有力、两角锋利、身体结实，不过它犹豫不决，向前冲到一半就喜欢停下。安东尼奥用披风迎上前去，开始使它变成一头出色的牛，有风也好，没风也好。他用穆莱塔在围墙木板形成的掩护下，找到了可以利用的掩蔽，并且通过经常暴露自己、逼向牛去的那种方式使牛喜欢待在那儿。牛兴奋起来。安东尼奥于是强迫牛，不容它的注意力冷漠下去或是消失。他用左手的低低闪避动作使牛转过来，然后用优美的胸前挥舞穆莱塔的动作诱使牛角从自己胸前掠过。他把一切全联系在一起，总使牛认为可以挑刺到他，并且使牛恰恰按着他的和谐节奏活动。就动作的徐缓与优美而言，那可是一个精彩的回合。接着，他很确切地使牛摆好架势，卷起穆莱塔，瞄了瞄准，使劲儿猛地一下刺进去把牛杀了，牛兀地倒下，就仿佛被枪击中了那样。刀刺入的地方是轻轻划开了的那个很高的致命凹口，不过他们给了他一只牛耳。他拿着牛耳绕场一周。第一回合他赢了。

路易斯·米格尔的第二头牛是从巴尔塔萨·伊班的牧场上来的。由于伊格纳西奥·桑切斯提供的两头牛中有一头牛因为角不好而给退回去，所以这一头是兽医们选了来代替的。这头牛开始时很不错。路易斯·米格尔披风也挥舞得非常好。他对牛发动了猛攻，决心要超过安东尼奥。可是到了该使用倒钩短标枪时，观众要路易斯·米格尔亲自把标枪插进去。他没有肯。这件事我无法理解，因为在我看来，在他的多种多样表演动作中，这是他做得最为出色的。这一点是出于傲慢自大，想要在他自己的表演中击败安东尼奥，还是他对这头牛感到有点儿什么不大对头（这头牛已经露出了迟缓下来的迹象），这一点我可不知道。观众感到很失望。

米格尔似乎是对的，因为那头牛很快衰弱下去，但是米格尔抢在这以前用穆莱塔做了一个极其出色的动作，先是一个优美的向右旋转的闪避动作，接下去是一系列纳图拉尔，一系列向左旋转的优美、低低的闪避动作。鉴于大风造成的困难和牛当时的状况，这是令人击节赞赏的。接下去，他要了几个马诺莱特式小花招。他把他的观众又全吸引回去了。这时候，他得做的就是杀了牛，割下一只牛耳。但是他在设法猛地一下刺进去时，偏偏又碰上了同样的麻烦。身上的技艺又发挥不出来；他用剑刺了四次，才把那头牛杀了。这时候，他已经落后了好多，天色变得更黑，风正刮大起来。那辆大洒水车开进场来，把吹起的沙土洒水弄湿，使它不被风扬起。在这段休息时间里，过道内谁也没有多说话。

我们全为这两位斗牛士和这场大风使他们经受的考验，感到痛苦。

“这对他们两个都是很残酷的，”路易斯·米格尔的哥哥多明戈对我说。

“情况变得更糟啦。”

“他们该把灯点起来，”另一个哥哥佩培说。“在斗完这场牛后，天色就会全黑下来啦。”

米格利略正在把安东尼奥要使用的斗牛披风用水洒湿，这样它在风中会沉重点儿。

“这太残忍啦，”他对我说。“多么残忍的风啊。不过他很坚强。他应付得了。”

我沿着围墙走过去。

“我不知道我用剑是怎么回事，”路易斯·米格尔倚在红漆木围墙上，说。“我使剑刺得糟透啦。”他显得超然，说得仿佛是在评论一个别人，或是使他迷糊的一种现象。“还剩下一头。也许，剩下的这一头没有什么大问题。”

有几位朋友正在跟他谈话。他正朝外望着斗牛场，并没有在听。安东尼奥并没有望着什么，就在想着这股风。我跟他一起倚靠在围墙上。我们什么话也没有说。

休息以后，安东尼奥的牛进场了。它一身乌黑，体格壮实，两角锋利，看来很蠢。这头牛并没有很感兴趣地追随着披风。等安东尼奥把它引到长矛手萨拉斯的前面时，它朝马冲过去，但是每次当长矛刺痛了它，就迅速避开。倘若路易斯·米格尔和安东尼奥全被牛抵伤，那么不得不出场来把牛杀了的那个替补斗牛士这时候就要求准许把牛引开。牛很快就用角挑刺到了他，把他扔到了场地上。安东尼奥用披风搭救了他。他的裤子被牛角撕裂开，一只鞋也丢了。胡安从沙地上把鞋拾起来，扔到了围墙里。

那头牛在被倒钩短标枪刺中后，变得更恶劣，怎么撩拨也不肯冲刺。安东尼奥不得不在风中把穆莱塔像一面帆那样握着去撩拨它。使它转过身来站定，好结果它。他不得不单纯靠了手腕的气力这么做，因为穆莱塔被剑挑开后，像一面风帆那样吹拂着。我知道多年来，他右手手腕一直不好，斗牛前总用带子扎着，这样在杀牛时，手腕不至于扣住他。这时候，他并没有在意，不过在他突上前去杀牛时，手稍许滑了一下，剑没有笔直刺进去。杀完牛后，他走进围墙来，站在我身旁，板着脸，显得很紧张，手腕像一个投手筋疲力尽的胳膊那样垂着。灯光亮了起来，我看到了他眼睛里的一种狂热的神色。这是我以前在斗牛场内外都从未看到过的。他开口想说什么，接着又停住了。

“你要说什么？”我问。

他摇摇头，朝外望着骡子正在把死牛拖出去的地方。在灯光下，风已经把刮成一道道的沙土又吹起来了。不过一刻钟前，沙土刚被用水洒湿。

“欧内斯托，这股风实在可怕，”他用一种强烈、奇怪的声音说。我在斗牛场内，除了在他生气的时候外，还从不曾听见他嗓音变过。而他生气的时候，嗓音总是低沉的，从来不是高亢的。这次的嗓音也并不是高亢的，更不是抱怨的。他想确立一件事。我们两人都知道某一件事情要发生了，但是这却是我们并不知道这件事将发生在谁身上的唯一时刻。它仅仅持续了一会儿，只够说那一句话。他从米格利略手里接过一杯水，喝了一口，对着沙地吐出去，没有照顾自己的手腕，伸手就拿那件沉重的斗牛披风。

路易斯·米格尔的最后一头牛在灯光下直冲进场。这头牛很高大，角也锋利，而且奔起来很快。它追赶一个短标枪手，使他跳过围墙，还把防护板[①]冲垮，用左角把木板撞裂成碎片。它想跳过围墙，但是没有成功。等长矛手进场后，它冲得很猛，把马儿也撞倒了。路易斯·米格尔把披风舞得很稳，很周到。风暴露出了他的贝罗尼卡动作的基本弱点，使得把披风挥过肩头的轻快奔放的闪避动作无法表演出来。这头牛很容易紧张，还微微想要控制住自己，用

---

① 原文为 burladero，西班牙语，指斗牛场内与矮围墙平行或稍许突出的防护板，使斗牛士可以藏于其后，以避开牛的追撞。

后腿使自己刹住。米格尔不想在这时候把倒钩短标枪刺进去。观众甚至比他斗第二头牛时还坚持要他那么做，但是他拒绝了。观众不喜欢他这样。他们出高票价来看的一件事就是，看他把倒钩短标枪刺进去。他正在失去观众，不过他相信自己用穆莱塔可以使牛的情况好转，最后表演出几个精彩的回合，再把观众赢回来。他在斗牛场内靠近围墙木板的地方选择了一处可以找到的风最小、好撩拨牛的地点，拿着一柄水洒得很湿、沾满了泥沙的穆莱塔走出去。他叫人给他再多洒上些水，把那一块红哔叽在沙地上拖拖，使它较为沉重。

牛很神气地冲过来；他对牛做了两个优美的闪避动作，一手握着剑，一手握着穆莱塔。在米格尔把红布提起时，牛横着从布下直冲过去。他看出来自己还没有控制住牛，于是做了四个低低的向右旋转的闪避动作去惩罚牛，把牛引了过去。接着，他把牛从围墙木板避风的地方引出来，因为牛在那儿好像正醒悟过来了。路易斯·米格尔又做了两个向右旋转的闪避动作；这时候牛似乎很不错了。接下来，他开始了第三个闪避动作，风把穆莱塔吹起来，暴露出了他；牛冲到了红布下面，似乎用右角挑刺中了他的腹部。他飞到了空中，牛的另一只角刺中了他的胯部，把他仰面朝天扔到了场地上。安东尼奥提着披风奔过去，想把牛引开，可是在任何人来得及赶到他面前以前，牛趁米格尔躺在沙地上，对着他刺了三下。我清清楚楚看见牛右角刺进了他的腹股沟。

安东尼奥终于把牛引过去了。路易斯·米格尔被牛抵到的那一刹那，多明戈就跳过了围墙，这时候正把他拖开。多明戈和佩培，以及那几个短标枪手抬起他来，匆匆跑到围墙边上。我们大伙儿把他抬过围墙，跑过过道，出了看台下的大门，奔过走廊，到手术室去。我托着他的头。路易斯·米格尔两手捂着伤口，而多明戈则用大拇指向下抵着伤口，并没有大出血。我们知道牛角并没有刺中股动脉。

路易斯·米格尔十分镇定，对所有的人全很客气，彬彬有礼。

“非常谢谢你，欧内斯托，”我托起他头时，他这么说，接下去我们在帮他脱下衣服时，用垫子托起了他的头。塔马梅斯医师在伤口处把他裤子剪开。只有一处伤口。它正在右边腹股沟那儿大腿的上面。伤口呈圆形，大约有两英寸阔，边缘上发青。这时候，既然米格尔躺着，出血完全是内出血。

“你瞧，马诺洛，”路易斯·米格尔对塔马梅斯大夫说。他把一只手指放在伤口上面的一处地方。“牛角从这儿刺进去，然后在这儿像这样往上挑。”

他在自己的腹股沟和下腹部用手指画出了牛角挑刺的轨迹。“我当时可以感觉到它刺进去。”

“Muchas gracias[①]，”塔马梅斯说，既严厉又着重实际。“我会找出它挑向哪儿。”

那间医务室就像一个烘箱，一点儿也不通风，人人都在出汗。这儿那儿都有摄影记者，闪光灯不停地闪动；新闻记者和好奇的人们不断地从门口拥进来。

“咱们这就要动手术啦，”塔马梅斯说。“把这些人请出去，欧内斯托。”接着，他又低声对我说道，“你自己也出去。”

米格尔躺在手术台上，这会儿很舒服。我告诉他我一会儿就回来。

“到那时候再见，欧内斯托，”他笑了笑，说。他脸色苍白，正在出汗，他的笑容是柔和的、充满感情的。房门口有两名民警，

① 西班牙语：意思是：“谢谢你！”

外边又有两名。

“把所有这些人全请出去，”我说。“谁也不让进来。接着，派两个人在门口，让门开着，这样里面好有点儿风。”

我并没有权下达命令，但是这一点他们并不知道，而他们又在等候命令。他们敬了一个礼，开始把手术室里的人全请出去。我缓缓地走到外边。等我到了看台下，我赶快跑向过道的入口。头上，有着一阵阵喝彩声。等我到了外面黄灯光下红围墙的边上时，安东尼奥正在比我以前所见过的更贴近、更徐缓、更优美地挥动披风，闪避开一头高大、赤色的牛。

他完全控制住了那头牛，而且只允许用一柄长矛。那头牛跑得很快，身体很结实，头总抬得高高的。安东尼奥要它跑得快。他不能等到倒钩短标枪给插进去。那头牛实在很剽悍。他深信自己可以使牛把头适当地低下来。这时候，他并不在意风，也不在意任何别的了。在这个集市日里，他这才第一次获得了一头真正剽悍的牛。这是最后一头牛，随便什么也不能破坏它。他对这头牛所要做的将终身留在看到它的人们心中。

他把这头牛献给了胡安·路易斯。我们前一天就是在乡间他的宅子里度过的。他把帽子扔给了胡安，咧开嘴朝他笑笑。接下去，他对那头牛做了最伟大的斗牛士所能做的一切，并且做得比他们好。他以米格尔的那种向左、向右旋转的闪避动作开始，两脚站定不动，使闪避动作的线条很纯洁，并且在穆莱塔柔和的挥动下使牛高高腾到了空中。牛角不可能更近地掠过他。接下去，他更换为纳图拉尔，低低的、优美徐缓的、向左旋转的闪避动作，一遍一遍又一遍使牛绕着他四周转。观众对他的每一次闪避动作都爆发出了掌声。

在他显示出了他可以挥动得多么徐缓和优美后，他对牛走得非常近，开始让观众看到，他可以使牛多么贴近、多么危险地冲过去。他达到了超越理性的地步，似乎是控制住自己的忿怒在表演。那情形简直妙极了，但是他已经远远超出了不可能的界限，正连续不断地做着任何别人都做不了的动作，而且做得轻松、快乐。我想让他停下，把牛杀了。可是他正陶醉在里面，而且这一切都是在他挑选的同一片地方做的。每一系列闪避动作都和另一系列联系在一起；每一个闪避动作都和另一个联系在一起。

最后，他使牛摆好架势，仿佛很不乐意和牛道别似的。他卷起穆莱塔，猛地一剑刺进去。他刺中了骨头，剑在那一震荡下弯折了。我为他的手腕发愁，但是他使牛又站立好，收拢起来，高高地再一次猛刺进去。剑一直刺到了剑柄。他举起一只手站在那头红牛身旁，脸上毫无表情地注视着，直到牛翻身倒下，死了。

他们把两只牛耳都给了他。等他走到围墙边上来拿帽子时，胡安·路易斯用英语对他喊道，“你太过分啦。”

“米格尔怎么样？”他问我。

有人从医务室带话来说，牛角刺伤的地方一直深入腹肌，把腹膜也刺裂开，不过并没有刺到肠子。路易斯·米格尔还没有从麻醉中清醒过来。

“他没有问题，”我说。“牛角并没有刺穿肠子。他还没有醒过来。”

“我去穿好衣服，咱们一块儿去看看他，”他说。观众冲进场来，奔向他，要把他抬出场。他正把他们推开。可是他们人数太多了。他们最终把他高举到了肩上。

斗牛场内的那间粉得雪白的、三张床的医务室，闷热得像塞内加尔[①]监狱里的一间牢房。他们用担架把路易斯·米格尔从那

① 塞内加尔（Senegal）：西非国家。

儿抬到皇家大饭店有空调的房间去，第二天清早再用飞机送往马德里。等安东尼奥换好衣服后，他和我立即到斗牛场去看他。

“我是一个见习斗牛士时，我们三个斗牛士都在这儿睡过一夜，”安东尼奥说。“它热得就和这会儿一样。”

我们在斗牛场医务室见到路易斯·米格尔时，他虚弱、疲惫，不过精神很好。为了不使他劳累，我们顿时就离开。他就我向民警发号施令这一点开玩笑；多明戈说，当他从麻醉剂下清醒过来时，他说的第一句话是，“只要欧内斯托能写，他就会成为一位什么样的人。”三天以后，我们大家又要在马德里的鲁贝尔疗养院聚到一块儿，安东尼奥住在三楼，路易斯·米格尔住在底楼。十五天后，他们要在马拉加举行他们的第二次决斗。那一年就是这情形。

第二天早晨，自从潘普洛纳后一直聚在一起的这群人分散开了。这很令人伤感，谁也不想要分开。安东尼奥下一天要在帕尔马-德马略尔卡演出，再下一天在马拉加。我们其余的人则朝阿利坎特驶去，接着穿过枣椰树林和穆尔西亚[1]的富饶、拥挤、平坦的农业与果树乡野，越过洛尔卡[2]，向上一下进入了荒凉的大山山区，接下去沿着一道道人迹稀少的峡谷，以及尽是粉白房屋的村庄和一群群沿路扬起尘土的绵羊与山羊驶行，直到最后在黑暗中向下驶出了丘陵地带，经过了他们把弗雷德里科·加西亚·洛尔卡[3]枪

---

① 穆尔西亚(Murcia)：西班牙东南部的一省。

② 洛尔卡(Lorca)：西班牙东南部的一座城市。

③ 加西亚·洛尔卡(Federico García Lorca，1898—1936)：西班牙诗人、剧作家，内战时遭法西斯分子枪杀。

毙的那道山谷的入口，看到了格拉纳达的灯光。我们住宿在格拉纳达。清晨，阿尔汉布拉宫[①]里凉爽、清新。我们抵达“领事馆”，正好在下去到马拉加观看斗牛前吃上一餐。

第二天早晨，当比尔和我驶入马拉加时，我们听说安东尼奥在帕尔马-德马略尔卡受了伤。他的右面大腿被牛角挑刺到，抵伤，但是他用穆莱塔异常出色地完成了他的工作，突近前去，很利索地把牛杀了。他们把一只牛耳给了他。斗牛结束后，他们用飞机把他送到了马德里。

我们设法打长途电话到马德里去，可是拖延了五小时或许还不止。那天晚上，飞往马德里的飞机上没有空位，第二天上午有没有空位也没有把握。我强烈地预感到，他的伤势比听起来要严重。比尔说，“要是你不放心，咱们干吗不在午餐后驾车前去呢？说到头，咱们如今知道这条路啦。”

我于是打电报给卡门，告诉她我们下一天上午到那儿，并且为我们大伙儿传递了问候的口信。比尔的意见是，西班牙的道路尽管有些危险的转折和下坡路，还有我们不得不越过的那四道山脉，夜晚开车却比较安全，因为几乎没有大车来往，路上也没有牛羊群，更不大有私人车辆。从地中海把鱼运送到首都去的大卡车和夜间的其他卡车司机全都是熟练的驾驶人员。他们的灯光很适当，很有帮助。我们通常总设法在白天开车，因为我们俩都喜欢观看乡野的景色，但是夜间驶行的意见很正确。我们驶到马德里及时弄点儿东西吃，并假寐上一会儿，然后等安东尼奥醒来时再到医院去看他。

安东尼奥很安逸地在休息。他见到我们很高兴，很快乐。

---

① 阿尔汉布拉宫（the Alhambra）：西班牙南部格拉纳达市内的著名古迹，是十三、十四世纪时摩尔人的一座富丽堂皇的宫殿。

“我知道你们会来，”他说。“我肯定在卡门收到电报前，你们就会到。”

“是怎么一回事？”

“伤口比他们以为的要深；它向上伸入肌肉，比我以为的也要深。恢复健康的问题在于，它刺入了一个老伤口结疤的地方。正在中央。”

“你当时在做什么？”

“总是你自己的过错。我没猜错。”

“是风吗？”

“不错，不过是在另一个斗牛场里。”

他不想多谈它，只说了说伤口的治疗细节和它需要多久才会痊愈。

“别急，”我说。“我会去对马诺洛和卡门说，下午再过来看你。”

“我来送个信给米格尔去。我来写下，卡门可以把它系在一根绳子上从窗外吊下去。”

卡门非常快乐，又因为安东尼奥只受了点轻伤，她哥哥的伤口也很幸运，恢复得很好，感到十分宽慰，因此外表看来，她就和我们生日的那天一样高兴。

安东尼奥写下了他的口信。卡门和那个持剑人米格利略用一根绳子扎着，绳子束在一个开瓶器上，把它向下垂放到米格尔的窗口。口信的内容是这样：那位作家欧 · 海明威很恭敬地请问一声，斗牛士路 · 米 · 多明吉是否同意接见他。它回来了，写着：欢迎，十分乐意，倘若斗牛士安 · 奥多涅斯不怕的话，因为他通过这次接触，可能会从路 · 米 · 多那里过到荨麻症。

路易斯 · 米格尔很健康，愉快而亲切。他的夫人长得很标致，安详而妩媚。我认为不论什么使他心情沉重的事情他全已经摆脱了；他已经把事情想穿，早先的信心又回来了。现在，他并不发愁；安东尼奥的负伤也使他振奋起来。

马拉加周日的九场斗牛，是以路易斯·米格尔和安东尼奥为根据的，因此他们不得不尽可能把节目重新安排好。但是路易斯·米格尔和安东尼奥的阴影却覆盖在那些周日上。所有的斗牛士甚至在他们缺席时都出来想打败他们。也许，这是选择了来打败他们的最好的地方。

第十一章

马拉加集市过去了，“领事馆”里又一片清静，这是很令人愉快的。每天傍晚，表演结束后，我们从斗牛场步行，有时候乘一辆马车，回到米拉马酒店去。那儿的酒吧间和平台朝外望着大海，傍晚总坐满了夏季的游客，市内的阔佬，以及斗牛迷、斗牛士的追随者、斗牛士、经纪人、养牛人、新闻记者、旅游观光的人、垮掉的一代、夏季的男女性变态人、熟人、朋友、贵族、可疑分子、丹吉尔[①]来的走私商人、穿着牛仔裤的正派人士，穿着牛仔裤的不正派人士、老朋友、过去的老友、卖饮料的小贩和一些怪人这么一个大杂烩。它可一点儿也不像潘普洛纳那种健康可爱而又炽热的生活和我们在巴伦西亚的朴实生活，但是这种生活在一定程度上是有趣的、滑稽可笑的。我只喝酒吧间伙计放在酒吧后面一只冰桶里保持阴凉的坎帕纳斯酒。等谈话的声音到了动物园鸟笼里的分贝[②]时，我们总走过去看我们认识的两个小孩在平台较低处、铺有地板的地方舞蹈。那儿，那些坐满人的餐桌朝着大海一直延伸出去。不过等它结束后，我们还是感到宽慰，而且没有人来问你，或者更为时常的是，告诉你一件你看见过、但并不想谈论也不想解释的事，这是一个很大的乐趣。

安东尼奥已经离开了医院。他到路易斯·米格尔的牧场上去，在那儿的斗牛场内进行训练。我们什么也没有听说，只知道如果路易斯·米格尔状态良好，下一场斗牛将在八月十四日举行。安东尼奥在那场斗牛前要下来，到“领事馆”内来训练。

在演出前三天，安东尼奥跟他的朋友伊格纳西奥·安古洛来了。这是一个和他年龄相仿的、很愉快的巴斯克人[③]，我们全管他叫纳特乔。安东尼奥说那条腿根本不妨碍他，不过伤疤组织上的那个伤口恢复得比平常慢。他不能等到跟路易斯·米格尔的下一场对抗赛，不过他不想去想到它，也不想去想到斗牛，更不想去谈论它们。他知道在巴伦西亚斗牛前海滩上的那一天对他有着多大的好处。我们于是到那儿去接着过我们上次没有过完的一天。随后在用完几顿愉快的、无忧无虑的午餐和长时间欢乐的晚餐，又在游完泳酣睡了一觉后，突然已经到斗牛的前一天了。谁也没有提到那场斗牛，后来还是安东尼奥说道，“明儿，我要在市区旅馆里换衣服。”

那是我见到过的一场最了不起的斗牛。路易斯·米格尔和安东尼奥两人全来参加，两人全把它当作他们生活中最重要的一件事。路易斯·米格尔经历了巴伦西亚那次重伤，可是那个伤口结果竟然多么幸运，使他恢复了自信心。那种信心在安东尼奥完美得令人难以相信的演出和雄狮般的冲动与勇气下，曾经受到伤害。安东尼奥在帕尔马-德马喀尔卡被牛抵伤一事表明，他并不是不会受到伤害的。路易斯·米格尔没有看见安东尼奥在巴伦西亚和最后一头牛搏斗时使出的绝招，这是很幸运的。倘若他看到的话，我就不能当真认为他会再要和他同场演出了。路易斯·米格尔并不需要这笔钱，虽然他很爱钱，也很爱钱所能买到的东西。比随便什么对他更重要的是，他相信自己是当代最了不起的斗牛士。他其实已经不再是了，不过他是第二位最了不起的，而那天，说真的，他是很了不起。

---

① 丹吉尔(Tangier)：摩洛哥北部直布罗陀海峡西面的海港城市。
② 表示功率比和声音强度的单位。
③ 欧洲比利牛斯山的古老居民，绝大多数居住在西班牙北部。

安东尼奥抱着在巴伦西亚具有的全部信心来参加这场斗牛。在马喀尔卡发生的事情，对他算不了什么。他犯了一个小错误，跟我也不想多谈。他往后不会再犯了。有很长一段时期，他都肯定自己是一名比路易斯·米格尔优秀的斗牛士。上次在巴伦西亚，他已经证明了这一点。他不能等到这天再来证明一下了。

牛是从胡安·佩德罗·多梅克的牧场上运来的。除了第一头牛外，没有一头显得有什么不同。不过有两头对路易斯·米格尔和安东尼奥以外的任何其他斗牛士可能会不好应付。路易斯·米格尔斗第一头牛时，显得苍白、憔悴，神情疲乏。这头牛很危险，用角两边乱砍。路易斯·米格尔疲乏而优美地支配了它。那不是一头使他可以显得自己很出色的牛，但是他聪明而熟练地应付了它，作了这头牛的情况所允许的那些闪避动作。等他杀牛时，他很稳健地刺入，可是剑向边上滑去，剑头从牛肩胛后面的皮里突了出来。一个短标枪手把他的披风一挥，把剑拔了出来。路易斯·米格尔用他的杀牛剑第一次突入就把牛杀了。我从围墙边上看着，为米格尔的神色感到担忧；我希望他在再使用剑时会稳妥点儿。这一次是一个意外，不过它使我很担忧。

还有一件事使我担忧的就是，在场的那许多摄影记者和电影制片人。他们以前对斗牛场毫无经验。在斗牛士撩拨牛的时候，牛所能见到的任何动作都会分散它的注意，使它冲刺起来，从而打断了斗牛士用红布对牛的控制，使他不知道为什么出现那样的情况。围墙过道里的人全知道这一点，自始至终一直很小心，走动时总把头保持在围墙高度之下，并且遇到牛面对着他们时，总保持绝对地安静。一个没有道德心的或是应受责备的斗牛士靠在斗牛场内的围墙上，可以通过看来是不自觉地轻轻一拂披风，引起牛的注意，使牛朝正预备突上前来杀牛的另一名斗牛士冲去。

安东尼奥的第一头牛出场了。他用披风把它引过去，仿佛他在创造斗牛，而且这次表演从一开始就将是绝对完美的。整个夏天，他一直都是这样斗牛。在马拉加的那天，他再次超越了自己，以猎取、搜索、寻觅、贴紧牛体等做出了充满诗情画意的动作。接下去，他用穆莱塔轻盈而徐缓地像雕塑那样做出了一些闪避动作，使那一整个漫长的回合形成了一个诗篇。他用剑很完美地向前一刺结果了那头牛；剑锋刺进去的地方在死亡凹口下一英寸半的地方。他们给了他两只牛耳；观众还要求把牛尾也给他。

路易斯·米格尔的第二头牛快步跑进场来。我心想如今既然命运转变了，他多么倒霉啊。要让这头牛站定一会儿好朝马冲过去都是困难的；刺进牛身上的长矛并没有使牛稳定下来。我为米格尔感到情况愈来愈糟，他却毫无抱怨地承受着一切。他无法跑去把短标枪插进去，不过他很准确地指挥手下，他要把短标枪插在哪儿。那儿把标枪使牛稍许稳定下来点儿。

路易斯·米格尔用徐缓的两边旋转的低低闪避动作把牛引过去，开始用穆莱塔教导它。他止住了牛快步小跑的倾向，约束住它，使它只会从一处地方向前冲，然后按着他为牛创造的节奏跟着红布行动。他在红布下，高高地闪避开牛，然后右手握着剑，从髋部斜伸出去，开始以低低的、柔和的、晃动的纳图拉尔闪避动作，开始撩拨牛。

路易斯·米格尔身材修长，站得笔直，毫无笑容。他从自己选定了来调教牛的地点一动不动地把穆莱塔对准了牛眼睛的正常水平，这样牛便不会缩起它的脖子。他开始使牛绕着他旋转，那种纳图拉尔闪避动作，是何塞利托会以他的名义表演的。他用一个美妙的胸前闪避动作——使牛角掠过他胸前的一个向左旋转的闪避动作——结束了这一回合，并且让穆莱塔的褶层从牛角到牛尾扫过牛的身体。他让牛站好架势，把穆莱塔在木棒上卷起，瞄准了很高的地方，用他的全部气力一下准确地刺进去。这是这次斗牛中由剑一下刺死的第三头牛。米格尔和这头牛表演得很优美；他不得不挑动它，以便和它搏斗。他把剑收回来了；和剑一起，他的全部信心也回来了。他带着一种不以为然的微笑回进来，谦逊地接受了两只牛耳和牛尾，拿着它们绕场走了一圈。我注意到米格尔走起来时稍许照顾到点儿被第一头牛踏到过的右脚，不过他并不掩饰。我知道他的右腿走起来还有点儿疼；他并不觉得它已经很结实了。真个的，他当时表演得十分美妙。我根本无法比那天更钦佩他了。

我当时认为安东尼奥这一次挥舞披风无法胜过他在撩拨第一头牛时那样。但是他还是胜过了。我从围墙那儿注视着他，设法想到他如何可以那样挥舞，永远那样挥舞，使那个动作如此优美动人。刻画出那种形象，并使每一个闪避动作似乎是持久的，就在于那种贴近和徐缓。不过使它如此动人的，是他注视着死亡由他身旁走过的那种完全自然和那种传统朴实的神气。那种神气就仿佛他正以一种全然上升的格律在监视着死亡，帮助死亡，并使死亡成为自己的伙伴那样。

这一次，他开始先用穆莱塔做了四个了不起的低低的闪避动作，做的时候把右膝和右腿在沙土地上伸出去，以便控制住牛。每一个闪避动作做起来都是一个典范，不过它并不是冷漠的动作。那种动作做得如此贴近，以致每一次闪避开时，牛角总在离他大腿或胸部不足毫米的地方掠过。等牛角过去后，也没有倚靠到牛身上的事。这里并没有什么花招，每一次躲闪都使注视着人和牛的观众呼吸要停上半天。我对于安东尼奥挥舞披风从来不担心；在所有这些绝妙的回合中，我丝毫也不发愁，虽然每一次躲闪对于一个斗牛的人来说，做起来都是真正极端困难与危险的。那头牛很好，比米格尔的那几头好得多。安东尼奥撩拨这头牛很快乐；他跟它一起来了一个完美无缺、十分动人的回合。他并没有让牛继续活上太久，用剑一下彻底刺杀了他的朋友。

到这时候，有四头牛每一头都是给剑一下戳死的，而这次斗牛是一个长时间、逐步走向高潮的过程。他们给了安东尼奥两只牛耳、牛尾，以及一只带蹄子的下半段牛腿。他绕场一圈，悠闲、快乐得就仿佛和我们一块儿呆在游泳池旁。观众要他再接受一次欢迎。他要求路易斯·米格尔和饲养这些牛的胡安·佩德罗·多梅克先生跟他一块儿走出去。

现在，就得看路易斯·米格尔了。他两膝跪地，用一个“拉尔加一坎比亚达”动作把牛引过去，让牛用角几乎刺到他，然后用披风完全摆脱了牛。这头牛很出色；路易斯·米格尔充分利用了它。它给长矛很利落地刺中；路易斯·米格尔迅速把倒钩短标枪也刺进去。我在围墙边上认为他显得很疲乏，不过他并没有在意自己的健康，绝对避免了任何跛行的动作，并且以同样的热情撩拨牛，就仿佛他是一个初次步入斗牛生涯的饥饿的小伙子似的。

他用穆莱塔把牛引到围墙向外一点儿的地方，把背紧贴在围墙木板上，身子坐在围墙内的边沿①上——即环绕围墙内部的那道木板，它使斗牛士可以用脚踏上去翻过围墙——他五次闪避开那头牛，让它冲过他伸出去的右胳膊。那只胳膊用那面摊开的红布向牛指出冲刺的途径。那头牛每次都呼哧呼哧喷着粗气直冲过去，刺中它的倒钩短标枪咔嗒嗒地作响，它的蹄子沉重地踏在沙土地上，牛角贴近米格尔的胳膊掠过。那情形看起来是自杀性的，但是就一头

① 原文为 estribo，西班牙语，指斗牛场矮围墙内、距离地面十八英寸高的一圈边沿，便于帮助斗牛士跃过围墙。

出色的、笔直向前冲的牛而言，那不过是一个相当危险的花招。

在这以后，米格尔把牛往外引到斗牛场中央去，开始用左手做出一些传统的闪避动作。他显得很疲乏，不过很自信，而且他的动作做得十分出色。他左手握着穆莱塔，以优美的风格做了两套八个纳图拉尔闪避动作，然后又一下向右闪避开，牛从后面朝他冲来，竟然抵到了他。从我倚靠在围墙边的地方看去，一只角似乎刺进了他的身体；牛把他扔到了整整六英尺多高的空中。他的胳膊和腿全大张开，穆莱塔和剑全抛出去了。他头触地摔了下来。牛踏到了他身上，想把牛角戳进他身体去，两次都没有戳中。所有的人全把披风张开，冲进了场。这一回是他的哥哥佩培翻过围墙，把米格尔拖开了。

他马上就爬起来。牛角并没有戳进去，只是经过了他两腿之间，把他扔起来，他并没有受伤。

米格尔并没有在意牛对他干下的事，只摆摆手叫大伙儿走开，继续做他的精彩斗牛动作。他把牛抵到他时所做的那个闪避动作又做了一遍，随后又做了一遍，仿佛给自己和牛一个教训似的。接下去，他精确无误地贴近那头牛做了一些其他的闪避动作，对牛方才向他所做的事根本不予重视。他比先前更富有情感，还有点儿耍花招地做着那些闪避动作。观众对这比较欢喜。不过他做的动作干净、利落，丝毫没有那种故意卖弄花招的痕迹。接着，他杀牛杀得很出色，猛地一剑刺进去，仿佛他一生使用剑从没有碰上过什么麻烦似的。他们给了他先前给安东尼奥的一切；他的确应该得到它们。等他绕场一周后，要掩饰他腿有点儿瘸已经不可能了，因为这时候，那条腿已经发僵。他叫安东尼奥出来，和他一起站在场地中央向观众致意。会长吩咐把牛也抬着在场内走上一圈。

五头牛被五剑刺中，全都死去。这时候，最后一头牛进场了。安东尼奥拿着披风向前逼近牛去，开始做出那种长长的、徐缓迷人的闪避动作。这时候，观众中传来的声音一下沉寂下去。接着，观众对每一个闪避动作都欢呼起来。

牛被长矛刺中后，似乎有点儿跛，虽然长矛刺得很恰当。我想在牛试图突破沉重的保护者朝马冲去时，一条前腿微微撞到了长矛上而受了点儿伤。等费雷尔和霍尼把倒钩短标枪插进去后，腿跛的这种现象不见了，或者至少是缓和了，但是等安东尼奥用穆莱塔把牛接过手后，牛在冲刺中还有点儿捉摸不定，常喜欢用前蹄使自己停住，而不是一直冲了过去。

我倚在围墙的木板上，注视着安东尼奥如何撩拨和调教。他从贴近牛的地方接下牛短暂的冲刺，然后很熟练地使牛的冲刺逐步延长。他用穆莱塔的徐缓动作使牛行动，同时使牛缠在红布里，几乎令人感觉不到地延长了牛的冲刺，直到牛最终从相当距离外朝那块红哔叽直冲过来，很凶猛地冲了过去。观众对这种情况一点儿也没有看到。他们只看到一头踌躇不决、不肯冲刺的牲口，变成了一头冲得十分凶猛、似乎极为剽悍的牲口。他们并不知道，如果安东尼奥只是在牛的正面撩拨它，设法让观众看到是牛不肯冲过去，像大多数斗牛士所做的那样，那么牛就决不会冲过去，斗牛士只好做一些半闪避的动作或是突然转向。与此相反，他却教牛好好向前冲刺，用角完完整整地掠过他。他教牛做那件真正危险的事，然后控制住牛，用自己胳膊和手腕巧妙的控制力把牛的冲刺逐步延长，直到他对这头牛像对其他两头容易撩拨的牛那样，也做出了同样像雕塑般优美的闪避动作。这一切全都丝毫没有显露出来。在他对这头牛做完了所有那些了不起的闪避动作，而且是以线条与情感同样纯洁的方式那么贴近，那么适度危险地做完了那些动作后，观众还以为他不过是又抽中了一头了不起的、优越的牛哩。

他和这头牛完成了一个十分优美、感情洋溢的最后回合，在那些长长的、徐缓的闪避动作中，使牛完全处在他的控制之下，而在任何一个那种闪避动作中，倘使他一时匆忙，或者甚至稍许突兀，牛都会在冲刺中突向前来，撇开红布，直戳到他。这种斗牛方式是世上最危险的。在斗最后这头牛时，他全面传授了该如何做好这一点。

剩下来只有一件事他得做了。他得绝对完美地把牛杀了，自己不去利用一下有利的形势，也不把剑刺入的地点稍许降低一点儿，或是微微偏向一边，尽管那么做，剑还是会刺进去，不过不大有刺中骨头的危险。因此，等他卷起穆莱塔，用剑瞄准时，他正对着肩胛骨之间的那个凹口高处，从角上面刺进去，左手放得很低，用那块红布指引着。他和牛形成了一堆坚固的物体。等他在牛角上面退出后，牛已经被那柄致命的长钢剑一直刺到了剑柄，主动脉已经给切断了。安东尼奥注视着牛在一个四腿痉挛、摇摇晃晃的滚动中轰的一声倒地。第二场决斗结束了。

观众的那阵歇斯底里还没有结束，牛耳、牛尾、牛蹄子、牛被抬着绕场一周；两个斗牛士和把牛从牧场送到斗牛场来的多梅克的主要牧场主也以胜利者的姿态绕场一周——他们这时候被观众抬在肩上，送到米拉马酒店去。随后，有一些事后的总结，有那种在一场大斗牛后的空虚的、净化了的情绪，还有我们互相所说的话，以及那天晚上在“领事馆”的晚餐。第二天清早，我们搭乘一架包机到法国巴荣纳[1]的斗牛场去，倘若一切顺利的话，把那套演出再重复一遍。统计资料通过电报和无线电先就传过去了：十只牛耳、四

① 巴荣纳(Bayonne)：法国西南部的一处海港城市，在比斯开湾上。

条牛尾，两只牛蹄。但是这些全没有什么意义。重要的是，这郎舅两人在一场几乎完美无缺的斗牛中演出，一点儿也没有受到人们的任何阴谋诡计，或是经纪人或赞助人不正当花招的损害。

第十二章

清晨从马拉加飞行，越过大山和拉曼查与卡斯蒂列的高原，是十分壮丽的，而看到那许多陡峻、断裂的山脉，使我意识到，若驾车驶行，那该是一条多么美好的道路。我们还没有在马德里着陆、动身去法国前，有一段时间我无法像我该做的那样，好好欣赏那片黄土乡野以及它的一条条道路和褐色镇市，因为飞机正副驾驶员让路易斯·米格尔和安东尼奥坐在他们的座位上。据我知道，那时候他们两人谁也没有驾驶执照。我不知道有哪个其他的国家会出现这样的情况。论点显然是，一名斗牛士什么事都可以做。我汗流浃背地飞越过了不同的高度，在飞机突然偏离时则向下望着很不友好的地面，直到驾驶员又接过手去。

比亚里茨的机场是新建成的，设计得很好，绿化也保持得很美。当时正下着大雨，还有一场从比斯开湾刮来的暴风，所以到下午，等太阳出来时，巴荣纳洋溢着清新的气息，到处都新冲洗过。镇上挤满了人；旅馆里只有一间房。我和安东尼奥就住下了。我们安排好，等他斗完牛离开后，我就接下那间房。他下一天得到西班牙西海岸的桑坦德[1]去表演，然后往前到雷亚尔城[2]去。八月十七日，他和路易斯·米格尔要在那儿再举行一次面对面的决斗。我要在巴荣纳呆一晚，观看十六日安东尼奥在桑坦德斗牛时，路易斯·米格尔在当地的斗牛，然后和米格尔一块儿飞往马德里，再往前到雷亚尔城去。

斗牛场的票子好几天前就售完了。沙土地又湿又沉，虽然阳光灿烂，天色却灰蒙蒙的。按照第一流标准来看，那几头牛全比较矮小。有些牛角曾经给那么严重地削短过，然后重新弄尖、磨光，使它们看来好像是自然的，因此不可能使我把这场斗牛看作是这两个人之间的一次真正的考验。

路易斯·米格尔因为在马拉加被抛起来，膝部跌伤，关节发僵。那一夜竟然变得更僵，而乘飞机长途飞行也没使他稍许好点儿。他对自己的腿没有信心，而他已经丧失了安全感，这一点他也知道。他只能尽量做出正常地把牛杀死的样子。他的两头牛很不好应付，而他对待这种牛的熟练技巧已经不复存在。他的第二头牛分外出色。他打起精神面对着那份危险与痛苦，把披风挥舞得十分精彩，然后和牛演出了一个绝佳的回合，并且以观众喜爱并指望他做的那些花招结束了那一个回合。他用穆莱塔表演了这种种活儿，显得很镇定。很快他就变得真正地可悲，虽然当时没有几个人知道这一点，不过他设法决不跛行，也不在任何一头牛身上去找借口。路易斯·米格尔弯着胳膊用剑几乎是垂直地刺进去，杀了他的唯一的一头好牛。他剑刺进得恰到好处；他们把两只牛耳都给了他。对最后一头牛，他什么也没有做，只是很英勇地忍受着痛苦，极力独自承当。我很替他难受，因为我相信他在马拉加已经到达他自己决不能再到达的巅峰了。

安东尼奥在撩拨他的三头牛方面毫不容情地击败了他。他有两头牛比米格尔的好，可是在米格尔对一头劣质牛第一次表演得十分糟糕后，安东尼奥加倍卖力，仿佛他是一名赛车手，正超越一个丧失能力的竞争对手似的。他用披风、穆莱塔和剑做出了另一场辉煌

---

① 桑坦德(Santander)：西班牙北部海港城市。

② 雷亚尔城(Ciudad Real)：西班牙雷亚尔城省的省会，在马德里以南一百零五英里。

卓越的表演。他割下了两只牛耳。因为路易斯·米格尔在下一头牛身上以优良的演出对他的表演作出了反应，也割下了两只牛耳，安东尼奥在下一头牛身上加快了步伐，以任何斗牛士都赶不上的表演使米格尔束手无策。他花了比击败米格尔需要的四倍气力来击败米格尔。等他用剑一下就高高地刺中了牛的肩胛骨之间，结果了牛后，他又割下了两只牛耳，还割下了牛尾。我从围墙边上可以看到，他把剑稍许放低一点儿，以便刺准。但是他的侧面靠得很近，他张开嘴深深地吸进了一口气，然后猛地一下从牛角上面一剑刺进去。

最后，等米格尔在末了的一头牛身上表演得很糟糕后，安东尼奥变得冷酷无情了。他使自己的最后一场表演更加完美，使它甚至更加扎实、更加危险，又增加了几手他知道观众会喜欢的招式，然后设法刺入那个致命凹口的最高处。他刺中了骨头，又试了一次，刺中了。那头牛就像前一天的最后那头牛那样死了。他割下了两只牛耳。等我回到旅馆房间时，他已经到桑坦德去了，留下了一双泥糊糊的斗牛鞋扔在浴室地上。

下一天傍晚，我们和米格尔，以及前一天午餐时我会见过的米格尔的一些老朋友，坐在迷人的比亚里茨机场露台上，在漫长的暮色中喝酒，然后乘包机飞往马德里去。下一天，路易斯·米格尔和安东尼奥要在雷亚尔城再面对面决斗上一场。雷亚尔城在马德里以南一百九十六公里，在拉曼查的边境上。这些全都是很激烈的搏斗，不过这一场会是很糟糕的，因为这是四天里的第三场面对面决斗。下一天，安东尼奥就要到西班牙很远的北部，巴斯克乡野里的毕尔巴鄂去表演，而米格尔则要在再下一天到那儿去表演。大伙儿全都很劳累；我们都睡着了，直到我们感到飞机在巴拉哈斯降落。

自从在潘普洛纳开始，霍奇和安东尼奥一直在变换身份，安东尼奥对于自己有两个独特的身份感到很得意。一个是人，另一个是斗牛士。遇到他在他的私人生活中想要休息时，他就跟霍奇变换一下身份。他管霍奇叫作佩卡斯或埃尔·佩卡斯，也就是说“雀斑脸”。他很钦佩霍奇，而霍奇也很喜欢他。

“佩卡斯，”他总这么说。“你就是安东尼奥。”

“好，佩卡斯，”霍奇总这么回答。“你最好就着手为老爹的故事写那个电影剧本。”

“告诉他，我这会儿正在写。已经完成了一半，”安东尼奥总这么对我说。“我今儿写得多辛苦，还去打了棒球。”

在斗牛当天的午夜时分，安东尼奥总说，“现在，你又是佩卡斯。我现在又是安东尼奥了。你乐意从今往后就做安东尼奥吗？”

“告诉他，他可以做安东尼奥，”霍奇总这么说。“就我来讲，这完全没有问题。不过也许我们最好把表校校准，以便确定。”

我们要去观看的在雷亚尔城举行的面对面决斗的那天，时间已经早过午夜。安东尼奥预备让霍奇在他的房间里穿上一身他的服装，把他领进斗牛场去，作为替补斗牛士。万一路易斯·米格尔和安东尼奥都受了伤，替补斗牛士就得去把牛杀了。他想让霍奇在斗牛的那天和斗牛的时刻当一天或者好歹至少是当一会儿安东尼奥。这是绝对不合法的。我不知道要是有人认出了霍奇，惩罚会多么严重。当然，他并不会当真就是那个替补斗牛士，但是安东尼奥要他认为他就是。他要进场替安东尼奥作为一名额外的短标枪手。大家都会以为他是那个替补杀手。

“你想做吗，佩卡斯？”安东尼奥问霍奇。

“自然啦，”霍奇说。“谁会不乐意呢？”

“这真是我的佩卡斯。你瞧我为什么喜欢做佩卡斯？谁会不乐意做呢？”

在那家楼梯狭窄、房间里既没有淋浴设备也没有澡盆的黑暗的老旅馆里，我们在拥挤、嘈杂的餐厅内吃了一顿美味的乡村饭菜。雷亚尔城人山人海，尽是从四周村子里赶来的人。它是在那一大片酿酒区的边沿上；人们很热情，酒喝得很凶。霍奇和安东尼奥在安东尼奥的小房间里换好服装。那是我见到过的为一场斗牛所做的最轻松愉快的准备工作。米格利略正在帮他们两人换衣服。

“我究竟该做点儿什么？”霍奇问。

“到了我们等着出场的时候，我做什么，你就做什么。胡安会安顿好你，照料着你不出问题。然后按着我们那样进场；我做什么，你也做什么。接下去，待在围墙后边，跟老爹站在一块儿。他说什么，你就做什么。”

“要是我不得不杀牛，那我怎么办？”

“这是什么样的态度？”

“我只是想要知道。”

“老爹会用英语告诉你究竟该做点儿什么。你怎么会有什么困难呢？老爹会注意到我做错了的或是米格尔做错了的随便什么事。这是他的本职。这也是他怎样挣钱的。接着，他就会告诉你，我们什么地方做错了。你就仔细听着，不要那样做。随后，他会告诉你该怎样杀牛；你就照他说的那样做。”

“记住，你决不可以在第一次出场时就使斗牛士们显得很糟糕，佩卡斯，”我说。“那将是不友好的。至少得等到你加入了工会。”

“我现在可以加入工会吗？”霍奇问。“我皮夹子里有钱。”

“别想到钱，”我把那句话翻译完后，安东尼奥这么说。“别为工会或任何商业性组织烦心。只想到你会多么了不起，以及我们对你感到的骄傲与信任。”

最后，我让他们两人去相互表示忠忱，下楼看看其他的人去了。

等他们下楼来后，安东尼奥一脸斗牛前的那种阴沉冷漠、聚精会神的神气，两眼半张半闭，不去看所有外界的人。霍奇的满是雀斑的脸和第二垒守垒员的侧面神气，看来就像一个老练的见习斗牛士面对着他的第一个大机会那样。他忧郁地朝我点点头。谁也不能说他不是一名斗牛士。安东尼奥的那身服装他穿着正合身。

随后，我们到了斗牛场里，在看台的弓形结构下、那扇红门前面粉白的砖墙旁边等候着。霍奇背对砖墙，站在安东尼奥和路易斯·米格尔之间，显得十分地道。

演出已经对安东尼奥产生了一定的影响。他使自己显得若无其事。这是在门打开前他惯常显得的那种神气。各种斗牛早就总给路易斯·米格尔带来不良的影响了。自从马拉加以后，他总比较紧张。

我绕了一圈，看看长矛手怎样跨上马，然后我知道我必须走出大门，在过道里绕过斗牛场，走到该和米格利略会合的地方，因为他总把用具放在那儿，我要等入场式结束后，在那儿等候安东尼奥和霍奇。我跟短标枪手、路易斯·米格尔和安东尼奥说了几句。

有人走到我面前来，问道，“谁是替补斗牛士？”

“埃尔·佩卡斯，”我说。

“啊，”他点点头。

“Suerte[1]，佩卡斯，”我对霍奇说。

他微微点点头。他也想显得若无其事的样子。

我绕着斗牛场走过去，到了米格利略和他的助手正在把斗牛披风和没有拔出鞘的剑摆出来，又把穆莱塔卷起，把螺钉旋转进穆莱塔的木棒去的地方。我从水壶里喝了一口水，看到场内大概不会客满。

“佩卡斯怎么样？”米格利略问我。

“在小教堂里为其他斗牛士的健康祈祷，”我说。

“照护着他，”多明戈·多明吉对我说。“随便哪头牛都会跳。”

入场式开始了。我们全注视着佩卡斯。他以恰如其分的谦虚和平静自信的神态大步走着。我把目光从他转向米格尔，看看他是否一跛一跛地在走。他并没有。他看上去很不错，很自信，不过他看到斗牛场内有些地方有空位子时，脸上显得很黯淡。安东尼奥进场时，显得像一个征服者。他看到了那些空位子，顿时就把它们摆脱开。

霍奇走进过道来，被我叫住了。

“我现在做点儿什么呢？”他低声问。

“紧跟着我，显得聪明而有所准备，不过不要太热切。”

“我算认识你吗？”

“不太熟悉。我看过你斗牛。可你并不是个老伙伴。”

路易斯·米格尔的第一头牛冲进场来。他从一头小，一头中和一头大这么几头牛中先让中等个儿的那一头进场。他握着披风避开牛，似乎并没照顾他那条受伤的腿。观众对每一个闪避动作都大声

---

① 西班牙语，意思是，“祝你好运！”

欢呼。

路易斯·米格尔正用穆莱塔在场上我们前面的地方撩拨那头牛。他开始时很不错，风度很好，接着一招一式变得更好，很快就要变得非常好了，这时候牛因为被长矛刺中了太多次，出了不少血，开始在他面前衰弱下去。长矛使牛流了不少血，不过并没有使牛的颈部肌肉劳累。路易斯·米格尔不得不刺了七次，最后用杀牛剑第二次一刺才杀死了它。

“这是怎么回事？”霍奇问。

“原因很多，”我说。“部分是牛的过失；部分是他的。”

“他是不是会就变成这样，不能再杀牛啦？”

“我不知道。牛一点儿也没有帮助他，不过他也不能让左手低下去。他无法猛地一下刺进去。”

“让左手稍许低下点儿，为什么很困难呢？”

“有送命的危险。”

“我明白啦，”霍奇说。

安东尼奥的第一头牛出来了。他用那种徐缓、优美的挥舞披风动作撩拨它。但是他首先斗的是他的那头小牛。观众并不认真看待这头牛。那天的牛是萨拉曼加的加梅罗·西维科斯提供的。它们是一群大小不一的牛：两头小的、一头相当大的和三头中等个儿的。安东尼奥看到自己用穆莱塔开始对那头牛做一些第一流的撩拨动作，并且让观众看到一些地道的闪避动作后，他们还是并不认真看待那头牛，他就改用会使任何一头牛都显得很好的马诺莱特闪避动作，并且在他闪避开牛时朝外望着观众，做出了全套的马诺莱特常规动作。他稍许偏向一边，低低地一剑刺进去，把牛杀了。他们给了他一只牛耳。

路易斯·米格尔的下一头牛很大，很剽悍。它第一次冲刺就把马撞翻了。长矛手竭尽全力遏止住它的那股冲劲和斗志。牛受了重伤，可只插进去了一副倒钩短标枪。

路易斯·米格尔在这头牛已经受到重创后，接过了这头牛，设法和它好好表演了一个精彩的回合。他做了几个绝佳的闪避动作，不过除了几个旋转动作外，他无法把那些动作连接起来，而在他引着牛绕圈时，自己为了站稳，似乎差点儿靠到了牛身上。

路易斯·米格尔结束得很好。他把剑一下直刺到了剑柄，然后用杀牛剑第一下就割断了脊骨骨髓。他们给了他一只牛耳。他拿着牛耳绕场一圈，然后站在场中央向观众致意。有一部分观众并不热情，并且显露出来了。

安东尼奥到了外边沙土地上，用披风做起了那种徐缓的、迷人的动作。那头牛冲得又快又直，而那件披风很精致地拿着，在牛飞快冲刺过来前恰恰差几毫米的地方被风吹开、鼓起，并在探索的牛角前移开。安东尼奥十分小心地与长矛手配合来对付这头牛，在使用倒钩短标枪方面也分外小心。他用穆莱塔开始做了四个闪避动作，身体站得笔直，两腿并在一起，活像一尊塑像，从牛的第一次冲刺到牛用牛角第四次在穆莱塔下擦过安东尼奥的胸部为止，始终没有移动。音乐奏了起来，他开始使牛以徐缓的、不足一半的圆形绕着他转，接下去是半圆形，然后是全圆形。

“这样做根本不可能，”霍奇说。

“他可以让牛转一圈半。”

“他没给路易斯·米格尔留下多少余地。”

“米格尔腿好了后就没问题啦，”我说，而且也希望这是实话。

“不过这对他可有影响，”霍奇说。“瞧瞧他脸上的神气。”

“这是一头非常好的牛，”我说。

“那是一件别的事，”霍奇说。“安东尼奥不是一般人。他老做出一些一般人不能做的事。瞧瞧路易斯·米格尔脸上的神气。”

我看了看，那张脸显得平静、黯淡、十分不安。

“他见鬼啦，”霍奇说。

安东尼奥表演完了，让牛摆好架势站定，瞄了瞄准，深深地吸了一口气，然后从牛角上面一剑刺进去，穆莱塔放得很低，拖曳着。他用剑一下刺进去，一直刺到剑柄圆头，把牛杀了。牛侧身倒下，死了。他们割下了两只牛耳和牛尾，把它们全都给了他。他走到我们身边来，咧开嘴朝我笑笑，又望望霍奇，仿佛没有看见他那样。我走过去对他说话。

“告诉佩卡斯，他看上去很了不起。”最后这句话他是用英语说的。“你有没有告诉他怎样杀牛？”

“还没有。”

“告诉他。”

我回到霍奇身旁去。我们看着路易斯·米格尔的牛出场。那是他的一头小牛。

“安东尼奥说了些什么话？”

“他说你看上去很了不起。”

“这很容易，”霍奇说。“还说了些什么别的？”

“叫我教你怎样杀牛。”

“知道这一点倒很有用。你认为我得杀牛吗？”

“我并不认为你得杀，除非你想要花钱把后备的牛杀了。”

“那得花多少钱？”

“四万比塞塔。”

“我可以用我的就餐俱乐部卡付款吗？”

“在雷亚尔城不成。”

“那么我最好放过这个机会，”霍奇说。“我身上带的现金从不超过二十美元。人们在沿海一带学会了这一点。”

“我可以把钱借给你。”

“这没关系，老爹。我只在非得替安东尼奥杀牛时才杀。”

路易斯·米格尔正独个儿在离开我们几步以外的地方撩拨牛。他和牛全都很尽力，不过在安东尼奥表演完毕后，他和牛都只能唤起他们的私人朋友的注意。牛的私人朋友又不在场。它只是在让人看到一头体格健壮、合乎标准的萨拉曼卡良种牛该怎样行动；米格尔则是在让人看到，他和曼诺莱特过去怎样在一头米乌拉牛把颈子伸得太长想结果曼诺莱特前，总用那个事先安排好的东西使牛吓得恢复常态。牛感到厌倦了，从本来那种半蛮牛的状态变得疲乏、绝望。它把舌头吐出来，照办了根据契约它该办的事，这时候需要剑作为一件礼物来结果它了。但是路易斯·米格尔在让牛站定然后刺杀它以前，又强迫牛做了四个曼诺莱特式动作。他一条腿拖曳着，并没有十分自信地突上前去。那把剑落出来。他振作起精神，很熟练地刺进去。牛由于疲乏，又由于绝望，瘫倒下。它还感到一件新鲜事：有一把剑部分刺入了它。路易斯做了他生来该做的一切；大伙儿全都感到很失望。

“路易斯·米格尔看来状态不很好，”霍奇说。“他在马拉加那么精妙绝伦。”

“他今儿不该出场的，”我说。“但是他想通过表演，来摆脱眼下的这种状态。他在巴伦西亚险些儿送了命。在马拉加又差一点儿。那头大牛今儿也差点儿刺中了他。他现在可以说是变得心事重重。”

“他为了什么心事重重？”

“死，”我说。要是你说得声音很低，又用英语说，那没什么关系。“安东尼奥代他把死藏在衣袋里四处行动。”

安东尼奥最后一次出场，和他最大的那头牛搏斗。他对米格尔像一贯的那样冷漠无情。他的挥舞披风的动作具有同样的魅力，而且越舞越贴近，越缓慢，越令人难以相信。观众并不理解，不过他们相信。任何其他的挥舞披风动作，对他们都不会再具有同样的意义了。安东尼奥使牛保持良好的状态，接受穆莱塔的撩拨。接下去，他让观众看了种种了不起的闪避动作，以及这些动作应该怎么做。他把这些动作做得愈来愈贴近身体，到后来似乎没有人能使牛角比他那样更贴近自己的身体了。他让牛绕着他的身体转，直到他浑身上下都给牛血浸湿，一只伸出去的胳膊控制住牛的冲刺。他做了米格尔所能做的那些闪避动作，把随着马诺莱特在利纳雷斯[①]消失的那种危险与感情又全带回来了。他知道它们并不像过去的那些闪避动作那么危险，不过他注入了那些动作本身具有的一切，还超过了它。

安东尼奥在牛前面慢慢地把穆莱塔卷起来，用剑瞄准了肩胛骨之间最高的部位，张开噘起的嘴唇，深深吸了一口气，迅猛而坚实地从牛角上面刺进去。等他的手心触到那个黑肩部的顶上时，牛已经死了。他站到一旁，望着牛，抬起右手。牛腿在身体下瘫下。牛摇晃了晃，砰的一声倒下了。

“好，你用不着杀啦，”我对霍奇说。

米格尔站在那儿，望着斗牛场那边，并没有在看什么。观众中出现了通常的那阵歇斯底里，身上带有手绢的人全在挥舞手绢，直到两只牛耳全给割下，接着又割下了牛尾，最后还割下了一只蹄子。一只牛耳通常总意味着会长把这头牛给了斗牛士，让他把牛肉

---

① 利纳雷斯(Linares)：西班牙南部一座城市，在哈恩市东北二十三英里。

卖却。其余的切割全都是多余的，只是作为判断一场胜利规模的标准。但是现在，这一点和许多其他对斗牛没有好处的事情一样，已经被确定下来。

安东尼奥招呼霍奇到他面前去。

“朝前走出去，跟着全体人员一块儿走，”我说。霍奇大步慢慢跑出去，跟霍尼、费雷尔和胡安一起，谦逊而得体地跟着安东尼奥绕场走了一圈。那是有点儿不合常规的，可是安东尼奥邀请了他。他为了保持一个替补斗牛士的尊严，既不把帽子扔回去，也不把雪茄烟留下。望着他的人没有几个会怀疑，倘若先前有必要的话，他，“埃尔 · 佩卡斯”，会有能力接过斗牛。这一点从他诚实的、有雀斑的脸上闪耀出来了。你从他走动的方式上就可以看出来。在整个广场上，只有路易斯 · 米格尔注意到，他没有戴辫子。但是如果他跟牛交锋起来，那么在牛做出第一次行动后，没有人会注意到他没有辫子。他们会以为他第一次腾到空中时，辫子就落下了。

等比尔和我走上楼梯，到了旅馆那个小房间里时，安东尼奥已经浸在牛血里。米格利略正在把他的裤子脱下，他的长燕尾的亚麻布衬衫已经被牛血浸得湿透，沉重地紧贴在肚子和大腿上。“穿着衬衫很不好受，老爹，”安东尼奥对我说，

那天晚上，他在马德里吃完饭后，就要驱车到毕尔西鄂去，在那儿安歇，然后第二天下午演出。我们将在毕尔西鄂的卡尔顿大饭店里会合。

安东尼奥这时候想到毕尔西鄂去，因为毕尔西鄂的公众是西班牙最难讨好的。那儿的牛是最大的，公众也是最严厉、最苛刻的，因此谁也不能说，一九五九年的这个斗牛季节有什么地方是令人怀疑的、不可靠的或引起人疑心的。他这一季的表演是何塞利托和贝

尔蒙特以后没有一个斗牛士曾经和地道的牛这样表演过的。要是路易斯·米格尔也想去，那很好。不过那将是一次危险的旅程。假如路易斯·米格尔是由他父亲当经纪人（他为人精明世故、玩世不恭，很知道形势），而不是由他的两个糟透了的哥哥操纵（他们需要在他和安东尼奥的每次演出中都拿到百分之十的收入），那么他就决不会到毕尔西鄂去把自己毁掉。

第十三章

我们从马德里出发得很晚，但是我们管它叫“拉巴拉塔”（便易货）的那辆兰西亚车子令人惊奇地为我们争取了时间，很快就驶完了北上的那条熟悉的道路。我们在布尔戈斯那家老客店停下，以便我们以前的司机马里奥可以尝一下镇外卡斯蒂列高山中山涧里的鳟鱼。马里奥是在雷亚尔城的那场面对面决斗前驾驶着那辆兰西亚从意大利的乌迪内驶来的。那些鳟鱼闪闪发亮，有些斑点，新鲜、肥美，肉很坚实。你可以到厨房里去，挑选出自己的鳟鱼和鹁鸡来。酒是盛在石罐子里送上来的。我们还吃了那种美味的布尔戈斯干酪。从前，我从西班牙乘三等火车回家时，总把这种干酪带去给巴黎的葛特鲁德·斯泰因①。

马里奥从布尔戈斯到毕尔巴鄂驶行得很快。他是一个赛车手，所以从理论上讲，是很安全的，但是当我望着速度计录表时，它可以叫我身上出汗。“拉巴拉塔”上有三种喇叭。一种表示打开，我们这就要穿过。它起了很好的作用，不过在我们驶过去后，我常看见驴子、山羊和它们的主人仍旧注视着等候火车驶过。

毕尔巴鄂是一个工业和造船业的镇市，坐落在一条河畔一个杯形的山谷里。它很大，既富庶又充实，气候并不炎热、潮湿，也不寒冷、潮湿。从镇上往外，有一片很美的乡野；那些向外深入乡野的、潮水倒灌的小河全很可爱。它是一座大金融镇市和运动镇市。我在那儿有许多朋友。除了科尔多瓦外，它在八月里会比西班牙的任何地方都炎热。这一天，它很热，不过还不算太热，天气晴朗，宽阔的街道上看过去很欢畅。

卡尔顿是一家上等旅馆，我们都获得了很好的房间。毕尔巴鄂的周日是很充实，很繁忙，很花钱的。西班牙没有其他的城市像它那样。斗牛士们全都穿外衣，打领带。我们在路上走了那么久，以致我们到了那间时髦的小门厅里觉得不大相称，不过“拉巴拉塔”挽救了我们的社会地位。它是镇上最漂亮的汽车。

安东尼奥的心情和我们离开他时一样欢快。他喜欢毕尔巴鄂。当地的闷热和过分繁荣根本不使他烦扰。这儿，谁也不能走进斗牛场内的过道去。他们甚至把前一天在那儿斗牛、下一天还要在那儿斗的斗牛士也领出去。显然，这儿比西班牙任何其他地方都更讲究法制与权力；警察喜欢让我们绕着斗牛场整整走上一圈而不是由过去常用的、显然切合实际的入口进场。

我们终于找到了我们的座位。坐在座位上看斗牛，而不是从围墙边上看，实在很别扭。安东尼奥像在整个斗牛季节里所做的那样，施展出了各种招式，对两头牛全都撩拨得异常出色。两头牛他全都割下了两只牛耳。在毕尔巴鄂，这是允许割下的最多的器官。他表演得完美、自然，一切看来全都简单、容易。他以同样的自在与果断的作风把牛杀了。

安东尼奥使观众心醉神迷，深深被打动了。坐在我身旁的一个人说，“他把早已完全消失了的、我过去对斗牛的感情，又带回来了。”安东尼奥对自己的牛很高兴。他能够把这份高兴传给观众；他们也和他一起十分高兴。那就仿佛一切对大伙儿都变得美好而朴实了。

---

① 葛特鲁德·斯泰因（Gertrude Stein 1874—1946）：美国先锋派女作家，一九〇三年后移居巴黎。

下一天，路易斯·米格尔的演出是一件令人非常失望的事。他开始时表演得很好，用披风对第一头牛做了几个闪避动作后，又做了两个优美的贝罗尼卡。那几个闪避动作不只是过得去，实际上还相当好。在跟安东尼奥的竞争中，他的挥舞披风的动作不断地进步，而在演出的初期，他显得坚定、稳妥。那头牛是中等大小的。撩拨它并不错，不过也不是很容易显出长处的。米格尔并不显得很快乐，但是也没有显得不快。他两次都刺在骨头上，虽然他刺得很出色，接着他把剑刺进去了大约四分之三；牛死了。

他的第二头牛很大，角也很锋利。路易斯·米格尔保持了出色的挥舞披风的动作，但是这头牛并不很容易应付，具有很大的潜在危险性。它对马的冲刺有点儿踌躇不决，而长矛手在用长矛刺它时也踌躇不决。最后，那头牛看起来仿佛会昂起头冲到路易斯·米格尔的面前来，难以应付，实际上又没有给长矛刺到。因此，最后那名长矛手接过牛去，实际上是靠到了牛身上，尽力使牛旋转，拼命地刺牛。他只可能是奉命才那么做的。

那头牛来到了路易斯·米格尔面前，比第一次面对着马儿时还不好应付。路易斯·米格尔表演得很聪明，不过这时候却为自己的腿烦心起来。他设法控制住那头牛，使它站定，再摆脱它。牛一直在红布下寻找他。路易斯·米格尔谨慎小心、缺乏自信地两次突向前去。牛是不可以信任的。路易斯·米格尔的那条腿在闪避开时拖曳着。在第三次尝试时，他把大半截剑身刺了进去，但是刺中的却是一处致命的地方；牛瘫倒下。观众感到很失望，并显露出来。

大伙儿都为路易斯·米格尔觉得不好受，可是他的大夫塔马梅斯却觉得糟透了。米格尔在巴伦西亚所受的伤一直使他烦心，而伤口的疼痛、麻木、断断续续的发作，使那个伤口和他当时受伤的环境，回到了他的思想里。在马拉加表现出的那种信心不见了；他在马拉加被抛起摔伤的那条腿，他越多去使用，就变得越糟糕。损伤是在半月形软骨里，就是一个足球运动员受到的那种，要是他被人从侧面猛撞一下的话，或是一个棒球运动员受到的那种，要是他把穿着钉鞋的一条腿伸进一个垒去又给人扔出来的话。塔马梅斯正设法在用超声波抑制住半月形软骨的炎症。如果炎症得不到抑制，反而变得更为严重，那么膝部可能会意想不到地锁住。那一来就会送了路易斯·米格尔的命。要是那块软骨给去掉，他有三到六个星期可能不好走动，他的斗牛士生涯可能就结束了，这总是有可能的，虽然不是极有可能。到那时为止，那块软骨并没有变得很糟，或是由于使用和刺激而对腿上的两根主要骨头造成足够的伤害，使锁住成为即将出现的情况。然而，它却是痛苦的，它破坏了路易斯·米格尔的信心。

我为路易斯·米格尔感到很发愁。但是他坚持要把跟安东尼奥的决斗继续下去。在看了他最后这次演出，并且想起从巴伦西亚那次决斗以来，他们间每次决斗所出现的情况，我深信，这种决斗的结果只会是路易斯·米格尔送了性命或者彻底毁了，不能再做斗牛士了。我看到安东尼奥演出的方式，以及他的绝对自信与精湛的手法，我不能不承认，他再次被牛抵伤是不可能的。我总为他捏着一把汗一直到最后。但是他这时候会被抵伤的情况并没有出现，尽管所有的抵伤事先几乎总有预兆，而从心理上、体力上和策略上看，我都看不到这种预兆。他正处在涨潮、泛滥、才气“横溢”的明白无误阶段。不过才气“横溢”是他现在正常的状态；他所做的一切都是规则规定他应该做的。那就是说，一招一式做得十分完善，既徐缓又优美，而且总是极端危险的。但是他能够十分出色地驾御所有的牛，以致一切对他似乎都很容易，而他把对死的恐惧抛开以后，便获得了什么，似乎武装了他。

不过毕尔巴鄂集市日对安东尼奥很危险，因为安东尼奥在那儿有太多阔绰和重要的朋友了，而且那儿的社交生活也太丰富。那可不是马德里的那种阴险的社交生活。但是他晚上睡得太晚。我们没有时间做那种很不错的、令人感到疲劳的体操，也没有那种耗费体力的短途旅行来取代那种体操使斗牛士好好入睡。

这一点在他和路易斯·米格尔最后一次决斗前一天的表演中，就显露出来了。他的两头牛任何一头都不好；最后一头牛在演出的过程中眼睛几乎变瞎了，所以冲进斗牛场时，实际上并看不太清。两头牛一头也不适合出色的披风撩拨动作，更不适合用穆莱塔和它表演一个适当的精彩回合。第一头牛很危险，喜欢慢步跑，而且一直在红布下面寻找斗牛士。那是一头用披风撩拨时不可信任的牛。不过当安东尼奥用披风闪避开牛时，他和牛之间的空隙要比倘若他午夜才就寝的空隙大一点儿。

有两天，毕尔巴鄂上午一直在下雨，随后到斗牛时又晴朗起来。毕尔巴鄂斗牛场排水设备很好。他们建造这座斗牛场时，知道自己具有什么气候和需要哪种沙土。那一天，场地表面很湿，不过并不滑，尽管到中午时候看来，就仿佛这场演出会因为下雨而被取消。但是最终太阳出来了，接着气候就变得分外湿热，不断有浮云掠过。

路易斯·米格尔接受了塔马梅斯给予他的治疗后，觉得好了些，不过他情绪沮丧、心事重重。一年前的这一天，他父亲患了癌症，忍受着莫大的痛苦去世了。路易斯·米格尔在想到这件事和许多其他的事情。他像惯常的那样，总是谦恭有礼，不过在逆境中他变得平和多了。他知道在前几次和安东尼奥的重大决斗中，自己都险些儿送了命。他知道这些帕尔阿斯牛决不像从前的。从前的帕尔阿斯牛全是特大的米乌拉斯牛。他也知道这个镇市不是利纳雷斯。但是积累起的事情实在太多，而且他运气也不好。活着做世上他这行业中的第一号斗牛士，并且一生都抱着这个作为唯一真正的信念，这可是一回事。每次他登场想证明自己是第一号斗牛士总险些儿送了命，同时知道，只有自己最阔绰、最有影响的朋友、许多妩媚的女人和已经有二十五年没有在西班牙看过一场斗牛的巴勃罗·毕加索[1]仍旧相信他是第一号斗牛士，这是另一回事。最重要的是：他自己要相信。如果他自己相信，并且能使自己的信念成为事实，那么别人就全都会回来。他身心受到损伤，这可不是使自己的信念实现的一个好日子。但是他要试一下，也许他在马拉加过去创造的奇迹会再出现。

安东尼奥在房间里镇定、自在，像一头豹子那样睡在床上被单下休息。我们只待了一会儿，因为我要他休息。不过大伙儿都很快乐，像整个夏天那样。

楼下，在主要的一层楼里，酒吧间和餐厅全坐得满满的，还有许多人在等候餐桌空出来。我们最终跟许多老朋友和新朋友在一张大餐桌上共同进餐。多明戈·多明吉告诉我，他认为这些帕尔阿斯牛会比巴伦西亚的那几头好得多。有两头重量稍许轻点儿，不过看上去比实际上要大。它们配成了相当均匀的一组组。路易斯·米格尔首先接下他的较小的那一头。场内坐得满坑满谷。有许多政府高级官员全都到场。国家元首的夫人卡门·波洛·德佛朗哥带着从圣塞瓦斯蒂安[2]来的一伙人，坐在总统包厢里。

---

① 巴勃罗·毕加索(Pablo Picasso, 1881—1973)：西班牙画家、雕刻家，一九〇四年后定居巴黎。

② 圣塞瓦斯蒂安(San Sebastián)：西班牙北部一处海港城市，是一处度假胜地。

路易斯·米格尔的第一头牛很快冲进场来。它很英俊，角也很锋利，个头看来比实际高大。路易斯·米格尔用披风把它引过去，做了几个出色的闪避动作。他最初把牛从马前面引开的那个动作也做得极利索。那条受过伤的腿似乎压根儿没有妨碍他，可是等他走到靠近木围墙的时候，他的情绪似乎很沮丧。

他用穆莱塔在靠牛很近的地方撩拨牛，做了几个出色的向右旋转的闪避动作。在他进行下去时，那些动作变得更为出色；他对这头牛变得很有信心。我一直注视着他两脚的功夫，感到有些担心，不过一切看来全很正常。路易斯·米格尔用左手拿着穆莱塔，做了一系列纳图拉尔动作。对任何其他的斗牛士而言，这些动作全没有问题，但是它们看上去不像在马拉加表演的那一手，只有场内票价高的那一面有人鼓掌。他们要求演奏音乐。路易斯·米格尔做了一系列马诺莱特使之普及的那种侧面闪避动作，而且做得很出色。接下去，他用两、三个摆动的闪避动作使牛把头抬着，进入了睡眠状态，然后在牛前面跪下。

观众中有些人很喜欢这种动作，有些人并不喜欢。安东尼奥曾经临时教导他们不喜欢这种动作。路易斯·米格尔站起身，并没有用穆莱塔的棒子去撑一下，那条腿行动自如。他紧抿着嘴唇，显得好像醒悟过来了。他突向前去，笔直的一剑杀得很利落。剑刺得相当高，但是牛嘴里流出血来。它轰隆一声倒下。并没有给斗牛士牛耳。在我看来，那一剑刺得很出色。遇到有一根动脉被剑在较高的部位割断后，嘴里常常是会出血的。欢呼的人很多；路易斯·米格尔走出来，致意。他很阴郁，并没有笑。不过他的腿行动自如，要不然他决不会跪下来的。

安东尼奥的牛出场了。这头牛和路易斯·米格尔的那头几乎完全相同，大小也差不多。它两侧都很灵活。安东尼奥从自己前一天停下的地方把它接过手去。那就是我们在整个斗牛季节里见到的那种宏伟、壮丽的挥舞披风动作。你从突然发出的喊叫之间观众的那种嘁嘁喳喳声里，就可以感觉到，那份欢乐又回来了。

在一副倒钩短标枪给插进去后，他要求准许把牛接过手去，开始用穆莱塔把牛调弄起来。这头牛在冲刺时有点儿迟缓；安东尼奥不得不朝它稍许突上前去点儿。在他用一系列向右旋转的躲闪动作使牛有了信心后，音乐演奏起来了。那一系列躲闪动作根本没有惩罚牛，而是使牛越冲越近，后来到了最最贴近的地方。安东尼奥把牛领出来，用左手里的穆莱塔从一定距离外逗引它。这时候，他已经使牛精神抖擞起来，延长了牛肯冲刺的距离。

牛在一定距离外看得很清楚。安东尼奥让牛冲过来，然后引着牛用手腕使红布恰恰按着可以吸引住牛的那种速度缓缓地移动，使牛通过了一系列贴近、徐缓而完美的纳图拉尔。后来，他用一个使牛角掠过胸膛的闪避动作结束。我看着穆莱塔的红布掠过牛角，然后缓缓地扫下牛颈、牛肩、牛脊背和牛尾。

最后，他宰杀了牛，蓦地一下使劲儿刺进去，一直刺到了剑柄。剑刺入的地方很恰当，也许在那个致命凹口顶上偏左一英寸半的地方。安东尼奥站在牛前边，举起右手，用吉卜赛人的深色眼睛凝视着牛。那只手是举起来向观众表示胜利的。他身体傲慢自大地转向后方，对着观众，不过两眼却像一位外科医生那样注视着，直到牛的后腿颤抖起来，开始支撑不住。最后，牛倒下死了。

随后，他一下转过身，望着观众，那种外科医生的神色从他眼睛里消失了，他脸上现出了对自己所做的动作感到快乐的神气。一名斗牛士绝看不到自己正做着的艺术活儿。他没有机会去修改他的活儿，像一个画家或是一个作家能做的那样。他也无法听见它，像一个音乐家能做的那样。他只能感觉到它，听到观众对它的反应。

当他感觉到它，知道自己的演出很了不起时，这一情况就支配了他，以致世上没有一件其他的事有什么重要了。他在创作他的艺术品时，始终知道自己必须不超出他的技艺和他对牛的知识的范围。那些明显地流露出来心里在想到这一点的斗牛士，常给人说成是冷漠的。安东尼奥并不冷漠；观众这时候全都倾向于他。他抬起脸来望着他们，谦虚而不是卑恭地让他们知道，他明白这一点。在他手拿牛耳绕着场地走上一圈时，他望着毕尔巴鄂不同阶层的人。毕尔巴鄂是他热爱的一座城市。在他经过时，他们全站起来。他对自己拥有他们，感到很快乐。我看着米格尔从围墙里茫茫然地朝外望着，不知道这天会不会就是末日，还是它会出现在一个其他的日子里。

海梅 · 奥斯托斯在斗牛时表现得十分出色。他的那头牛比前两头稍许大点儿，是一头撩拨起来绝佳的牲口。他挥舞披风的动作做得十分地道，舞动穆莱塔也既稳健又精彩。观众被他的表演深深地打动了。他获得了一只牛耳，尽管他用剑刺的时候碰上了些困难。

在海梅拿着牛耳绕场一周后，这三名斗牛士一起走上去，到总统包厢向卡门 · 波洛 · 德佛朗哥夫人致敬。路易斯 · 米格尔是大元帅[①]女婿的朋友，又跟着国家元首打过猎，先前已经请人去致过意，并道了歉。但是他的腿这时候感觉良好，使他可以向上走到那个很高的包厢去。或者即便腿不太好。他反正还是上去了，接着他不得不再走下来。下一头牛是轮到他斗。

那是一头黑牛，比他的第一头牛稍稍大点儿。两只牛角很锋利。它强壮而凶悍地冲进场来。路易斯 · 米格尔提着披风走出去，做了四个徐缓的、令人遗憾的贝罗尼卡动作，然后做了一个适中的

① 指国家元首佛朗哥。

贝罗尼卡，使牛绕着他的腰四周转。

但是路易斯·米格尔并没有一直令人遗憾。他的一个最了不起的优点一贯是，知道如何控制一场表演，如何指引自己撩拨的牛的全部行动。他要从这头牛身上得到能得出的一切。他用披风接过了牛，使牛在他要牛朝长矛手冲去的确切地点站定。长矛手走上前，举起矛柄；牛冲刺起来。长矛手打马时也打了牛，似乎是要在牛再次冲刺时把长矛的位置稍许校正一下。路易斯·米格尔把牛引过去，又做了四个迟缓的、令人遗憾的贝罗尼卡动作，结尾总很庄重。

接着，他把牛引回来，让它站好位置，以便再向前冲。这是斗牛中最简单的动作之一；他曾经做过好几千次了。他想把披风轻轻一抖，使牛站定，让牛把前腿站在彩绘的圆圈外边。但是他正在马前面移动，面对着牛，背朝着马和长矛手。长矛手把长矛伸向前，握在手里，牛朝马冲过来，路易斯·米格尔正在牛冲刺的路线上。那头牛没有去注意披风，把角低下来，刺进了路易斯·米格尔的大腿，把他很结实地朝马扔过去。路易斯·米格尔还在空中时，长矛手用长矛击中了牛。牛在半空中接住了路易斯·米格尔，在他跌下后，在沙地上连戳了他几下。他的哥哥多明戈跳过围墙，把他拖开。安东尼奥和海梅·奥斯托斯两人都提着披风赶进场，想把牛引开。人人都知道这是一次重大的损伤；牛角看起来仿佛已经刺入了腹部。大多数人认为他受了致命的重伤。倘若他被抵靠在用垫子覆盖着的马背上，那么那几乎肯定会是致命的，牛角很可能会刺穿了他。他们抬着他由过道走去时，他脸色苍白，咬紧了嘴唇，双手横捂着下腹部。

从我们坐的第一排座位上，没有办法走到医务室去。警察也不允许任何人呆在走道上，因此我只好坐下看着。这时候，安东尼奥已经把路易斯·米格尔的那头牛接过去了。

通常，遇到一头牛使一名斗牛士受到像这样一次如此严重的、也许是致命的损伤，接过那头牛的另一名斗牛士总短暂地撩拨一下，尽可能迅速地就把牛杀了。安东尼奥却并没有这么做。这是一头很好的牛；他不愿意浪费了它。观众花了钱来看路易斯·米格尔。他以愚蠢的方式被排除出去了。这是他的观众。如果他们没有看到多明吉表演，他们可以看到奥多涅斯演出。

我宁愿这样想到这件事，要不然他就是在替路易斯·米格尔实践他的合同。不论怎么说，他并不知道路易斯·米格尔伤势多么严重，只知道抵伤的地方，是在右面大腿的顶部，而且伤得很重。这时候，他神经镇定和平静得和斗前一头牛那样上场去，撩拨刚把路易斯·米格尔抵伤的这头牛。欢呼声开始了；音乐也演奏起来。安东尼奥对这头牛起了好感，开始在令人难以相信的近距离内做出他的闪避动作。最后，他用穆莱塔做了一个绝佳的动作，然后敏捷地把牛杀了。他用剑刺得很利落，只是剑离开那个最高凹口整整差了两英寸。观众向他欢呼，不过他知道自己原本是瞄准什么地方想迅速杀死牛的。

手术室里传来口信说，伤口是在右腹股沟的下部，正是上次在巴伦西亚受伤的同一部位。伤口向上进入了腹部，不过他们还不知道有没有什么地方穿孔。路易斯·米格尔已经上了麻药；他们正在给他做手术。

随后，安东尼奥的那头牛出来了。这是到那时为止最大的一头牛。它生着锋利的角，跑进场来时显得仿佛它毫无价值，一面朝四周瞪眼看看，一面小步快跑。胡安把披风对着它；它吓得躲避开，迅速跳过围墙，进了走道，然后挤挤撞撞，用牛角东挑西刺，一路走到开着的门口，才又回进场去。可是等长矛手出来后，那头牛倒很勇敢地朝马冲过去。长矛手们成功地抵挡住了它。它在长矛下使劲儿往前冲，用蹄子向前突，对着钢矛头朝前直闯。安东尼奥朝它远远走上前去，使它对披风惊动起来，然后闪避开它，仿佛它没有缺点似的。他正按照毫米衡量牛冲刺的速度，并使自己挥舞的披风适应它，控制住这头牛。但是在观众看来，那些闪避动作全像一贯的那样，是毫不费力、异常迷人、十分徐缓的晃动。

从倒钩短标枪上，我们可以看到，牛可以怎样学会既危险又不好惹。我当时认为，我看到牛就要垮了，所以为那份耽延感到焦虑，急等着安东尼奥用穆莱塔和剑去结果它。我看得出来安东尼奥也在发愁，虽然从我坐的座位上我无法听见他对费雷尔和霍尼说些什么。

我们全注视着，观众对每一个闪避动作都感到惊讶，大声欢呼，而到每一个回合结束时则大为鼓掌。安东尼奥在音乐的伴奏下，引着这头牛做完了一个人对一头勇猛的牛可以做出的一整套传统的、优美的动作。这头牛本来似乎只是硕大、紧张、粗暴而没有什么价值。这当儿，在牛角擦过他身体时，他和牛之间压根儿就没有什么空隙。他总按照牛选定的速度把牛引进前来，而他的手腕对那块下垂的红哔叽的控制会形成一个可塑性的体形，于是那个庞然大物和这个笔直的、柔软的体形就融合到一起，完成了他们的旋转动作。接下去，手腕就会转动一下，让那头沉重的黑牛以及牛角上所带的死亡，在所有塑像中最危险、最艰难的最后一次塑造中，掠过他的胸膛。我看见他一次又一次做着这种胸前闪避动作，心里便肯定他想要做什么。那一切使人感到像一首伟大的乐曲，不过它本身并不是结局。他正在使牛做好准备，好等牛冲上前来时从正面一剑刺杀它。

如果牛还能冲刺，最了不起的杀牛方法就是等牛冲上前来，从正面一剑刺杀它。这是最古老、最危险、最壮丽的方法，因为斗牛士并不突近前去杀牛，而是静静地站着，挑逗牛向前冲，然后等牛冲过来，用穆莱塔引着牛冲过去，向右转，一面把剑刺进牛肩胛之间很高的地方。这很危险，因为如果穆莱塔没有完全控制住牛，牛抬起头来，那么斗牛士的胸部就会被牛角抵伤。通常，如果斗牛士突入杀牛时，牛抬起头来，牛角总把右大腿刺伤。等牛冲上前来、从正面一剑刺杀牛，斗牛士要想恰当地做到这一点，必须等牛的冲刺结束，如果他等牛再迫近他一、两英寸，牛就会抵到他。倘若在他挥动红布时，他偏向外边，或者给了牛一个过于宽大的出口，那么剑就会斜向一侧。

"等到牛就快挑刺到你，"是这种杀牛方法的规律。没有几个人能等到最后，还要具有一只了不起的左手，可以把牛低低地一直引过去。就牛而言，这基本上是和胸前闪避动作同样的动作。这也就是安东尼奥当时为什么使出那些闪避动作的原因。他要使牛有所准备，同时确定牛还具有冲劲，会跟着红布冲，而不会昂起头来，或是在接触中停下，踌躇起来。等他看到牛丝毫没受损伤，准备好了后，他在我们下面让牛站定，准备刺杀了。

夜间乘车长途行驶时，我们曾经谈论过这种杀牛方法，大伙儿曾经一致认为，就安东尼奥使用他的左手而言，这么做是容易的。使它困难的，只是那种不利的因素。不利的因素就是，牛角会像一柄匕首那样刺进胸膛去。这柄匕首四周大得像一只扫帚柄，通过牛头部肌肉的力量刺进去，可以挑起并扔开一匹马，或是使围墙上两英寸阔的木板拆裂开。有时候，这些牛角角尖可以像剃刀那样划裂一件披风的丝绸面子。有时候，它们自身也会裂开，因此它们造成的伤口可能会像你的手掌那么宽。如果你能够静静地等着看牛角直接朝你冲来，并且知道你不得不等候，直到牛感到剑身刺进了它的时候抬起头来，牛角就肯定会从下面向上戳进你的胸膛去，知道这一点，你做起来就很容易。当然，这很容易。我们对这一点全都同意。

因此，这当儿，安东尼奥振作起来，沿着剑身瞄准了一下，在他把穆莱塔朝牛摆动时，把左膝朝前屈下。那头大牛冲起来了；剑在肩胛之间很高的地方一下刺到了骨头上。安东尼奥向前朝牛倾斜过去，剑扣住了，本应该结合起的那一群肉体分裂开来；穆莱塔的一挥使牛完全转了过去。

在我们这时代，没有人等牛两次冲上前来从正面去刺杀。这样杀牛属于佩德罗·罗梅罗的时代——多年以前那另一位了不起的龙达斗牛士的时代。但是只要牛肯冲，安东尼奥就不得不这样把它杀了。于是他再次使牛摆好架势，沿着剑身瞄准了一下，用腿和红布把牛引进前来，领到他不得不杀了它的地点，即便牛翘起头来的话。剑再一次又刺中了骨头，那一群肉体再一次混乱起来，分裂开，穆莱塔再一次又把牛角和那头大牛引开。

那头牛这时候行动已经缓慢了，不过安东尼奥知道，它还能干净利落地冲上一次。他必须知道这一点，但是没有一个别人知道；观众对自己所见到的根本无法相信。安东尼奥要在这头牛身上取得一场大胜利，不得不做的就是，把剑正正当当地刺进牛身上去，剑身部分不露出太多。他要为自己一生中用不正当手段杀死的每一头牛做一些补偿，而这样的牛很不少。这头牛有过两次可以对着他的胸膛直接戳来，要是它想这么做的话。现在，他要容它再戳第三次了。每次牛冲上前来时，他本可以把剑稍许放低一点儿或偏向一边插进去。当他在牛冲上前来的那当儿，从正面一剑把牛杀了，谁也不会根据这一点就攻击他。他知道什么地方是柔软的，要是飞快地刺进去会看起来很不错，相当不错，再不然好歹总还过得去。在这些年的斗牛生涯中，这就是获得大多数牛耳的那种杀牛办法。但是这一天，让这种杀牛办法见鬼去吧。这一天，他要为自己曾经用剑以一切不正当手段刺杀的牛付出代价了。

他使牛站好，场内异常寂静，我身后一个女人把扇子折起时，我都可以听见咔嗒一声。安东尼奥顺着剑身瞄了瞄准，把左膝屈向前，对着牛摆了摆穆莱塔，等牛冲过去时，他等候着，直到牛角恰恰会挑到他的那一刹那，然后剑头直刺进去，牛推动着剑向前突来，头低下跟着红布。安东尼奥平摊开的手心推着剑柄的圆头，剑身在肩胛骨顶部之间很高的部位缓缓地滑落进去。安东尼奥的脚并没有移动；牛和他这时候形成了一体。当他的手平展地摸到黑牛皮的顶部时，牛角擦过了他的胸部。牛在他的手下死了。那头牛还不知道；它看到安东尼奥站在它面前，举起了一只手，并不是得意地，而是仿佛在说再会。我知道他在想些什么，不过有一刹那，我很难看到他的脸，牛也无法看到他的脸，但是那却是我所知道的最陌生的小伙子的一张陌生而友好的脸。就这一次，那张脸上在斗牛场内显露出了怜悯同情，而在那地方，怜悯同情是没有地位的。这当儿，牛知道自己已经死了，它的腿支撑不住，两眼变得呆滞。安东尼奥注视着它倒下。

这就是安东尼奥和路易斯·米格尔之间的决斗在那一年是如何结束的。对于当时待在毕尔巴鄂的任何人而言，不再有任何真正的竞争了。这个问题已经解决。理论上讲，它可以重新再恢复，不过那只是严格地按照字面而言。它可以在理论上恢复过来，或是为了挣钱或是为了利用一下南美的观众而赢利。但是如果你观看过这几次斗牛，如果你观看过安东尼奥在毕尔巴鄂的表演，那么谁是最优秀的斗牛士就不再有什么问题了。不错，他也许只是在毕尔巴鄂是最优秀的，因为路易斯·米格尔一条腿不好。也许，根据这种设想总可以挣钱。但是如果有朝一日想在一座西班牙斗牛场里当着一群懂行的观众，用长着真正牛角的地道的牛来试验个明白，那将是过于危险和致命的。这是一件已经解决了的事。当有人从手术室传话来说，虽然牛角刺入了路易斯·米格尔腹部很深的地方，肠子却又一次没有给刺穿，我听了很快慰。

那天晚上，等安东尼奥换好衣服后，他和我驾车出去看看路易斯·米格尔。安东尼奥驾驶着车子。他还没有从斗牛中平静下来。我们先在楼上房间里谈论了这次斗牛，后来又在汽车里谈论了。

“你怎么知道那头牛有足够的气力再冲第二次和第三次的？”我问。

“这我可知道，”他说。“你怎么知道任何事情？”

“但是你那时候能看到什么？”

“我那时候对那头牛已经很熟悉。”

“它的听觉吗？”

“它的一切。我知道你，你也知道我。就像这样。你当时不认为它会再冲吗？”

“当然啦。不过我是坐在看台上。离开得很远。”

“那离开也不过六到八英尺，不过那真像有一英里远，”他说。

在门诊部路易斯·米格尔的房间里，他显得很痛苦。牛角刺进了他在巴伦西亚受伤的那个老伤疤的组织里，把它又划开，接下去沿着老伤口的轨迹向上刺进了腹部。老伤疤还没有完全长好。房间里有六七个人。路易斯·米格尔在疼痛中对他们还彬彬有礼。午夜以后，他的夫人和他的姐姐从马德里乘飞机就要赶来。

“很抱歉，我先前无法到医务室去看你，”我说。“痛得怎么样？”

“还可以，欧内斯托，”他很平和地说。

“马诺洛会使它不痛的。”

他微微地笑笑。“他已经这么做啦，”他说。

“我可以让这些人里出去几个吗？”

“可怜的人儿，”他说。“你早先已经带出去过那么许多人。我很想念你。”

“我会到马德里去看你，”我说。“也许，要是我们走，他们有几个人也会走。”

“咱们大伙儿一块儿在那些轮转凹版图片上显得那么好，”他说。

“我们到鲁贝尔再去看你。”鲁贝尔是他要住进去的那家医院。

“我已经订好了房间，”他说。

斗牛术语汇编

Aficionado：指对斗牛有一般与具体的了解而仍喜爱斗牛的人。

Alternativa：正式接受一名学徒剑杀手或小牛剑杀手成为一名正式剑杀手。它的表明方法是老资格剑杀手放弃刺杀第一头公牛的权利，即由他把穆莱塔和剑交给第一次替代正式剑杀手刺杀公牛的斗牛士。

Apartado：通常在斗牛之前在中午进行的分拣公牛，按照已定下来的上场次序，将公牛隔离，分别关在牛栏里。

Arena：铺在斗牛场上的沙土。

Banderilla：是一根圆棒，七十厘米长，包着花纸，尖头为钢，呈鱼叉状。在斗牛第二回合时朝公牛肩胛骨顶端一对对投刺，尖头上的叉子钩在皮下。它们应投刺在牛肩胛骨顶端，并且两支应并拢。

Banderillero：听从剑杀手指挥，并由他支付报酬的斗牛士，其职责是运用红披风叫公牛奔跑，并投刺短标枪。每一名剑杀手都有四名短标枪手，这四名短标枪手有时又称为 peóne（帮手）。以前曾被称为 chulo（下等人），但这种叫法现已不再用。短标枪手每场挣一百五十至二百五十比塞塔。他们轮流投刺短标枪，其中两人投刺一头公牛，另两人接着投刺另一头公牛。在旅途中的费用除酒、咖啡和烟之外，都由剑杀手负担，剑杀手则从斗牛赞助人那里收费。

Barrera：环绕铺有沙土的斗牛场、涂有红漆的木板围栏。斗牛场第一排座位也叫作 barrera。

Brío：精力充沛。

Burladero：木板钉成、不留缝隙的躲避处，就在紧靠牛栏或木板围栏的外侧，如果斗牛士或赶牛的人被公牛追赶则可在这里躲避。

Callejón：斗牛场围住场地的木板围栏与第一排座位之间的通道。

Capa 或 capote：斗牛中用的红披风。形状如西班牙冬天常用的披风，通常一面是生丝，另一面是细棉布。领子重，有硬衬布，面子樱桃红色，里子黄色。一件优质斗牛用红披风价为二百五十比塞塔。拿在手里很沉，剑杀手用的红披风下缘在红布里缝了小软木塞。剑杀手提起红披风下缘时就将这些木塞抓住在手中，用两只手甩开红披风时，这些软木塞也抓在一起。

Capea：非正式斗牛，或在乡下村庄广场上业余斗牛士和有志于斗牛的人用红披风引逗公牛。也指法国一些地方的对正式斗牛的模仿，也指禁止杀牛的一些地方的模仿。

Chicuelinas：曼努埃尔·希米内斯即"奇奎洛"发明的一种红披风招式。斗牛士把红披风亮给公牛，而待到公牛出击并过了人以后又转身之际，斗牛士单脚着地急速旋转身体，红披风即裹在身上。旋转完毕，斗牛士面对着公牛，准备完成另一个招式。

Citar：挑引公牛的注意，引它出击。

Cornada：牛角刨伤；与 Varetazo 即擦伤有别的真伤口。

Corrida 或 Corrida de Toros：西班牙斗牛。

Cuadrilla：听从一位剑杀手指挥的一队斗牛士，包括长矛手和短标枪手，其中有一名是尖刀手。

Descabellar：公牛受了致命的剑伤之后从正面杀死公牛，即把剑刺入公牛后脑与第一段椎骨之间处，将脊髓割断。这是公牛还未倒下时剑杀手解除公牛痛苦的最后一剑。如果公牛已经奄奄一息，而且脑袋低垂，这一剑就不会有困难，因为公牛脑袋几乎碰到地面，椎骨与脑袋之间就完全暴露。但是，许多剑杀手如果已经刺伤公牛，不管是致命还是不致命，都不想再冒风险进入公牛两牛角之间然后再躲过牛角，他们都在公牛还没到气息奄奄的时候就要给它最后一剑，因此，由于这个时候就必须引诱公牛将脑袋放低，而公牛看见了剑或者感觉到了剑就会抬起脑袋，这最后一剑难度就会很大，也很危险。这无论对于观众还是剑杀手都很危险，因为公牛挑起脑袋往往会使剑飞出三十英尺以外。这样被公牛顶飞的剑，在西班牙斗牛场里常常叫观众丧命。实施最后一剑的正确做法是穆莱塔放得低至地面，要迫使公牛把鼻子往下移。剑杀手可以拿穆莱塔尖头或剑去戳公牛的鼻子，逼使它放低鼻子。实施这最后一剑的剑身直而硬，并不像通常剑那样向下弯曲，因此，如果剑头位置正确，剑头刺中脊髓，并将它切断，公牛就会突然倒地，就像转动开关，电灯立即熄灭一样。

Encierro：由犍牛护送，将公牛徒步从一个牛栏赶往斗牛场的牛栏。在潘普洛纳，指公牛跑过一条条大街，前面拥着人群，从城郊的牛栏赶进斗牛场，又从斗牛场赶进场子边的牛栏里。午后要参加斗牛赛的公牛，当天早晨七时就要赶过大街。

Estocada：剑杀手从正面上前刺杀，试图将剑从公牛肩胛骨之间的顶端插入。

Estoque：斗牛中用的剑。剑柄端部为一铅球，外包羚羊皮，离铅球五厘米处是一个呈十字形的平直护手，剑柄与护手都包着红绒。它不是我们在《初到西班牙》一书中看到的**钻石柄**。剑身有七十五厘米长，端部下曲，这样更易刺入，碰上肋骨、椎骨、肩胛骨和其他骨架时，能刺得更深。现代的斗牛用剑，背部有一二或三道凹槽，其目的是能让空气进入剑刺的伤口之内，否则剑身便会塞在它造成的伤口无法抽出。最好的剑是巴伦西亚制造的，剑价高低依剑背上凹槽的多少与钢的质量而定。剑杀手通常的武装即是四把普通刺杀用剑，以及一把用于做解除公牛痛苦的最后刺杀的平头、顶稍宽的剑。除用于最后刺杀的剑之外，所有这些剑的剑身，从尖端起至剑身之半，都磨得锋利。剑插于软皮剑套内，整套装备则放在一般都是雕花的大皮箱里。

Estribo：长矛手的马镫；也指钉在木板围栏内侧、高出地面约十八英寸的帮助斗牛士跨出木围栏的一圈木头踏脚。

Faena：在斗牛最后的三分之一阶段里，剑杀手所完成的招式的总称；也可指任何一种斗牛招式；faena de campo 则为公牛饲养中的任何一项工作。

Fiesta：节日或聚会；Fiesta de los toros：斗牛。

Hombre：人，惊呼时表示惊讶、喜悦、震惊、反对或欣喜，依语气而定。Muy Hombre：很有男子气概，即：富有 huevos，cojones，等等。

Largas：红披风全部展开，斗牛士一手抓住一角，把公牛引向斗牛士然后又将它从身旁引开的招式。

Lidia：斗；toro de lidia：参赛公牛。也是最闻名、最古老的每周一次的斗牛的叫法。

Matador：剑杀手，而 Mata Toros 不过是个屠夫罢了。

Media-estocada：剑身刺进一半。如果是一头中等大小的公牛，刺的部位又正好，那么刺进半把剑也与整个剑身插入一样，很快能叫公牛倒下。但是，如果是一头很大的公牛，那么半把剑恐怕够不到主动脉或其他的大血管，因为只有割断了大血管才能叫公牛迅速倒毙。

Mediaveronica：突然遏制公牛的进攻，这是双手提红披风（详见veronica说明）一连串招式的收尾。这一招式斗牛士用双手提红披风来完成，如veronica一般，随着公牛的过人，把红披风从左转向右，然后左手贴近臀部，右手朝臀部收拢红披风，使红披风不完全展开，仅展现一半，迫使公牛掉头定位，这样人就背对公牛走开。这一定位过程是靠红披风的旋转来完成的，用迫使公牛想在比身长还要短的距离上转身的手法，中断它的正常路线。胡安·贝尔蒙特完善这一红披风回合，现在已成了双手提红披风一系列动作的规定结束动作。剑杀手双手提红披风一边倒退，一边把红披风从身体一侧挥向另一侧，把公牛从斗牛场的一头引向另一头，这种半过牛动作以前叫作media-veronica，现在的真正的media-veronica则如上述。

Mozo de estoques：剑杀手的私人佣人与理剑人。在斗牛场上他负责准备穆莱塔，在主人需要的时候给他递剑，用海绵擦拭用过的剑，擦干后放妥。剑杀手刺杀的时候，他必须不停地在过道上走动，跟着主人，要始终站在主人的对面，在必要的时候将一把新的剑或穆莱塔从木板围栏上递过去。如遇有风天气，他就给红披风和穆莱塔洒水，他随身带一个水壶，同时还照料剑杀手所有个人需求。在斗牛场外，斗牛之前他拿着纸包，里面装了剑杀手的名片和一定数目的钱，分发给各斗牛评论家，帮助剑杀手着装，并且查看所有装备明白无误送往斗牛场。斗牛结束之后他负责把电话记录——电话公司送的消息，它们在美国像电报那样记录和分送——或者更加难得的口头消息，送给剑杀手家属、朋友、报馆和以剑杀手名义组织的斗牛迷俱乐部。

Muleta：穆莱塔，哔叽或绒制心形红布，打褶，并对折覆于细头铁杆之上，铁杆头细的那一端有尖铁，头粗的那一端有开槽的柄；红布打褶构成一个尖头，尖铁就穿过红布打褶成的尖头，而红布散开的那一端就用一指旋螺钉固定在铁棒的粗的那一头，这样铁棒就撑起了红布的褶。这穆莱塔让剑杀手自卫；使公牛疲劳并调整公牛脑袋与四脚的位置；与公牛表演多少有艺术价值的一连串的招式；以及帮助斗牛士刺杀公牛。

Natural：“纳图拉尔”招式。斗牛士左手放低穆莱塔，从正面挑引公牛的一种招式；这时右腿向前朝着公牛，左手握住穆莱塔铁棒的中央，左臂伸直，红布在人面前微微抖动以挑动公牛，但红布的抖动不为观众所觉察；随着公牛的进攻并接近穆莱塔，斗牛士随公牛而转身，一臂伸直，并在公牛面前慢慢移动穆莱塔，让公牛绕着人转四分之一圈；这一招式结束时借用手腕上抬的力量，抖动红布，使公牛就位，准备做下一个动作。这一招式在正文中有详细说明。这是斗牛的最基本招式，也是最简单、能够体现出最完美的线条、做起来最危险的招式。

Novillada：见习斗牛赛，当今，这种斗牛比赛上用的是没有达到正式斗牛年龄的公牛，或者超年龄的公牛，这就是说，四岁以下和五岁以上的公牛，或者视力或牛角有缺陷的公牛，而参赛的斗牛士也没有正式剑杀手的头衔或者已经放弃了这个头衔。除了公牛的品质与斗牛士没有经验或有公认的失败之外，一场见习斗牛或叫作 corrida de novil-lostoros 与正规的斗牛是一样的。每年死在斗牛场里的斗牛士绝大多数就是在这种斗牛赛上斗死的，因为斗牛经验很差的人斗极其危险的公牛，又是在小地方，那里的斗牛场只有很简陋的手术器械，医生又不是牛角创伤这种非常特殊手术的内行人。

Novillero：斗上述公牛的剑杀手。他可能是一名有志于斗牛的人，也有可能是一名在上述等级斗牛中连日子也混不下去的剑杀手，所以放弃了正式剑杀手的命名，去追求多一点斗牛合同。

Novillo：见习斗牛赛中使用的公牛。

Pase：红披风或穆莱塔招式；移动作为诱饵的红布，吸引公牛进攻，牛角从身边一擦而过——这红布的徐徐移动即是 Pase。

Paseo：斗牛士入场式。

Pecho：胸部；pase de pecho 是一种过胸招式，在纳图拉尔式结束时，左手拿穆莱塔完成的动作。此时，公牛在纳图拉尔式结束时已经掉过头来，准备再次进攻，人把它引向自己胸前，然后借穆莱塔的向前一挥，把公牛送出去。过胸式应该是一连串纳图拉尔式动作的收尾。在剑杀手用它来使自己从公牛意外的进攻或突然掉头中解脱出来时，这一招式也极其重要。在这种情况下，就叫 forzado de pecho 即被迫过胸式。如果在完成这一动作之前没有采用纳图拉尔式，而是单独的动作，就叫作 preparado，即有所准备的。这同一动作也可用右手来完成，这样就不是一个真正的过胸式，因为真正的纳图拉尔式与真正的过胸式只能用左手完成的。如果这两种招式都是用右手完成的，那么，必须一直握在右手的剑就把红布撑开，使作为诱饵的红布张得更大，使公牛离自己更远，公牛每一次进攻之后也送得更远。用右手握住、并用剑挑开的穆莱塔完成的招式往往非常精彩，非常好看，但是这样就缺少左手拿穆莱塔、右手握剑时的难度、危险性，以及真诚。

Peón：短标枪手；听从剑杀手指挥的徒步斗牛士。

Pica：斗牛用长矛。枪杆为木制，2.55 米至 2.70 米长的梣木，矛为

29 毫米长钢头，呈三角形。钢头下面的长杆头用细绳捆扎，装有一个圆形护铁，使长矛刺入公牛最深不超过 108 毫米。目前的这种长矛对公牛是很难受的，如果公牛真正攻击、受了长矛的刺还不退却，那么，很少有遭了四次矛刺还不丧失大部分力气的。

Picador：按照剑杀手的要求在马背上用长矛刺牛的人。每场斗牛他可得一百至二百五十比塞塔报酬。他的右腿及右脚全用羚羊皮马裤裤腿套住，与其他斗牛士一样穿短上衣、衬衫、领带，戴宽边低顶帽，边上饰一绒球。很少有长矛手遭公牛角抵的，因为他们从马背上摔到公牛这一边时，剑杀手就必须用红披风对他们加以保护。长矛手常见摔折胳膊、下巴、腿和肋骨，有时还摔破脑壳。与剑杀手相对而言，很少有长矛手死在斗牛场上的，但许多人因脑震荡而一生瘫痪。在老百姓的收入微薄的职业当中，我觉得这项工作是最苦、最经常地有死亡危险的。不过，这种死亡危险幸好总归会有剑杀手用红披风来排除。

Poderápoder：以力对力；投放短标枪的一种方法。

Presidencia：斗牛总裁判。

Puntilla：短剑，马与公牛严重受伤时用短剑杀（参看 cachete 条）。

Puntillero：用短剑杀公牛的人。

Quite：由 quitar 派生的词——取走——把公牛从受到它的直接威胁的位置上调走。尤指公牛向长矛手进攻之后手拿红披风的剑杀手们轮番将公牛从人和马身边引走，公牛每进攻一次就由一名剑杀手上前引走公牛。以前的做法是手拿红披风接近公牛，把公牛引出来，使它离开跌倒在地的马和人，定位在下一名长矛手的面前。现在的做法改变了，要求剑杀手每次做调离公牛动作时，把公牛引出来之后须完成一连串的红披风招式；可能剑杀手都竞相表演他们在做过牛动作时能靠得多近、技艺多么高超。把公牛从被他捅的人那里引走，或者把公牛从摔在地上的人身上引走，这种 quite 解救法是所有的斗牛士都参与的，因此，在这个时候你就可以判断斗牛士的无畏精神，对公牛的熟悉程度，克己表现的程度，因为在这种情况之下把公牛引开是极其危险的，难度也是很大的，因为，为了要迫使公牛从他要用牛角挑的目标离开，就必须与公牛靠得非常近，在公牛进攻时用红披风去引开它，退路就有很大威胁。

Recibir：正面刺杀公牛，手提利剑等候公牛出击，一旦公牛开始进攻，人两腿就不移动。此时放低抓在左手的穆莱塔，右手提剑，右前臂横胸指向公牛。随着公牛进入，挑住穆莱塔，右手就将剑刺入，然后与过胸式相同，左手挥穆莱塔送走公牛，直至利剑刺入，两脚才可移动。这是刺杀公牛招式中难度最大、最危险、最扣人心弦的一种，现代斗牛中已很少见。

Redondel：斗牛场的同义词。

Redondo：En redondo——是几个连续性的招式，例如，纳图拉尔，此时人与公牛最后完成一个完整的圆；任何一个最后构成一个圆的招式。

Sobresaliente：如果两名剑杀手要杀六头公牛，就有一名见习斗牛士或立志要做剑杀手的人一起进场，作为替补斗牛士，万一两名剑杀手都受伤无法再继续下去，他就担当起杀牛的任务。一名替补斗牛士一般只给二三百比塞塔的报酬，并且在投放短标枪的例行表演时，要他拿红披风上前协助。到了斗牛行将结束之时，剑杀手一般允许他做一两个调离动作。

Sorteo：斗牛之前抽签决定哪一头公牛由哪一个剑杀手来杀。也指西班牙抽奖。

Toreo：斗牛术。Toreo de salon：在没有公牛作为对象的情况下练习红披风和穆莱塔动作的形式与风格；这是剑杀手训练工作必不可少的部分。

Torero：职业斗牛士。无论是剑杀手、短标枪手，还是长矛手，都是职业斗牛士。Torera 意即与斗牛有关的。

Toril：斗牛场的牛栏。

Trucos：花招。

Vara：长矛；斗牛用长矛。

Veronica：红披风招式，之所以这么说是因为原先红披风是用两只手抓起的，就像宗教绘画中那样，圣女维罗妮卡用双手拿面巾给耶稣拭面。这并非像一位写西班牙的作家所说的那样是人给公牛洗脸，那是毫不相干的。做这一个动作时，剑杀手或是面对公牛，或侧身，左脚稍上前，双手抓红披风伸向公牛，双手抓住红披风下摆前两个角，将它们提起来，并将红布束拢，两只手各抓住一大把，四个手指朝下，大拇指朝上。公牛出击的时候，人等候着，直至公牛放低牛角来挑红布，在这一刹那人两臂放低，平和地将红披风往公牛攻击的前方移动，然后红披风就过了公牛的脑袋，而公牛的身体从人的腰部擦过。他用红披风过了公牛，并紧靠公牛旁脱出身来，此时踮起脚，红披风随着脚趾即足尖微微移动，而在这个动作结束时，随着公牛转身，人已站定，准备重复这一动作，此时右腿微微上前，红披风在公牛面前徐徐向前，这样公牛就从另一个方向过去。这一动作可以骗人的眼睛，即在公牛出击时，人横跨一步，这样人又离公牛牛角远了一步，在牛角过了以后，人两脚合并，而且在牛角过了以后，人朝公牛俯身或上前，让人觉得仿佛他是贴近牛角过来的。如果一名剑杀手不用骗人的手法完成这一技巧，他有时候过牛角时靠得很近，以致牛角会把他斗牛服上的玫瑰花形金饰品钩走。剑杀手挑逗公牛时有时也会双脚并拢，用这种方式做出一连串 veronica 动作来，而双脚一动也不动，仿佛这人是用钉子钉在地面上。不过这种做法只能适用于转身自动再次出击的公牛，而且它的攻击完全是直线方向。如果公牛在一个动作结束时要它转身须加以引导才能跟住红披风，那么在挑动公牛一次又一次过人时，人的双腿就得稍稍分开。但是不管怎么样，veronica 这一招式之值得称道并非看他双腿是并拢还是分开，而是看他从公牛出击这一刻至公牛过去是否站立不动，以及人的身体过牛角时是否非常贴近。在表演 veronica 这一技巧动作时，人的双臂能把红披风挥动得越慢、越平和、越低，这一技巧也就完成得越好。

...n, ~~the steel dark~~ and branches
eyond a tent, from under which you step out to see too many
ars. The moon gone down, the breeze not risen
n urinate up looking at the uncross-like bl...
Southern Cross
rofundity of initial! and thus each morning in the
ublicity of urination reflect upon ~~the~~ ~~...~~
constellations, and not awake
isten to the night move highly past you.
en walk to where Pap sits before the fire,
ipe comforted, his vestures perched, loving the
ime before daylight and the windless burning of
ead branches he says, "How are you, governor."
"No worse than you."

The sky is very high there and branches

one between, ~~the steel dark~~ from under which
eyond a tent, you step out to see too many
ars. The moon gone down, the breeze not risen
n urinate up looking at the uncross-like
Southern Cross
rofundity of initial! and thus